Yves Jeanjeau

La Nuit du Golgotha

Tome 2

Roman

Les clameurs de l'aube

Introduction

Il y eut un matin et il y eut un soir. Ce fut un vendredi. Ce vendredi-là, la nuit vint à quinze heures. Elle vint dans le chaos. Elle vint clore en cataractes de fureur et de feu l'ère des Dieux païens. Il n'y eut pas de crépuscule. Il n'y eut qu'une soudaine et brutale répétition de l'apocalypse.

Jérusalem fut ce jour-là le cœur de l'univers. Dieu n'eut pas un regard pour le reste du monde. Il pointa le Golgotha du doigt avant d'y déverser des larmes de sang.

Dans les rafales cinglantes de pluie, dans la foudre et les éclairs, dans la culbute des volutes anthracite, sa voix fit trembler la terre.

- *Je suis l'éternel, en ce jour, du passé je vous absous et vous relève !*

Bien peu entendirent le message. Nombreux furent ceux qui restèrent prostrés, terrifiés par la violence des éléments déchaînés. Au fil des heures pourtant, la fureur céleste s'épuisa.

* * *

Les ténèbres ont finalement laissé place à la nuit. Une pluie fine et régulière alimente toujours les rigoles boueuses qu'un sol saturé ne peut résorber. Quelques ombres furtives se glissent par les ruelles glissantes que la lueur de rares torches fait parfois miroiter.

Au Golgotha, le spectacle est terminé. Se détachant à peine sur le ciel au gré des contrastes nuageux, les pieux de bois provoquent le regard pour quelques heures encore.

Dismas et Geslas ne sont déjà plus que souvenir. La fosse commune va digérer les restes des deux larrons. Qui s'est soucié aujourd'hui de ces deux pantins efflanqués, la tête pendant sur la poitrine dans un dernier rictus ? Barabbas peut-être !

Pour l'heure, le destin d'un autre, celui du milieu, ce roi des Juifs, ce prophète, ce fils de Dieu selon certains, va définitivement s'accomplir. Dans le silence d'un tombeau creusé dans le roc, la métamorphose commence. Derrière les paupières closes, le combat est engagé. L'homme cède la place au Dieu.

Tandis que les heures s'écoulent, que ses amis se lamentent honteux de cet abandon, que Judas se balance au bout de sa corde au-dessus de quelques pièces jonchant le sol, Jésus, enveloppé d'un suaire, repose sur une dalle de pierre glaciale.

Aujourd'hui, dans la fureur d'un ciel déchaîné, la peur est entrée dans le cœur des hommes. Nul doute que celui qui est mort sur cette croix, abandonné, humilié, trahi, était bien le fils de Dieu. Nul doute que ses paroles, ses actions, sa vie, étaient dictées par un esprit saint. Pour les disciples ce soir, il ne saurait en être autrement.

Les uns pleurent, les autres prient, il fait nuit dans leur cœur comme il fait nuit dehors. Ils se souviendront de ce jour jusqu'au dernier de leur vie. La peur du supplice leur a fermé les yeux.

- *Lui ? Non, on ne le connaît pas !*

Alors, ce soir, aucune route ne s'ouvre à eux, aucune clarté, aucune lumière, pas la moindre lueur. Tout, autour d'eux, n'est que désordre et désolation. La mort plane sur Jérusalem. Chaque goutte de pluie en a le goût. Le moindre souffle de vent est chargé de relents putrides. Les voici exposés à la face des hommes avec pour emblème l'étendard de la honte.

(Tous des lâches) Le remords, hélas, n'y peut rien changer. Ce qui est accompli ne peut être effacé. Le maître est mort, définitivement mort !

Là-bas, couché sur sa pierre, le corps de Jésus attend. Quel grand mystère a donc emporté cet homme qu'ils ne pouvaient entrevoir ? Vers quel monde est-il parti, ne leur laissant qu'un fardeau d'incompréhension ?

« Tout est consommé ! » C'est donc sur ces paroles que tout s'achève !

Chacun d'eux ignore ce qui se passe à l'abri de la lourde pierre qui obstrue l'entrée du tombeau. Ils ignorent que la prophétie telle qu'elle fut écrite se concrétise.

- *Il ressuscitera le troisième jour !*

Pour lui, le temps s'est arrêté. Les minutes, les heures ou les jours n'ont plus aucune signification. Sous le drap, pas un frémissement, pas le plus imperceptible signe de vie. La mort est victorieuse. Celui qui eut le pouvoir de ressusciter Lazare n'est plus qu'une enveloppe vide.

C'est du moins ce que pourrait penser quiconque

aurait la possibilité de contempler le cadavre car contrairement à l'apparence, les forces en action sous l'impulsion d'une énergie céleste extrême, viennent de franchir le seuil du sanctuaire. Ce soir, au ciel, il n'y a personne. Dieu est à Jérusalem. Ce qu'il doit accomplir ici va changer la face du monde pour longtemps.

Son souffle envahit l'espace pour venir effleurer la surface du suaire. Un étrange ballet d'étincelles crépite en lucioles fugitives. Un silence sidéral s'impose alors que d'éphémères feux follets parcourent les parois du sépulcre. Au-dehors, tandis que les heures s'écoulent, rien ne transparaît.

La physique, les sciences, peuvent passer leur chemin. Ce qui se passe les dépasse. Prêtres, savants, docteurs, philosophes, ne quittez pas vos demeures, ne cherchez pas à affronter l'événement, vous n'êtes que des hommes, celui qui œuvre est un Dieu et vous n'y pouvez rien. Vous constaterez bientôt ; pour l'heure, contentez-vous de trembler.

L'énergie considérable contenue dans ce lieu pourrait faire éclater la planète comme une simple noix. Une chaleur intense se répand, portant la pierre au rouge. Invisible à l'œil, la source spirituelle se mêle au physique que la mort ne veut pas lâcher. Le corps reste toujours inerte. Elle doit pourtant le libérer. Sa place n'est plus ici. Ce cadavre n'en est pas un.

Le souffle divin s'intensifie, pénètre le drap, caresse le visage tuméfié, se répand sur l'ensemble du corps, un imperceptible tressaillement agite l'épiderme. La souffrance se réveille. Des plaies violacées suintent du sang frais. La sueur humidifie le lin qui plaque à la peau. Un tremblement nerveux agite l'ensemble des muscles quand un sifflement strident franchit les tympans.

C'est donc cela, la mort ? Cet insupportable supplice ! Le néant, lui, est de loin préférable. Le corps s'affaisse de nouveau inerte. L'esprit franchit la frontière de l'absence. Ici, on est bien. Mais un autre en a décidé autrement. Il faut revenir.

C'est d'abord une douce sensation de flottement, comme porté par les vagues d'océan, l'être revient à la raison. Rapidement surgissent d'intolérables douleurs musculaires raidissant le corps comme une statue de marbre. Les mains, les pieds, ne sont plus que souffrance. La fièvre brûle le cerveau.

Du centre du tombeau, partant d'un point lumineux, des cercles concentriques s'élargissant en cônes montent vers la voûte. Un ciel lumineux cache la roche. Comme lors des violents orages, des éclairs d'une intensité inouïe s'en échappent pour venir frapper le linceul. Des flashs violent les paupières closes. Un faisceau lumineux perce le front tandis que le suaire irradie une lumière blanche d'une telle intensité que les traits du visage s'impriment sur le tissu.

Le cœur propulse le sang de la nouvelle alliance à travers le réseau des artères et des veines faisant palpiter les tempes tendues comme une peau de tambour. Une soif intense d'eau, d'air, de vie, maintient ouverte une bouche aride. La perception du monde extérieur reste encore interdite. Si le corps reprend peu à peu l'aspect humain qui fut le sien, l'esprit lutte farouchement pour retourner au céleste boire encore et encore à la source originelle.

Tout le sépulcre baigne maintenant dans une fulgurante lumière blanche émanant du corps tout entier. L'esprit de Dieu infiltre l'homme, fusionne avec lui. Jésus devient Christ. Des effluves de vie se répandent sous le drap. Agressée par des milliards de fourmis, la chair n'est que souffrance.

Les organes des sens transmettent l'information au cerveau. Chaleur, douleur, soif, fourmillements, s'unissent pour annoncer l'inimaginable. La mort s'enfuit. Elle vient de perdre la partie.

L'air s'engouffre, gonfle les poumons, la sueur coule dans la bouche qui retrouve le goût du sel. Les yeux s'agitent sous les paupières, signe d'un retour à l'activité intérieure. L'œuvre de Dieu est accomplie. L'aveuglante lumière perd peu à peu de sa puissance, semble se condenser, se métamorphose en vapeur fluorescente. Le noir du tombeau se mêle au silence. Un mouvement régulier soulève le suaire. Le dernier acte se joue.

Il ne reste plus qu'à reprendre conscience, réaliser, admettre l'inconcevable.

Celui qui a dit à Lazare « Sors du tombeau » est de retour. L'esprit reprend sa place. Le corps s'anime. Un tourbillon de vent apporte la parole de

Dieu qui ranime la flamme. Jérusalem s'éveille péniblement de cette pâque tourmentée. Plus rien, désormais, ne sera comme avant. Dans quelques heures, les femmes trouveront le tombeau vide.

Le Golgotha, quant à lui, continuera encore longtemps à éponger sang et larmes.

D'autres Dismas et Geslas, simples voleurs ou purs criminels, y seront crucifiés dans le plus grand anonymat ; sitôt exécutés, sitôt oubliés. Bien loin de là pourtant, un homme se souvient de Dismas.

Ancien galérien aujourd'hui richissime, Shimon l'Égyptien fait voile vers la Palestine.

Chapitre I

Shimon n'a plus rien du galérien au visage ravagé par la fatigue et les privations. Le chemin fut long qui le mena de l'état d'esclave à celui de riche armateur négociant de tout ce qui s'achète et se vend.

Ce bateau sur lequel il se trouve lui appartient comme toute la cargaison. La seule interdiction qu'il se soit imposée est le transport d'esclaves. Certaines nuits, quand le sommeil est long à venir, il ne peut empêcher son esprit de voyager dans le passé.

La morsure du fouet aux lanières plombées lui fera serrer les dents jusqu'à son dernier jour. Il garde encore l'épouvantable odeur de tous les rejets humains mêlée à celle de la moisissure. Une légère cicatrice témoigne toujours sur sa cheville que, durant des années, un piège de métal le retenait à son banc. Sa bouche, lorsqu'il sourit, découvre les espaces vides laissés par les dents quand elles tombaient toutes seules, faute de soins et de nourriture. Ses yeux donnent souvent l'impression de fouiller très loin devant, comme à la recherche d'une lointaine ligne d'horizon. Mais il n'est en réalité jamais seul lorsqu'il quitte ainsi le présent pour un passé torturé. Un visage, un regard, une silhouette lui apparaissent instantanément.

Dismas, son compagnon des jours de ténèbres, surgit aussitôt. Dismas, sans qui sans doute le destin aurait été tout autre. Dismas, qui, tout comme lui-même, a pu surmonter les épreuves grâce à une haine farouche des oppresseurs. Une haine si ancrée à leur âme qu'elle leur permettait de tout supporter, même l'insupportable. Jusqu'au jour où !

Un éclair dans le regard, pas un mot, pas un geste, juste un éclair dans le regard, une compréhension immédiate, puis le combat contre les flots au milieu des blessés et des cadavres. Enfin la liberté. Le silence de la mer, l'immensité des flots qui les portait vers une terre inconnue, libres, enfin libres, libres pour toujours.

Car il ne fait aucun doute pour Shimon que son ami, son frère de Palestine, est aujourd'hui encore tout comme lui, un homme libre. Tout cet argent a dû le transformer lui aussi en homme respectable donc respecté. Qu'a t'il bien pu devenir, ce double de lui-même ? Comment a t'il fait fructifier son magot ?

Quelle aubaine ce trésor, quelle chance ! L'argent a tous les pouvoirs, il peut tout. Il achète, corrompt, soudoie, ouvre toutes les portes, accorde toutes les autorisations, blanchit le passé, l'efface, le dissout.

Ceux qui l'humiliaient le saluent. Ceux qui ordonnaient obéissent. Ceux qui frappaient caressent. Mais cette nouvelle virginité n'a pas fait de lui un amnésique. S'il se laisse caresser dans le sens du poil comme il sait très bien le faire également, s'il traite d'égal à égal avec ceux qui jadis l'ont expédié en enfer, il ne garde pas moins au fond de son cœur meurtri cet incroyable orgueil, cette jouissance du vainqueur.

La haine, encore elle, cette impérissable haine qui lui donne la force, aujourd'hui comme par le passé, d'affronter la vie comme elle se présente avec toujours une petite longueur d'avance. Cette petite longueur qui fait toute la différence entre les hommes comme lui et les autres.

Il n'a aucun mal à imaginer la joie de Dismas quand il se présentera devant lui là-bas à Jérusalem. L'idée de cette rencontre remplit son cœur d'allégresse. Tout, aujourd'hui, lui semble plus beau. Le ciel est plus bleu, la mer plus verte, le soleil plus brûlant. Le vent, lui aussi, est de la fête.

Il gonfle la voilure d'une énergie heureuse. Alexandrie est derrière. Devant, il y a le port de Tyr. Plus loin, vers le sud, il y a Jérusalem.

Ce voyage est un pèlerinage, un retour sur des années d'un incessant combat pour survivre, rester vivant sous l'apparence d'une dépouille. Il sait maintenant que les forces nécessaires pour surmonter l'épuisement, les coups, la maladie, les outrages permanents, il les a puisées chez cet autre galérien portant le nom de Dismas.

Le hasard qui, ce jour-là, les a placés sur le même banc fut un allié prodigieux. Alliant en une fraction de seconde leurs deux vies dans un même espoir, ils prirent le risque de périr percés de traits ou de javelots, ou bien de se briser sur les rangées de rames émergeant du ventre du navire ou encore de se noyer en luttant contre le flot. Si cela s'était produit, la mort aurait été la bienvenue car elle les aurait pris libres, depuis quelques minutes seulement, mais libres.

Sans doute aurait-il sauté seul si le destin ce jour-là ne l'avait placé face à cet homme, peut-être s'en serait-il sorti, accroché à un quelconque esquif, mais ensuite ?

À deux, tout fut plus facile. Quand l'un perdait

espoir, l'autre le soutenait. Dans l'adversité, soudés comme les doigts d'une main, Dieu lui-même n'aurait pu les vaincre.

C'est encore ensemble qu'ils échappèrent au massacre dans le repaire des pirates passant des heures, plongés jusqu'au menton dans une eau glaciale à l'abri d'une cavité de la berge sous un ponton branlant.

Ce fut pourtant ce jour-là que le destin, fatigué de harceler les deux hommes, désespérant d'en venir à bout, changea de cap. Un trésor, une barque et enfin l'exaltante liberté, le retour à la vie. Syracuse, quinze jours de mer sur un bateau de commerce, Alexandrie puis le port de Tyr.

Hélas ! la paix et la liberté engendrèrent vite l'ennui. Trop d'années à rester en éveil, être attentif au moindre changement, ne dormir que d'un œil, guetter la moindre faille, la moindre faiblesse chez l'ennemi, avaient fait d'eux des fauves.

Un fauve ne peut vivre dans l'oisiveté. Il s'ennuie, devient caractériel, ne supporte plus ses congénères. Il lui manque l'aventure qui, chaque matin, remet tout en question. C'est pourquoi, un soir, Dismas ne fut plus qu'un point sur l'horizon.

Que de chemin parcouru depuis ! Une caravane, un bateau, une côte, un phare, Shimon retrouvait Alexandrie.

Il lui fallait désormais s'acheter une vie. S'assurer que jamais plus on ne lui mettrait les fers. Quelques semaines s'écoulèrent qu'il passa à errer entre port et tavernes ne sachant que faire de lui malgré cette bourse généreuse qui lui battait le flanc sous son habit.

L'achat d'une maison l'allégea un peu. Il fit à cette occasion la connaissance d'un architecte pressenti pour apporter quelques modifications dans la demeure. Ne souhaitant pourtant pas attirer l'attention sur lui, cette acquisition eut le bon sens de rester modeste.

Un lien d'amitié se tressa rapidement entre les deux hommes. Toutefois, la prudence incita Shimon à rester très flou sur son origine, son passé et cette fortune dont il semblait disposer. Il se contenta de tisser une trame plausible faisant de lui un Égyptien de souche parti un jour à l'aventure sur la mer.

Il déclara avoir réalisé des affaires en Palestine, au contact de négociants qui lui donnèrent le goût des échanges et des transactions. Là-bas, disait-il, il avait établi des relations étroites avec un réseau de commerçants dont les ramifications s'étendaient jusqu'aux frontières des mondes connus.

Tout ce qu'il dit fut plausible. Il décrit une terre lointaine où les affaires avec la piraterie rapportaient beaucoup d'argent. Il décrit Syracuse avec tant de détails que personne ne put mettre en doute ses connaissances sur ces terres situées au bout de la mer.

Très vite, de relations en relations, un petit noyau se forma autour de lui et d'agréables autant qu'interminables soirées s'instituèrent. Au cours de ces agapes joyeuses, il répondait inlassablement aux mêmes questions, relatait les mêmes faits. Aucun des convives n'aurait pu supposer que ce personnage aisé, sûr de lui, n'était autre qu'un ancien forgeron condamné aux galères pour rébellion contre l'autorité romaine.

C'est au cours d'une de ces soirées que Ounas l'architecte lui présenta celui qui allait concrétiser son avenir.

- *Permets-moi de te présenter Japhet, je lui ai parlé de toi car il a une affaire à te proposer.*

L'homme en question était trapu, rougeaud avec de petits yeux inquisiteurs qui plongèrent dans ceux de Shimon avec une insistance presque gênante. Ce dernier se sentit mis à nu. Le petit homme jaugeait, évaluait son interlocuteur sans la moindre retenue. Dans les yeux qui soutenaient son regard, il lisait à livre ouvert. Il sut immédiatement à qui il avait affaire.

Dans l'univers qui était le sien, il était primordial de savoir qui lui faisait face. Menteurs, imposteurs ou mythomanes représentaient un danger constant. Il valait mieux se tromper et perdre un marché que traiter avec ce genre de personnages qui pouvaient conduire à la faillite et au déshonneur faute de prudence.

C'est parce qu'il fut intraitable sur ce sujet qu'il était devenu ce qu'il était, un redoutable armateur faisant commerce de tout y compris d'esclaves.

Shimon ne se laissa pourtant pas déstabiliser. Il brava sans sourciller les pupilles inquisitrices. Japhet fut rassuré. Son diagnostic intérieur l'apaisa. Ce Shimon était un homme de confiance.

- *Ounas avait raison. Je crois que je peux te faire confiance. J'ai effectivement quelque chose à te proposer !*

- *Eh bien, installe-toi, je t'écoute !*

- *C'est que je préférerais te parler seul à seul si cela ne t'ennuie pas, disons que la discrétion m'accommoderait.*

- *Comme tu veux, passons dans une autre pièce, pendant ce temps, réjouissez-vous mes amis, servez-vous, mangez et buvez sans retenue !*

Ils quittèrent les lieux et Shimon l'introduisit dans la chambre la plus éloignée, de l'autre côté du jardin intérieur.

- *Je t'écoute, veux-tu une coupe de vin ?*

- *Non, merci, après si nous parvenons à nous entendre.*

- *Comme il te plaira, je suis à ton écoute.*

- Eh bien, voilà ! Comme tu ne sembles pas me connaître, mon nom est Japhet, fils de Darius, petit-fils de Kachta. Nous descendons d'une lointaine lignée de gens de mer. Le commerce nous enrichit depuis bien des générations. Cela aurait dû continuer. Hélas, malgré mes nombreuses femmes je n'ai pu obtenir fils d'aucune ; ni filles d'ailleurs. Aujourd'hui, sans connaître précisément mon âge, je commence à ressentir les effets de la vieillesse. Il est temps pour moi de me retirer des affaires. Je veux vivre mes dernières années dans la sérénité de mon domaine au milieu de mes compagnes et de mes arbres fruitiers. J'ai trois navires d'une exceptionnelle qualité, je nourris plus de familles, d'employés et d'esclaves que quiconque ici à Alexandrie. Mes entrepôts débordent de victuailles et d'objets de toutes sortes. Si demain je venais à disparaître, je n'ose imaginer ce qui se passerait. Mes ancêtres feraient de moi un damné ! Ounas affirme que tu es mon homme et je pense sincèrement qu'il a raison. Alors je te propose de te céder non seulement mes navires mais aussi mon nom afin que l'aventure continue et que je puisse me présenter devant mes aïeux la tête haute. Alors que penses-tu de mon offre, toi qui es dans la force de l'âge et de bonne fortune ?

- C'est que tu me prends au dépourvu. Même si ta proposition m'honore, je n'y étais pas préparé. Et puis, je suppose que ton offre a un prix et qu'il doit être élevé. Il se peut qu'il dépasse mes possibilités. Je suis effectivement très à l'aise mais quant à l'être assez pour acquérir ton nom et tes biens, il en va autrement.

- Allons allons, je ne te cède que mes bateaux mes entrepôts et mon stock, pas l'ensemble de mes biens.

Réfléchis encore, parles-en avec Ounas, donne-moi ta réponse dans quelques jours, au moins sur le principe, pour le reste, il sera temps d'en discuter après.

Et il y eut effectivement un après. Shimon pesa le pour et le contre, discuta longuement avec son ami l'architecte, visita les entrepôts, les navires, évalua les stocks, passa quelques nuits blanches, suggéra à Ounas de devenir son homme de confiance, son bras droit et finalement il accepta.

Un semblant de signature, un cachet de cire, un texte qu'il ne savait pas lire sur un rouleau de papyrus de premier choix roulé dans un tube de bambou et, par un bel après-midi, il devint Shimon l'armateur, fils de Japhet Darius Katcha, négociant en tout ce qui s'achète et se vend sauf les esclaves.

- *Es-tu devenu fou ? Renoncer au commerce des esclaves va te faire perdre beaucoup d'argent ! Le vent du large t'aurait-il soufflé une partie de ton cerveau d'une oreille à l'autre ?*

Shimon grommela quelques mauvais prétextes.

- *Les esclaves ne sont pas une marchandise sûre. Beaucoup meurent en route. Ils apportent des maladies inconnues, parfois, c'est toute la cargaison qu'il faut jeter à la mer, l'équipage peut être touché, sans compter la nourriture, un esclave en mauvaise santé ne peut être vendu, il faut des gardes pour veiller sur eux, non, non, les esclaves ne m'intéressent pas ! Les céréales, l'huile, le vin, les fruits, la viande séchée, le poisson, la poterie, le verre, les moutons, la volaille, tout cela suffira amplement sans compter que j'envisage d'intensifier le commerce avec les romains. Je pourrais ainsi jouir de la protection de leurs navires, non, non, je t'assure, les esclaves ne m'intéressent pas !*

Au fil des mois Shimon se composa un personnage digne de ses nouvelles fonctions. Il acquit une somptueuse villa aux abords de la ville, prit possession du vaste bureau de Japhet, sut bien vite qui soudoyer pour que s'ouvrissent certaines portes, paya grassement son ami et homme de confiance, Ounas, ainsi que quelques proches, fit tant et si bien que sa fortune grandissante fit de lui une personnalité incontournable de la vie d'Alexandrie la belle.

Ce n'est que dans la profonde solitude de ses nuits que le passé resurgissait.

Chapitre II

Pilate est furieux.

- *Comment oses-tu me sortir du sommeil pour de telles absurdités ? Je devrais te faire fouetter. Il fait à peine jour !*

- *Je le sais et j'ai longuement hésité avant de prendre la décision de t'en informer, mais la rumeur se répand plus vite qu'une épidémie, des femmes se sont rendues au tombeau et l'ont trouvé vide !*

Pilate hurla.

- *Et alors ? Ses amis auront récupéré le corps, peut-être pour l'ensevelir ailleurs, que faisaient les gardes ? Ils dormaient ?*

Le secrétaire bredouilla, s'attendant à tout instant à recevoir une gifle du procurateur que la colère agitait comme un possédé.

- *Ils disent qu'ils n'ont rien vu, rien entendu, au lever du jour, la pierre n'était plus en place, le tombeau était vide et ouvert !*

- *- Mais qui l'a ouvert ? Une pierre de ce poids ne se déplace pas toute seule ! Me prendrais-tu pour un idiot ? Je veux voir le responsable, que l'on m'amène les soldats qui se trouvaient au tombeau et leur chef aussi et sans délai !*

Moins d'un quart d'heure plus tard, les hommes étaient introduits dans la salle d'audience.

- *Je vous écoute, qu'avez-vous à dire sur la disparition du corps ?*

Le centurion balbutia.

- *Excellence, nous n'y sommes pour rien, c'est incompréhensible, c'est...*

- *Assez ! Me prendriez-vous pour un imbécile ? Je n'ai jamais vu un mort sortir sur ses pieds d'un tombeau et encore moins après avoir roulé seul une telle pierre. Vous dormiez, c'est cela ? Ou mieux, ils vous ont soudoyés, combien vous ont-ils donné pour soutenir cette version outrageante pour mon intelligence ?*

- *Excellence, je jure que c'est la stricte vérité, ces hommes sont formels, même s'ils avaient voulu ils n'auraient pu dormir, il pleuvait, les amis du crucifié se tenaient à distance, personne ne s'est approché, personne n'a touché la pierre, c'est incompréhensible !*

- *Eh bien, moi, je vous conseille de trouver une explication plausible et qui ne soit pas une insulte à ma personne, croyez-vous que le représentant de Rome puisse se contenter de telles balivernes ? Cet homme a été remis aux prêtres du Sanhédrin à l'état de cadavre, un des gardes lui a percé le cœur d'un coup de pilum, sans mon accord d'ailleurs, il sera puni pour ce geste !*

- *J'en ai assez de la désobéissance. Le maître ici, c'est moi et quand je donne des ordres, j'entends être obéi. Vous, je vous mets aux arrêts, quant à toi, je veux ce Joseph d'Arimathie devant moi avant que le soleil ne soit au zénith.*

Le secrétaire se courba en deux, heureux que la colère de son maître se soit rabattue sur les soldats. Il sortit de la pièce à reculons. Pilate tournait en rond comme un fauve en cage. Cette histoire lui sortait par les naseaux.

D'abord cet homme, cet illuminé que les prêtres lui demandaient de condamner et puis ce Joseph qui vint lui réclamer le corps afin de le déposer dans un tombeau lui appartenant, un Juif, un prêtre du Sanhédrin, à la veille de Pâques, et maintenant, ce réveil à l'aube pour lui annoncer cette ineptie.

Il lui fallait décidément remettre de l'ordre. Chacun en prenait un peu trop à son aise à commencer par Hérode, ce roi sans pouvoir qui avait eu l'audace de faire exécuter un prisonnier avant d'exhiber sa tête sur un plateau d'argent. Décidément, il fallait que ça change et ça allait changer sans tarder.

Le soleil était déjà haut quand Joseph d'Arimathie et Nicodème pénétrèrent dans la pièce. Sur son siège d'apparat, Pilate, le visage renfrogné, les dominait.

- *Je suppose que vous êtes au courant ? Peut-être avez-vous une explication à me fournir ?*

- *Hélas, le Sanhédrin s'est réuni ce matin à la première heure, mais en fait, nous ne savons rien, c'est incompréhensible ! commença Joseph.*

- *Écoute, prêtre, je m'appelle Ponce-Pilate, je suis procurateur de Judée, je représente l'empereur Tibère et l'empire de Rome, je n'hésiterai pas un instant à t'expédier, toi et ton compère, à la forteresse couverts de chaînes, alors je te conseille de changer de version.*

- *Je vous ai livré le condamné, pas par moi, je te le rappelle, aux environs de midi, tu es venu avant la nuit me réclamer sa dépouille afin de l'ensevelir dans un caveau tout neuf qui si je ne me trompe t'appartient, ce qui pour un Juif, qui plus est à la veille de Pâques, n'est déjà pas banal alors moi, depuis ce matin, je tourne et retourne le problème et je n'y trouve que trois solutions !*

- *La première, c'est que le supplicié n'était pas mort quand tu es venu me réclamer son corps, la seconde, c'est qu'il n'a jamais été déposé dans le caveau en question, la dernière, c'est que vous avez soudoyé mes gardes pour qu'ils ferment les yeux et me racontent des sornettes.*

- *Laquelle de ces trois possibilités me proposez-vous ?*

Joseph avala sa salive.

- *Sauf le respect que je dois à l'autorité romaine que tu représentes ainsi qu'à ta personne, je te le répète encore une fois, je n'ai aucune explication à te fournir. Nous avons appris la nouvelle ce matin comme toi et comme tous les prêtres du Sanhédrin.*

- *Nous avons immédiatement réuni le conseil. Il semble que le corps de cet homme se soit volatilisé. C'est, à cet instant, tout ce que je suis en mesure de déclarer.*

- *C'est pourtant bien toi et ton voisin ici présent qui êtes venus me réclamer le corps, c'est bien toi qui m'as assuré qu'il était bien à l'état de cadavre, c'est bien toi qui m'as informé qu'un garde lui avait percé le cœur d'un coup de lance, c'est encore toi et ton ami qui l'avez descendu du gibet avant de l'emporter, c'est donc toi qui as exécuté le rituel d'ensevelissement avant de refermer le tombeau, nous sommes d'accord ?*

- *En tous points ! Mais ensuite, ce sont tes hommes qui ont pris position devant le caveau jusqu'à ce matin. Si quelque chose s'est passé, c'est donc à eux que tu dois demander une explication.*

- *Ne fais pas le malin avec moi ! Ne cherche surtout pas à retourner la situation, à faire retomber le résultat de vos manigances sur l'autorité romaine. Je sais que tu connais le fin mot de l'histoire et crois-moi, tu vas me le donner. Je te repose une dernière fois la question. Où est le corps du supplicié ?*

Nicodème prit la parole.

- - *Excellence ! Ce que te dit Joseph est exact, personne ici ne te prend pour un imbécile ! J'ai aidé mon ami à descendre le crucifié, il était bien mort. Du moins, il en avait l'apparence. Ce qui avait séché sur son flanc n'était pas du sang de vivant, je veux dire, il n'était pas rouge, il était d'une couleur beaucoup plus, enfin je veux dire... du sang de cadavre, quoi !*

Pilate l'interrompit.

- *Du sang de cadavre, dis-tu ? Et ses mains et ses pieds, saignaient-ils eux aussi ? Y avait-il du sang de cadavre sur ses membres ?*

- *Je ne sais plus, je n'ai vu que sa poitrine avec cette plaie béante, horrible !*

- *Et toi, tu ne vas pas tarder à en devenir une de plaie béante si tu persistes dans cette voie ! Comment osez-vous me prendre à ce point pour un idiot ? Après un tel déluge, après plusieurs heures d'une pluie torrentielle, comment la moindre trace de sang aurait-elle pu être encore visible sur un corps de défunt ?*

- *Vous mentez ! Vous mentez tous les deux ! Je ne sais pas ce que cache cette mascarade mais aucun de vous deux ne sortira d'ici avant que j'en aie l'explication.*

Pilate se leva et arpenta la salle.

- *Voyons, rappelez-moi ! Combien étaient-ils à être exécutés ce vendredi ?*

- *Trois, Excellence !*

- *Trois, c'est bien cela ! Et que sont devenus les deux autres ?*

- *Ils ont été ensevelis !*

- *Où ça ?*

- *Mais dans la fosse commune, comme tous les condamnés !*

- *Tous ? Mais non, voyons ! Un des trois a échappé à la fosse commune, et pourquoi ? Parce que tu es venu me réclamer le cadavre. Le corps de celui que vous accusiez de blasphème, de se prétendre fils de Dieu, de se prétendre le Messie. Comment sont donc morts les deux autres ?*

- *On a dû leur briser les jambes afin d'abréger leur agonie. Ils devaient mourir avant le début de la Pâque.*

- *Tiens, tiens ! Et l'autre, le troisième, a-t-il eu lui aussi les tibias brisés par la masse ?*

- *Joseph était de plus en plus mal à l'aise.*

- *Non, ce ne fut pas nécessaire ! Il avait reçu un coup de lance !*

- *Ah oui ! Un coup de lance en plein cœur, n'est-ce pas ? Seulement voilà, celui qui donne l'ordre d'abréger l'agonie d'un condamné, c'est moi et je n'ai pas donné l'ordre de briser les jambes de cet homme car tu m'as assuré qu'il était mort dès suite de ce coup de lance. Alors, lequel d'entre vous a empêché que le crucifié ait les membres brisés et pour quelles raisons ?*

- Comme je viens de te le dire, c'est un garde qui a pris sur lui de frapper le condamné au niveau du cœur, il n'était donc plus nécessaire de lui briser les jambes. À mes yeux, il était mort.

- Pilate reprit sa place sur son siège.

- Donc je récapitule ! Un garde lui perce le flanc d'un coup de pilum, on brise les jambes des deux autres en épargnant celles de ce Jésus, vous venez me réclamer son corps avant la nuit, vous le descendez de la croix, vous l'enveloppez d'un linceul, vous le transportez au tombeau, vous pratiquez les rituels d'ensevelissement, vous quittez le caveau en prenant soin de rouler la pierre devant l'entrée et deux jours plus tard, le cadavre se réveille, se libère du suaire, se lève, déplace seul la pierre dans un silence absolu avant de disparaître dans la nature sans qu'aucun des gardes ou de ses amis ne s'aperçoive de quoi que ce soit, c'est bien cela ?

- C'est incompréhensible nous en convenons, mais c'est pourtant ainsi ! Nous martyriser ne servirait à rien, nous ne savons rien de ce qui a pu se produire, tout ce que nous savons, c'est que ce matin, les femmes ont trouvé le tombeau ouvert et vide !

- Qui sont ces femmes ?

- Une certaine Marie de Magdala, amie du crucifié et ensuite deux de ses disciples, un certain Simon-Pierre et un Jean.

- Et maintenant ? Ils ont disparu eux aussi ?

- Je ne sais pas ! Je crois qu'ils parcourent la ville pour répandre la nouvelle.

- Pour eux, cet homme est ressuscité. Il semble qu'à l'heure qu'il est, il y ait foule au sépulcre.

Pilate se leva pour s'adresser à son secrétaire.

- *Que l'on prépare mon escorte ! Vous allez m'accompagner. Je veux me rendre compte par moi-même.*

Il fallut moins d'une vingtaine de minutes pour que le procurateur effectuât le trajet. Il pénétra dans le caveau, embrassa l'espace du regard, se figea brusquement en contemplant ce qui venait de l'interpeller. Dans un coin, bien pliées, se trouvaient les bandelettes et à côté, les flacons d'aromates encore intacts. Ces éléments importants du rituel d'inhumation n'avaient pas été utilisés. Un petit sourire plissa sa bouche lorsqu'il fixa Joseph d'Arimathie.

Chapitre III

Priscus écarte de la main le médecin accroupi à ses pieds. De toute façon, l'onguent et le bandage ne l'empêcheront pas de souffrir. Le seul avantage du pansement sera de lui interdire de se gratter jusqu'au sang l'espèce de gale qui, par instants, lui ferait s'arracher la peau tellement la démangeaison est intolérable.

- *Ça suffit ! Tu reviendras ce soir, laisse-moi, j'ai à faire.*

Le médecin remet de l'ordre dans son attirail avant de saluer son patient et de se diriger vers la porte. Il doit se retirer pour livrer passage à un serviteur accompagné d'un homme à la démarche assurée, drapé dans une tunique de lin plissée, serrée à la taille par une ceinture brodée de fils d'or et d'argent.

Une cape fixée sur l'épaule gauche est rejetée à la romaine sur la droite pour retomber sur le dos. Son bras gauche serre un rouleau de papyrus.

Assurément, cet homme est un dignitaire. Priscus se lève sans toutefois quitter son bureau.

- *Heureux de te connaître ! J'ignorais que mon ami Japhet eut un fils. Prends place.*

Le visiteur salue son interlocuteur avant de s'installer sur le siège que lui indique son hôte.

- *Eh bien, tu ne l'ignores plus, voici son sceau !*

Shimon présente l'énorme bague qu'il porte au majeur de la main droite.

- *Comment va-t-il, ce vieil ami ? C'est que nous en avons traité des affaires ensemble depuis toutes ces années.*

- *Eh bien, désormais, c'est avec moi que tu devras traiter. Pour répondre à ta question, il va très bien. La vieillesse le laisse en paix.*

- *Il a de la chance ! Moi, c'est différent. Vois ce pansement : ce médecin est un idiot, il est incapable d'atténuer mes souffrances. Si tu en connaissais un bon, tu serais doublement le bienvenu. Alors cette cargaison, pas de problème ?*

- *Aucun ! Voici les documents relatifs à la marchandise. Nous avons fait un voyage parfaitement calme. Je possède des bateaux phéniciens, ce sont les meilleurs navires, comme tu le sais.*

- *Ça, je reconnais que ce n'est pas la flotte israélite qui leur fait concurrence. D'ailleurs, ce sont les Égyptiens, tes compatriotes, qui sont chargés de construire ces bâtiments. Quand je pense à ce que nous sommes capables de réaliser, nous autres Romains, enfin l'important, c'est que tu sois là avec ta cargaison. Tu as bien toutes mes commandes, n'est-ce pas ?*

- *Oui ! Je n'attends que ta présence pour contrôler. J'ai personnellement assisté au chargement pour les armes, les cuirasses et les casques, mais également pour m'assurer de la qualité du papyrus et de l'état des tentes. Je suis certain que tu seras satisfait.*

- Ce n'est pas à moi d'être satisfait mais à l'officier commandant la légion qui doit arriver de Rome ces prochains jours. L'armée a de gros besoins. Si tu es correct avec elle, tu n'as pas à t'inquiéter pour ton avenir.

- À ce propos j'ai une affaire à te proposer Du bétail et du bois à prendre à Césarée, le bétail pour la colonie de Chypre, le bois pour Athènes. Pour les bêtes je te paie en huile, pour le bois je te paie en or. Viens partager mon repas ce soir, nous en parlerons. Quand veux-tu repartir ?

- Pour être franc, je n'ai pas fait ce voyage spécialement pour te rencontrer. Je veux me rendre à Jérusalem. J'ai là-bas un ami que je voudrais saluer.

Priscus s'étonne.

- Tu as fait ce voyage pour saluer un ami à Jérusalem ? Cet ami doit beaucoup compter à tes yeux. Que fait-il, cet ami ? Est-il lui aussi dans le commerce ?

- Je ne sais pas, il y a bien longtemps que je ne l'ai vu.

- Tu ne sais pas ce que fait ton ami ?

- Non ! Lorsque je l'ai quitté nous avions passé quelques années ensemble à commercer avec les terres de l'Ouest, ce qui nous avait assez bien réussi. Et puis après quelque temps chez lui en Judée, je l'ai quitté. Le vent du large me manquait.

- Ton ami est juif ?

- Oui ! C'est pour cette raison qu'il a souhaité rester à Jérusalem. Mais si nous allions contrôler le chargement ?

- *Tu as raison ! Nous discuterons de tout cela ce soir. Je te demande quelques instants. Je ne suis pas en mesure de marcher très longtemps, je dois me faire transporter. Je te rejoins au bateau, le temps de donner mes ordres.*

Shimon se retire avec le minimum de politesse. Le premier contact avec cet homme l'a mis mal à l'aise. Un Romain grassouillet aux doigts recouverts de bagues et d'un abord faussement amical ne peut être autre chose qu'un partenaire commercial, un ami, sûrement pas. Pourtant Shimon se rend compte qu'il n'a pas décliné l'invitation. Il se rendra donc ce soir chez ce Priscus, partenaire de Japhet depuis des années. Il se souvient des paroles de ce dernier. « Quand tu te rendras en Palestine, présente-toi à mon ami Priscus, nous traitons ensemble depuis si longtemps. Il est bon que tu connaisses tes différents partenaires. On dit qu'il jouit de la protection de l'empereur Tibère en personne. »

Japhet a raison, Shimon doit entretenir de bonnes relations avec ses partenaires. Le physique de cet homme ne peut entrer en ligne de compte. Il regrette d'avoir été distant avec lui. Ce soir, il fera un effort pour être agréable à son hôte.

Le capitaine du bateau est en discussion avec un officier romain et deux dignitaires sans doute chargés des hautes fonctions auprès de l'armée. Shimon se présente alors qu'arrivent des légionnaires escortant une dizaine de chariots destinés à recevoir la marchandise.

Quelques heures plus tard, il quitte l'auberge pour se rendre à l'invitation de Priscus. Située en dehors de la ville, proche de la mer, la maison du négociant est une superbe bâtisse à étage surmontée d'un toit de tuiles romaines. Tout ici respire le luxe.

La cour intérieure est ornementée d'une splendide

fontaine qui reflète la flamme des torches éclairant le jardin. Des bancs de pierre sont adossés au muret qui supporte les colonnes entourant la cour. Un escalier conduit à une terrasse sur laquelle sèche une récolte de lin.

- *Sois le bienvenu ! Le fils de Japhet est ici chez lui.*

Priscus a mis son habit d'apparat. Il se devait d'honorer un visiteur de cette importance.

ont envahi l'espace. La table basse regorge de victuailles. Des plats d'argent contiennent de quoi nourrir l'armée romaine. Des coupes d'or incrustées de pierres précieuses attendent le nectar contenu dans des jarres portant cachets. Des fresques murales tressaillent sous les tremblements de multiples lampes à huile répandant une agréable odeur dans la salle.

- *Installe-toi. J'espère que tu as faim ! J'ai, entre autres, fait préparer pour toi une spécialité bien romaine ; des cailles farcies aux langues de rossignol.*

Shimon rejette le manteau qui lui couvre le corps et prend place sur un canapé. Priscus frappe dans ses mains. Un serviteur se précipite les mains encombrées d'une bassine d'eau pour entreprendre de laver les pieds de l'invité.

À peine a-t-il défait la première sandale qu'il s'immobilise une fraction de seconde. Une cicatrice semble faire le tour de la cheville juste au-dessus du coup de pied. L'homme reprend pourtant son travail avant d'essuyer soigneusement les membres de Shimon à qui l'hésitation du serviteur n'a pas échappé. Son cœur s'accélère dans sa poitrine. Cet esclave a certainement compris. Le sceau qui imprime ses chairs parle beaucoup mieux que les vêtements brodés qui lui couvrent le corps.

Priscus n'a rien remarqué. Le serviteur ne dira rien. Malheur à lui s'il osait faire la moindre remarque au sujet de l'invité que son maître semble traiter comme un prince. Mais Shimon est ébranlé. Son passé, le véritable, est inscrit là dans sa chair. Il est de la race de celui qui s'est tenu agenouillé devant lui. Il sait que l'esclave sait ! Il doit pourtant se reprendre, revenir à la réalité. Priscus prononce des mots que Shimon n'entend plus. Il tente de s'excuser pour ce moment d'absence.

- *Pardonne-moi ! Une idée qui m'est brutalement revenue, tu disais ?*

- *Je te parlais de ma proposition de chargement pour ton bateau.*

- *Ah oui ! Du bétail et du bois. Effectivement, ça m'intéresse. Combien de bêtes ? Combien de bois ?*

- *Trois cents moutons et cinq mille moudii de bois. Comme je te l'ai dit, je te paie les bêtes en huile. Pour le bois, nous pèserons l'or ensemble. Acceptes-tu des passagers pour Chypre ?*

- *Combien ?*

- *Les deux personnes qui se trouvaient cet après-midi avec l'officier.*

- *Vois cela avec mon capitaine. Comme je te l'ai dit, je pars dès que possible avec une caravane pour Jérusalem. Remets-lui les amphores d'huile, pour l'or, nous réglerons ça dès mon retour. Envoie un homme de confiance à Césarée pour contrôler le chargement.*

- *Comme tu voudras. Si ça peut t'aider, j'ai formé une caravane de blé pour la dixième légion qui est stationnée en Judée, elle quitte Tyr dans trois jours, tu n'auras qu'à te joindre à elle. En attendant, je t'offre l'hospitalité. Cette maison est tienne jusqu'à ton départ.*

- *Je t'en remercie, mais je dois retourner à*

l'auberge. J'ai diverses affaires à régler avec le capitaine de mon bateau. Mon absence va durer plusieurs semaines, c'est donc lui qui va assurer le retour du navire à Alexandrie.

- *Tu sembles accorder une totale confiance à tes subordonnés, tu ne crains donc jamais que l'un d'entre eux ne soit tenté de... Enfin, je veux dire...*

- *Je sais ce que tu veux dire ! Je suis très généreux avec les gens de mon proche entourage. Mais chacun d'eux a une fonction bien définie. Il ne sait que ce qu'il doit savoir, rien de plus. Par ailleurs, j'agis en laissant entendre à chacun qu'il est à mes yeux le plus digne de confiance, si l'un ou l'autre dérapait, j'en serais immédiatement informé. Ce ne sont pas des esclaves que je mène à la trique, ce sont des partenaires. Je les respecte et ils me le rendent. Que les Dieux t'entendent !*

- *Les Dieux n'ont rien à voir là-dedans. Si l'un de mes collaborateurs me trahissait un jour, j'en serais le seul responsable. Nul n'est infaillible mais je connais la nature humaine et j'essaie de composer avec.*

- *Tu as des paroles sages mais si différentes de celles de ton père. Allons, il est temps de rendre hommage à ces mets. Si tu apprécies le vin, j'ai là une cuvée de vin vieux que je fais venir d'Italie. Sa fluid est étonnante.*

La nuit est fort avancée lorsque Shimon se décide à prendre congé de son hôte. Le festin et l'alcool aidant, il a oublié l'incident du lavage des pieds et il sent qu'il est grand temps de rejoindre l'auberge afin de plonger dans un sommeil réparateur.

Il marche depuis quelques minutes, emmitouflé dans son manteau, lorsque ses sens le mettent en alerte. Une ombre fugitive est apparue sur un mur à la faveur d'un flambeau accroché à une façade. Cette ombre n'est pas la sienne. Il n'est pas enivré au point de confondre sa propre silhouette avec celle d'un suiveur.

Bien qu'éclairées par de multiples torches mises en place par le pouvoir romain, les ruelles ne sont pas sûres. Le danger est partout malgré les fréquentes patrouilles. Il peut surgir à chaque instant. Shimon veut s'assurer qu'il n'a pas rêvé. Il accélère le pas, jetant des regards furtifs en arrière sans toutefois faire comprendre à son éventuel suiveur qu'il vient d'être repéré.

Cette fois, plus de doute, quelqu'un marche sur ses talons ! Il cherche à prendre un peu de distance n'ayant aucun moyen de défense sur lui en dehors de ses mains et ses pieds. Une maison en construction lui offre enfin une possibilité de se dissimuler aux yeux de son ou ses éventuels suiveurs. Il pénètre sur le chantier. Distinguant une pile de briques, il s'empare de l'une d'elle et, plaqué contre le mur, attend en contrôlant sa respiration. Un imperceptible froissement de tissu l'avertit. Quelqu'un approche qui doit être pieds nus.

Shimon ne respire plus. Rasant les murs au plus près, le suiveur va passer à moins de deux coudées de lui. Il passe et s'effondre sur le pavé.

Un râle indique à Shimon que l'inconnu a son compte. La brique abattue sur sa nuque lui a brisé les cervicales. Un dernier grognement puis le silence. Il retourne le corps inanimé. Il reconnaît immédiatement le visage du serviteur de Priscus. Shimon scrute la ruelle, s'assure que tout est calme avant de tirer le cadavre à l'intérieur du chantier. Il couvre le corps de briques afin qu'il ne soit découvert que le plus tard possible puis reprend sa marche. Il a bien du mal à contrôler ses nerfs. Ses membres tremblent au rythme des battements de son cœur. Tout s'embrouille dans son cerveau. Cet homme a-t-il agi sur ordre de Priscus ? A-t-il simplement voulu savoir qui était ce notable richissime aux chevilles délatrices ? Voulait-il simplement lui parler ?

Shimon réalise à cet instant que son aspect extérieur n'est qu'une façade. Le fauve est toujours en lui. L'image qu'il s'est composée grâce au pouvoir de la fortune n'est qu'un leurre. L'animal traqué ne l'a jamais quitté. Il s'est construit une identité nouvelle, une vie nouvelle, jetées comme un crépi sur une lézarde qui ne se refermera jamais.

Cette nuit, alors qu'il se vautrait dans le luxe et l'opulence, tapis dans l'ombre, ses vieux démons attendaient leur heure. Il n'a fallu que l'instant d'un éclair pour que tout bascule, qu'il devienne un assassin. Oh bien sûr, le sang qui lui couvre les mains n'est que du sang d'esclave et sa position le rend intouchable ; pour Priscus, ce n'est qu'une perte financière, mais pour lui qui connaît la vérité, c'est une plaie béante identique à celles que les plombs au bout des lanières des fouets laissaient dans sa chair.

Chapitre IV

C'est dans une Jérusalem en ébullition qu'arrive Shimon. Le meurtre de l'esclave n'est déjà plus qu'un mauvais souvenir, un accident, c'est ce que l'armateur se répète afin de s'absoudre de son geste. Il n'a jamais bien sûr voulu devenir un meurtrier. Il a frappé trop fort, c'est tout, un regrettable accident.

Du côté de Priscus, il n'y eut qu'une simple allusion.

- *Un de mes serviteurs a été trouvé assassiné le lendemain de ta visite. J'ignore ce qu'il faisait dehors cette nuit-là !*

Et ce fut tout. Un simple accroc sur la trame de sa nouvelle vie. Étant le seul à connaître l'auteur de cet acte et bien décidé à sortir cet instant de sa mémoire, c'est d'un cœur presque léger qu'il aperçoit les murailles de la ville.

Ignorant toujours l'épisode du Golgotha, il franchit la porte au milieu d'une agitation considérable en cette fin d'après-midi de ces derniers jours d'avril trente-trois. Il lui faut en première urgence trouver un gîte. Bien que Pâques soit passée depuis quelques jours une foule énorme circule dans la cité.

Ah ! ça, c'est sûr, les avenues d'Alexandrie n'ont rien en commun avec ce coupe-gorge. Mais il y a ici une partie de lui-même qu'il doit retrouver. Il a bien essayé, au cours du voyage, de glaner des informations sur un certain Dismas revenu richissime de lointains horizons, mais hélas ce fut sans succès.

- *Dismas, dis-tu ? Dismas qui ? Fils de qui ? Père de qui ? Non, on ne connaît pas de Dismas !*

Pourtant, Shimon n'a pas le moindre doute, c'est ici à Jérusalem que se trouve son ami. Après tout, peut-être qu'il n'a pas suivi le même chemin que lui. Rien ne lui permet de supposer que son compagnon d'infortune ait eu envie de s'investir dans un quelconque commerce. Il est même probable qu'il profite le plus simplement du monde de sa fortune en coulant des jours heureux.

Si, aujourd'hui, lui-même est à la tête d'une entreprise de transports maritimes, il ne doit cette situation qu'au hasard. Sans son ami l'architecte, jamais il n'aurait rencontré Japhet. Sans doute Dismas n'a-t-il pas rencontré de Japhet, et puis Jérusalem n'est pas si vaste, il commencera ses recherches demain. Ce soir, l'urgent, c'est un bon repas et une couche. Demain, le soleil se lèvera.

« Si tu ne trouves pas de place pour la nuit rejoins-nous au campement, tu y seras le bienvenu. » C'est sur ces mots d'amitié qu'il prit congé de ses compagnons de route. Se frayer un chemin dans cette cohue disparate est une épreuve. Une telle concentration d'étrangers fait qu'un indescriptible brouhaha vient percuter ses tympans.

Au milieu de cette foule qui sent la sueur, le crottin,

les parfums poisseux, Shimon est heureux.

Il attendait cet instant depuis si longtemps. Quelque part dans cette ville, son sang coule dans d'autres veines.

- *Dismas, mon ami, où es-tu ?*

Si proche et si loin encore. (Auberge du temple) Voilà un nom qui sonne franc. Il pénètre dans la salle copie conforme de la rue quant à l'affluence et au bruit. De pleines tablées de pèlerins encombrés de leur barda tentent de s'entendre dans un concert de bêlements de moutons, de caquètements de volailles, de cris d'amis qui s'interpellent.

Shimon gagne le comptoir duquel émergent des vasques pleines de bière et de vin.

- *C'est toi, l'aubergiste ?*

- *Oui, que veux-tu ?*

- *As-tu une place pour la nuit ?*

- *Fais-toi en une sur la terrasse en prenant celle des autres, c'est tout ce que j'ai à te proposer. Ça fera deux deniers pour le repas et la nuit. Je te préviens, elles sont fraîches !*

Shimon comprend qu'il lui sera probablement impossible de trouver un gîte entre les murs de la cité. Alors qu'il s'apprête à se retirer, il est interpellé par un individu apparemment alcoolisé à la bière.

- *Eh, l'ami ! Si tu veux dormir à l'abri, il y a un caveau tout neuf complètement libre, celui qui l'occupait ne l'a pas trouvé à son goût, il est parti !*

Cette phrase déclenche l'hilarité d'une partie des occupants de l'auberge. Shimon, qui n'a pas compris l'allusion, se retire avec un sourire de complaisance. Ce soir, il lui faut rejoindre ses compagnons de voyage en dehors des murs de la ville.

Brusquement, il se ravise. Il y a deux choses dont il

a perdu l'habitude. La première, c'est de ne pas obtenir ce qu'il désire, la seconde, c'est qu'on se permet de se moquer de lui. Il revient donc vers l'aubergiste pour déposer deux pièces d'argent sur le comptoir.

- *Je veux une chambre ! Je veux y dormir seul ! Je veux que tu m'y apportes mon repas ! Est-ce que c'est clair ?*

Le ton employé ne souffre aucun refus. Le tenancier avance les doigts pour s'emparer des deux pièces quand une main lui plaque le bras sur le comptoir.

- *Es-tu fou, étranger ?*

Un moment de flottement s'installe dans l'auberge. Les conversations sont momentanément suspendues. Le patron tente de libérer son bras mais la force de celui qui le plaque l'en empêche.

- *Une telle somme ? Pour dormir dans ce cloaque, au milieu de cette faune ?*

Interloqué, Shimon fixe son interlocuteur sans trouver de réponse.

- *Reprends ton argent et viens t'asseoir avec moi.*

L'aubergiste veut élever une protestation mais le regard de l'inconnu l'en dissuade prestement.

- *Permets que je me présente ! Je m'appelle Aaron. J'appartiens à la police du temple.*

Shimon sent son sang s'arrêter dans ses veines. Se peut-il que… ? Il n'ose s'opposer à cet homme qui, par ailleurs, est d'une carrure impressionnante. Aaron chasse un groupe de pèlerins attablés et fait un signe à l'aubergiste en invitant Shimon à prendre place.

- *Tu aimes la bière ?*

Shimon acquiesce.

- *Tu cherches à ce qu'il t'arrive des ennuis ? Sortir ainsi des pièces d'argent ! D'où viens-tu ? Tu sembles disposer d'une bonne dose d'autorité ! Quel est ton nom ? Je viens de Tyr où j'ai effectué une livraison pour le compte de l'armée romaine. Je suis armateur et égyptien. Mes navires sont ancrés à Alexandrie.*

- *Tes navires ? Voilà donc pourquoi tu sembles si riche ! Que fais-tu ici à Jérusalem, quel est le but de ton séjour ? Tu n'es pas juif, tu n'es donc pas venu pour la Pâque ?*

- *Non ! Je suis à la recherche d'un ami. Nous nous sommes quittés il y a bien longtemps. J'ignore où il se trouve précisément mais je pense qu'il est ici à Jérusalem.*

- *Que fait-il, cet ami ?*

- *Je l'ignore ! Il est possible qu'il se contente de vivre à l'écart de tout commerce.*

- *Est-il donc si riche lui aussi pour vivre sur sa fortune ? Quel est son nom ?*

- *Dismas ! Il est juif. Mais pourquoi toutes ces questions ?*

- *Je cherche simplement à t'aider et t'éviter des ennuis. Je ne connais pas ce Dismas, comment est-il ?*

Shimon fait une description le plus détaillée possible de son ami qui ne semble pourtant pas interpeller le policier.

- *Des gens comme ça, il y en a des milliers en ce moment. Il va te falloir beaucoup de chance et de patience. En attendant, évite d'exhiber ainsi ta fortune car je ne serai pas toujours derrière toi.*

Shimon s'est calmé. Il a compris que la présence de ce policier ne le concerne pas et que seul le hasard l'a placé sur son chemin. Il tente une question.

- *Qu'est-ce qu'un policier du Sanhédrin fait dans cette taverne ?*

- *J'écoute, je regarde, tu sembles ignorer ce qui s'est*

passé ici à Pâque.

- *Oui, je viens d'arriver. Il s'est donc passé quelque chose ? Figure-toi que trois lascars ont été exécutés le vendredi précédant la fête. Ils ont été crucifiés. L'un d'eux aurait survécu. Peux-tu croire pareilles sottises ? Toujours est-il que des ragots circulent sur le sujet. Il serait bien mort, puis finalement serait revenu à la vie, ressuscité, quoi !*

Shimon sursaute d'étonnement.

- *Ressuscité ? Mais c'est totalement impossible ! Personne jamais n'est ressuscité !*

- *Tu vois, toi non plus tu n'y crois pas ! Pourtant, je suis chargé d'enquêter sur ce miracle. C'est qu'il avait des amis, le condamné, beaucoup d'amis. Certains prétendent qu'ils l'ont vu, qu'il leur a parlé, alors avant que de telles balivernes n'engendrent des troubles, je regarde, j'écoute, je cherche à repérer ceux qui auraient la langue trop bien pendue.*

- *Mais quelle importance ? s'étonna Shimon. Ce ne peut être autre chose que des sornettes ! En quoi cette fable pourrait-elle être faute de troubles ?*

- *C'est que, comme je te l'ai dit, le crucifié n'était pas un homme ordinaire ! Les deux autres, oui, mais celui-là était différent. Il se proclamait roi des juifs et fils de Dieu, tu t'imagines ? Fils de Dieu, rien que ça !*

- *Fils de Dieu ! pouffa Shimon. Ce n'était qu'un pauvre illuminé ! Il ne méritait sûrement pas la crucifixion pour de telles sottises !*

- *Je ne dis pas que tu as tort, seulement lui, il était... comment te dire ? différent, c'est cela, différent. Des illuminés de ce genre comme tu dis, il y en a des centaines, prédicateurs, devins, annonciateurs de catastrophes, mais lui, en plus, il accomplissait des miracles ! Des miracles ?*

- *Comme je te le dis ! C'est, en tout état de cause, ce qui se raconte à travers toute la Judée. Il y aurait de nombreux témoins, hommes et femmes confondus. Mais je crois que ce qui l'a condamné, c'est qu'il s'en prenait aux fondements même de notre religion. Il critiquait les prêtres, les rituels, le baptême, le temple, les sacrifices, en un mot il blasphémait et ça ici ce n'est vraiment pas recommandé. Notre Sanhédrin ne plaisante pas avec ceux qui se permettent ce genre de fantaisies.*

- *Je vois ! fait Shimon. Mais il y a un moyen bien simple de savoir si cette histoire est vraie. Le corps doit bien se trouver quelque part. Un crucifié ressuscité doit forcément porter des traces de son supplice.*

- *Tu as raison, seulement voilà ! il reste introuvable. Pas plus de corps en vie que mort. Disparu, envolé ! Le dimanche matin, des femmes, ses amies bien entendu, ont découvert le tombeau vide malgré la présence des gardes qui veillaient sur place.*

- *Des gardes pour un cadavre ? s'étonne Shimon.*

- *Comme je viens de te le dire, il ne s'agissait pas d'un personnage ordinaire. Nous voulions absolument empêcher que ses amis ne récupèrent le corps.*

- *Mais pourquoi auraient-ils voulu le récupérer ?*

- *Ah ça ! C'est une question logique. C'est que le cadavre a été récupéré et enseveli par des prêtres du Sanhédrin. Le tombeau en question appartient à l'un d'eux.*

Shimon est stupéfait.

- *Mais comment est-ce possible ? Tu dis que ce sont justement les prêtres qui l'ont condamné !*

- *Je comprends ton étonnement ! Ce fait te prouve*

que cet homme, même mort, est cause de désordre. Alors voilà la raison de ma présence ici. Si, par hasard, il t'arrivait quelques informations aux oreilles... tu vois ce que je veux dire ?

- *Moi ? s'étonne Shimon, mais qui pourrait bien m'informer de quoi que ce soit ? Je suis totalement étranger à tout cela.*

- *On ne sait jamais, ton ami peut-être ? C'est que le condamné, je te le répète, avait de nombreux disciples.*

Shimon élude la réponse.

- *Tu m'as dit qu'ils étaient trois, qui étaient les deux autres ?*

- *Oh ceux-là, de la vermine ! Voleurs, assassins, de la bande de cette crapule de Barabbas libéré à la place de ce Jésus !*

- *Voilà encore une chose peu banale. Le préfet Pilate a voulu nous faire plaisir en libérant un prisonnier pour la fête de Pâques, c'est la coutume, alors il a mis dans la balance ce prophète et Barabbas, et c'est cette vermine de Barabbas qui ne mérite que le gibet que le peuple a*

- *Jésus ? fait Shimon.*

- *Oui ! C'était le nom du ressuscité. Figure-toi que choisi. Mais je le garde à l'œil, celui-là*

- *Il est toujours ici ? demande Shimon.*

- *Il va, il vient, apparaît, disparaît, faut dire que le premier surpris, c'est quand même lui. Cette fois, il était bon pour l'enfer.*

- *Mais en quoi la police du temple peut-elle interpeller un simple bandit ? s'étonne Shimon. C'est l'affaire de la police romaine !*

- *Bien sûr ! Mais ce genre de personnage fouine partout. Ceux qui ont été crucifiés étaient de sa bande, il n'est pas impossible qu'il cherche à se rapprocher des amis de Jésus, si je peux le surprendre avec ces fauteurs de troubles, je t'assure que cette fois, ce sera mon affaire. Écoute, quel est ton nom déjà ?*

- Shimon !

- Ah oui ! Écoute, Shimon, si je t'ai raconté toute cette histoire, c'est que je sais que tu ne peux avoir aucun lien avec ces gens. Mais en cherchant ton ami Dismas, il se peut que tu apprennes des choses, j'ai vu l'intérêt que tu portais à mes paroles, alors j'apprécierais que tu m'en informes.

- Pourquoi ferais-je cela ?

- Disons que je t'ai rendu un service tout à l'heure...

- Quel service ? Je ne sais toujours pas où passer la nuit ! Payer ne me dérangeait pas pourvu que je puisse me reposer. La route fut longue. J'ai besoin de manger et de dormir.

- Pour ce soir, je te conseille de rejoindre ceux de ta caravane. Demain, tu auras le temps de trouver un gîte. Tu t'es fait repérer bêtement tout à l'heure.

- Tu dois te méfier de tout le monde. Évite d'exhiber ton argent, évite de dire que tu es armateur et riche, évite les beaux habits, sois le plus discret possible, évite aussi de dire que ton ami est riche.

- Allons, je t'accompagne jusqu'aux portes de la cité. Tu me plais, l'Égyptien, tu sembles un homme de grande franchise, dommage que tu ne sois pas juif !

Chapitre V

Voilà trois jours que Shimon arpente les rues de Jérusalem. Il n'a pas revu le policier. Il a fini par trouver une place dans une auberge proche du nouveau palais d'Hérode. Hélas, ses recherches sur Dismas n'avancent pas. Il ne va pas pouvoir rester très longtemps, car ses affaires l'attendent. Il se donne encore quatre jours, après il reprendra la route.

Il ne compte plus les fois où il a posé les mêmes questions. Il semble que, décidément, personne ne connaisse ce Dismas. Se serait-il installé dans une autre ville ? Cela lui semble peu probable. Il sait les tensions qui existent entre Juifs de souches différentes. Dismas ne peut être qu'en Judée, qu'à Jérusalem, alors où ?

Aujourd'hui, le hasard le conduit vers le quartier des forgerons. Le bruit des marteaux sur les enclumes le ramène bien des années en arrière. Il sent encore la chaleur de la forge, l'épaisseur du manche dans le creux de sa main.

La nostalgie de sa lointaine jeunesse s'empare de

lui. Il pénètre dans un atelier. La lueur du foyer joue avec la pénombre, la faisant rebondir contre les murs noircis sur lesquels pendent des chaînes de toutes grosseurs et les poutres du plafond vers lequel monte une gerbe d'étoiles scintillantes à chaque coup porté sur l'enclume. Le sol est encombré de socs de charrues, de haches, de caisses de bois contenant clous, chevilles anneaux. Un univers que Shimon connaît parfaitement. Même l'odeur est identique.

Le fer de lance que l'homme façonne ne saurait attendre. Le maître du lieu ne fait aucun cas du visiteur qui vient de franchir son seuil. Le métal est à point. Il se plie à la volonté de celui qui le frappe, l'allonge, le forme, l'affine. La vapeur s'élève quand le froid de l'eau fait siffler l'ouvrage chauffé à blanc. Éternel combat de l'eau et du feu.

Le forgeron se décide enfin à lever la tête. C'est un gaillard aux cheveux longs, finissant par se confondre avec une barbe sale et grisonnante. Quelques instants sont nécessaires pour repérer les yeux profondément enfoncés dans les plis que la chair a fini par adopter à force de chercher à protéger les pupilles de la chaleur et des projections en fusion. Un tablier de cuir lui protège le corps. Son visage est constellé d'infimes cicatrices laissées par les particules d'étincelles.

- *Que puis-je pour toi, étranger ?*

- *Je m'appelle Shimon, je suis égyptien. Il y a bien longtemps, j'ai appris ton métier chez moi à Alexandrie.*

- *Un confrère égyptien ? Ravi de te connaître ! Qu'est-ce qu'un forgeron égyptien vient faire ici à Jérusalem, il n'y a plus de travail à Alexandrie ? -*

- *Il y a bien longtemps que je ne pratique plus ! réplique Shimon. Je suis simplement à la recherche d'un ami.*

- *Le hasard m'a conduit dans ce quartier et je n'ai pas pu résister à l'envie de rencontrer un maître dans l'art de façonner le métal, car tu me sembles particulièrement doué !*

- *C'est que je pratique depuis bien des années ! La plupart d'entre nous connaissent le plus petit secret du métal. À force, on sait à quoi on s'attaque. Tes maîtres ont dû t'enseigner cela jadis ?*

Alors que Shimon s'apprête à répondre, un soldat romain pénètre dans la forge.

- *Salut à toi, forgeron ! Alors où en es-tu de ma commande ?*

- *Salut à toi, centurion Iscarius ! Comme tu vois j'y travaille. Tout sera prêt dans trois jours.*

- *Parfait ! Je peux apprécier ton travail ?*

- *Choisis au hasard et apprécie !*

Le soldat se dirige vers un angle de la pièce, plonge la main dans une caisse pour en retirer une lame qu'il manipule, pèse, tourne et retourne entre ses doigts.

- *Parfait, comme d'habitude ! Ah non ! sauf la dernière fois ! Ton métal n'était pas assez trempé. Un garde a frappé un condamné à la poitrine, la lame n'a pas pénétré, elle s'est pliée. Le lascar a fait le mort et à peine au tombeau, pfft... disparu dans la nature !*

Le centurion éclate de rire, fier de sa plaisanterie. Le forgeron, lui, ne rit pas.

- *Ça va ! Je connais l'histoire. Puisque tu abordes le sujet, je tiens à te dire que, désormais, quand vous aurez des exécutions, il faudra prendre les clous ailleurs que chez moi. Vous m'avez fait participer à la mise à mort d'un innocent. J'ai assisté à la mise en scène. Je n'ai jamais vu un homme être humilié comme vous l'avez fait !*

- *Et cette couronne d'épines ridicule ! Je ne veux plus que mon travail serve pour ce genre de pratiques, je...*

Le romain lui coupe sèchement la parole.

- *Ton travail, c'est de fabriquer des clous si on te le demande ! Tu n'as pas à te préoccuper de ce à quoi ils serviront ! Et n'oublie pas, tu m'as dit trois jours pour ce qui nous intéresse aujourd'hui.*

Alors que le centurion disparaît, Shimon peut lire une extrême contrariété sur le visage de l'artisan.

- *Tu sembles bien sombre brusquement !*

- *C'est que depuis la fête de pâques, un visage me hante. Ils ont exécuté un pauvre fou, un de ces prophètes comme il y en a des dizaines.*

- *Je suis au courant ! coupa Shimon. Cette histoire semble avoir fait le tour de la cité. Il semble que le corps ait disparu. En quoi cela te concerne-t-il ?*

- *C'est à moi qu'ils ont réclamé les clous. Il y avait trois hommes, deux voleurs et ce Jésus. Je les ai vus monter au Golgotha. Le prophète avait le visage en sang à cause d'une couronne tressée d'aubépines qu'un soldat stupide lui avait enfoncée sur la tête.*

- *J'ai vu son regard, il était comme absent, sans la moindre trace de haine pour ceux qui le malmenaient. Tout fut étrange ce jour-là. Les bourreaux n'avaient pas fini leur travail que la nuit est tombée en plein jour. Un orage inouï s'est brusquement abattu sur la cité. Tout le monde pouvait voir les croix portant les corps se détacher sur le ciel à chaque éclair. Il faut dire que l'un n'attendait pas l'autre.*

- *On aurait dit que la fin du monde arrivait. Il a fait sombre pendant près de trois jours. Au-dessus de la tête de ce Jésus, ils avaient cloué un morceau de bois portant l'inscription roi des Juifs d'où la couronne.*

- Ce n'était que le roi des idiots. Un pauvre fou, je te dis, rien de plus !

- Tu n'es pas responsable des actes des soldats ! fit Shimon. Tes clous auraient pu tout aussi bien servir à une charpente.

- Oui ! Mais ils ont servi à crucifier ces trois hommes. Oh ! ce n'était pas la première fois. D'habitude, ça me laissait indifférent, mais cette fois, celui-là, je ne sais pas pourquoi, ça me hante jusque dans mon sommeil.

- D'ailleurs, je suis retourné sur le lieu du supplice le lendemain, j'ai fouillé la boue au pied du pilier central, j'ai ramassé trois clous, ils sont ici !

- On dit que cet homme ne serait pas mort ! répliqua Shimon. Alors si c'est le cas, tu n'as pas à te tourmenter.

- Es-tu fou, toi aussi ? s'insurgea le forgeron. Combien de cadavres as-tu vu revenir à la vie ? Ce ne sont que des ragots colportés par les amis du prophète, crois-moi, il est bien mort, et puis ce jour-là, ils étaient trois, alors pourquoi celui-là serait-il vivant et pas les deux autres ? Ils ont tous subi le même traitement. Non, non, crois-moi, cet homme n'est plus qu'un cadavre et j'ai un jour forgé les clous qui l'ont mutilé. Mais parle-moi plutôt de ton ami, celui que tu cherches.

- C'est que je commence à désespérer ! fit Shimon. Voilà trois jours que je fouille la ville en posant toujours les mêmes questions, mais il semble que personne ne sache de qui je parle.

- Peut-être simplement parce que ton ami n'est pas à Jérusalem, qu'est-ce qui te rend si sûr qu'il est encore ici ?

- Parce que c'est ici que je l'ai quitté il y a quelques

années. Nous avions fait fortune ensemble.

- *Un homme riche, ça se voit, même s'il n'a pas comme moi hérité d'une entreprise de commerce maritime.*

- *Et comment est-il, ton ami ? À quoi il ressemble ?*

Shimon fait encore une fois la description de Dismas. Taille moyenne, visage creux, cheveux noirs très frisés, yeux noirs au regard appuyé très enfoncés dans les orbites.

- *C'est que des hommes comme lui, ça ne manque pas en Judée ! fit l'artisan. Il n'a pas un signe particulier ? quelque chose ?*

- *Shimon hésite, ce forgeron est un homme de confiance. L'histoire des clous démontre qu'il a du cœur, alors il peut lui en dire un peu plus.*

- *Écoute, l'ami ! Comme je te l'ai dit, je suis ici depuis trois jours. Le temps m'est compté. Il va falloir que je regagne l'Égypte. Alors à toi, je vais te donner un détail.*

- *Si je cherche cet homme, c'est qu'avant d'être riche, durant des années, nous avons connu le même enfer. Ses chevilles doivent ressembler aux miennes et son dos doit encore porter le sceau des galères romaines !*

Le forgeron fixe les jambes de Shimon qui vient de soulever sa tunique. Il reste bouche ouverte.

- *Oui, confrère ! dit Shimon, nous avons connu les galères, ces cicatrices en sont un souvenir !*

L'artisan sait où il a vu ces marques, c'est sur un des deux voleurs crucifiés avant pâques. Un homme de taille moyenne au visage creux, aux épais cheveux noirs frisés, etc. etc.

Le condamné en question est là devant ses yeux. Cet homme avait de vilaines cicatrices aux chevilles, ce qui, dans son cas, pouvait être normal. En effet, un voleur, un assassin, pourquoi n'aurait-il pas un jour connu les fers ?

- *Écoute, Égyptien ! J'ignore ce qui vous a conduit aux galères, toi et ton ami, ça ne me regarde pas. Aujourd'hui, tu sembles un homme libre et, à t'entendre, tu es riche. Je considère donc que tu es un être respectable. J'ai déjà oublié ce que j'ai vu sur tes jambes. Je vais te dire où j'ai vu ce genre de cicatrices mais je crains que tu ne ressentes un très grand choc car j'ai effectivement vu un homme correspondant terriblement à ton ami avec ce détail des marques aux chevilles !*

- *Lorsque j'ai vu cet homme, il recevait des coups, il pliait sous le poids du bois qui allait l'emporter aux enfers, il montait vers le Golgotha en compagnie de deux autres, ce Jésus et un brigand. Oui, l'Égyptien, j'ai bien peur que ton ami ne soit un des trois derniers condamnés. Je crains qu'à cette heure, il ne soit à la fosse commune !*

Shimon ne parle pas. Il fixe celui qui lui fait face comme s'il s'agissait de SATAN en personne. Mais qu'est-ce qu'il raconte, ce pauvre fou ? Dismas crucifié ! Cette version est ahurissante, totalement impossible !

Ce forgeron a reçu son enclume sur la tête. Son cerveau s'est ramolli au contact du métal. Dismas est vivant ! Pour quelles raisons l'aurait-on crucifié ? On ne crucifie pas un Juif riche dans son pays, dans sa ville, il faut un motif sérieux.

- *Je crois que tu te trompes, forgeron ! Ce que tu m'annonces est tout à fait impossible ! Qu'aurait-il commis pour mériter un tel châtiment ? Je t'assure, ce n'est pas lui, tu te trompes. L'orage t'a brouillé la vue !*

- *Je ne fais que répondre à ta question ! J'ai vu un homme ressemblant précisément à celui que tu m'as décrit, il appartenait à la bande de vauriens de Barabbas. Cet homme est mort crucifié au Golgotha. Alors je te conseille de trouver ce Barabbas, lui, il connaît la vérité. Si je me suis trompé, j'en serais très heureux, mais je conserve mes craintes au sujet de ton ami.*

Shimon a déjà entendu ce nom, Barabbas. C'était à l'auberge. Le policier prétendait le garder à l'œil. Bien sûr que l'armateur ne croit pas à la version du forgeron mais ce dernier a tout de même semé le doute dans son esprit. Il est donc devenu impératif de retrouver Aaron pour prendre la piste de Barabbas. Shimon prend congé de l'artisan.

- *Quel est ton nom, forgeron ?*

- *Isaïe ! Et le tien, ami ?*

- *Shimon !*

- *Adieu, Shimon ! Je regrette profondément d'avoir été porteur de... Je te souhaite bonne chance, l'Égyptien.*

C'est fortement ébranlé que Shimon quitte la sombre forge. À peine a-t-il fait quelques pas qu'une silhouette s'engouffre dans l'atelier.

- *Salut à toi, Isaïe ! Que te voulait l'étranger ?*

- *Salut à toi, Aaron ! La police du temple s'intéresserait-elle à la corporation des forgerons ? C'était un confrère égyptien.*

- *Ah ? Tiens, à ma connaissance, il serait armateur ! Égyptien, c'est vrai, mais armateur. Qu'en penses-tu ?*

- *Rien ! fit Isaïe, peut-être qu'il fut d'abord forgeron avant de devenir armateur.*

- *Admettons ! Et que te voulait-il ?*

- *Il cherche un ami ! L'ennui, c'est que la description de son ami correspond à celle de centaines d'entre nous.*

- *Tu ne vois donc pas qui peut être ce mystérieux Dismas ? insiste Aaron.*

Isaïe n'a pas envie de fournir la moindre explication. Si l'Égyptien et celui qu'il recherche sont d'anciens galériens, c'est à ce policier de la découvrir tout seul, il ne servira pas d'indicateur. À chacun son métier, le sien, c'est de battre le fer chauffé à blanc. Il frappe le métal en bougonnant.

- *Non ! Et je m'en moque. J'ai assez à faire avec ma forge.*

- *À bientôt, Isaïe !*

Le policier quitte les lieux alors que Shimon parvient aux abords du temple. C'est ici qu'il a des chances de trouver Aaron. Quelle cohue ! Il se faufile au milieu des étals protégés du soleil par des dais multicolores. Colporteurs, paysans, pèlerins, négociants, marchands de bestiaux se croisent dans un indescriptible brouhaha.

Les changeurs de monnaies interpellent les clients, un montreur d'ours fait danser son imposant animal, des mendiants plus ou moins mutilés sollicitent les passants dans une forte odeur de viandes grillées provenant des sacrifices mélangés à celle des encens.

Shimon s'arrête un instant devant un étalage de bibelots d'ivoire puis s'approche de l'entrée du temple mêlé aux pèlerins qui y pénètrent en chantant des psaumes à la gloire de l'éternel. Il parvient à la balustrade délimitant le parvis des gentils quand une main se pose sur son épaule.

- *Ne franchis pas cette ligne, l'Égyptien !*

L'armateur reconnaît la voix du policier. Il peine à

croire que la chance lui sourit à ce point. Il réplique en se retournant.

- *Que se passerait-il ?*

- *Tu te ferais lapider ! Ce ne serait pas la meilleure façon de retrouver ton ami. Ce serait dommage avec le mal que tu te donnes !*

- *Comment le sais-tu ?*

- *Ça fait trois jours que je t'observe !*

- *Tu me surveilles ?*

- *Disons que je veille sur toi, c'est différent ! Que t'a dit le forgeron ? Un brave homme, non ?*

Shimon réplique.

- *C'est bien ce que je dis, tu me surveilles !*

- *C'est que je crains pour toi ! Tu n'es pas très prudent malgré ma mise en garde. Un riche qui cherche un autre riche, ça intrigue.*

- *J'ai les moyens de me défendre ! Je dois trouver Barabbas, tu m'as dit que tu gardais un œil sur lui, sais-tu où je peux le trouver ?*

- *Barabbas ? De mieux en mieux ! C'est le pire criminel que tu puisses trouver sur ta route. Il fera tanner ta peau comme un cuir de chameau. Qu'est-ce que tu lui veux, à Barabbas ?*

Shimon ne sait trop comment s'expliquer. Impossible, cette fois, de parler des galères. Impossible de dévoiler sa conversation avec Isaïe.

- *Le forgeron m'a dit qu'un homme ressemblant à Dismas avait été vu en sa compagnie.*

- *En compagnie de Barabbas ? s'étonne Aaron. Écoute-moi bien, si ton richissime ami avait fréquenté cette crapule, il serait non seulement dépouillé de sa fortune mais sa carcasse sécherait au soleil du désert. C'est peut-être finalement ce qui s'est passé.*

- *Alors ! s'impatiente Shimon, ce Barabbas, où je peux le trouver ?*

- *Puisque tu y tiens ! Fais les bordels de la ville basse, il aime bien les femmes et la bière.*

- *Comment le reconnaîtrais-je ?*

- *Quand quelqu'un cherche Barabbas, Barabbas le sait. C'est lui qui te trouvera. Mais tu ne diras pas que je ne t'ai pas prévenu !*

Shimon ironise.

- *Tu veilles sur moi, non ?*

Chapitre VI

Les yeux noirs de Marie-Madeleine soutiennent le regard du roi. Elle n'aime pas cet homme avec son visage carré, son air suffisant, sa démarche hautaine. De la fenêtre la plus proche, elle aperçoit le temple qu'un soleil couchant enflamme.

Elle se tient debout pour la seconde fois au milieu de la salle face à ce monarque faussement aimable. La première fois, elle n'était pas seule. Simon-Pierre était à ses côtés. Entre de grands trépieds de métal sur lesquels brûle une huile odorante se tiennent des gardes à l'allure martiale.

Avachi sur son trône, le menton en appui sur son poing gauche, Hérode compte sur cette mise en scène pour déstabiliser la jeune femme qu'il fixe sans un mot.

Comprenant l'astuce, Marie-Madeleine franchit le rempart des yeux qui la transpercent afin de les fuir en visionnant des images plus agréables que le physique du roi. Son esprit tente de maintenir l'instant où elle parvint au sépulcre pour y découvrir ce pour quoi elle est ici aujourd'hui.

La voix du souverain la ramène à la réalité.

- *Je suppose que tu sais pourquoi je t'ai fait amener ?*

- *Je n'ai rien à vous dire de plus que la dernière fois, répond la jeune femme.*

- *En es-tu sûre ?*

- *Je vous ai dit tout ce que j'avais découvert au tombeau ce jour-là. Je n'ai rien à ajouter.*

- *Pourtant, mes oreilles ont entendu des choses nouvelles, que par exemple tu aurais vu le ressuscité et que tu aurais même échangé des propos avec lui ! Seraient-ce donc des mensonges ?*

- *Je n'ai pas à vous rendre de comptes sur qui je vois ou fréquente, réplique Marie.*

- *Fais attention, ma belle, n'oublie surtout pas à qui tu t'adresses. Je ne te veux aucun mal, je ne suis pas ton ennemi.*

- *Vous étiez celui de mon maître, vous êtes donc le mien, trancha-t-elle.*

- *Tu te trompes, je t'assure. Je n'avais rien contre cet homme que tu appelles ton maître. Ce n'est pas moi qui l'ai fait crucifier. Mais passons sur ce sujet.*

- *Je te le demande encore une fois. Prétends-tu, oui ou non, l'avoir rencontré depuis sa disparition du sépulcre ?*

- *Je ne veux pas répondre à cette question.*

Hérode sourit en hochant la tête.

- *Alors, c'est oui ! Tu crains qu'une réponse affirmative ne m'incite à envoyer des gardes à sa recherche, n'est-ce pas ? Tu as raison, c'est ce qui va se passer. Si ce Jésus est réellement vivant, je veux m'en rendre compte par moi-même. Où l'as-tu rencontré ?*

Marie-Madeleine ne répond pas. Hérode insiste.

- *Qui d'autre que toi lui a parlé ? Sa mère, ce Simon-Pierre, ou bien as-tu inventé cette histoire ?*

Marie ne répond toujours pas. Hérode interpelle son secrétaire.

- *Apporte-lui un siège.*

Puis il s'adresse de nouveau à elle.

- *Veux-tu une coupe de vin, un fruit ? Que faut-il que je fasse pour t'amadouer ? Je ne vais tout de même pas te soumettre au fouet !*

- *Je ne veux rien, je désire seulement sortir d'ici. Je n'ai rien fait pour mériter le fouet. Je n'ai pas peur non plus. Vous pouvez me faire battre, je ne dirai rien car je n'ai rien à dire.*

- *Petite vipère, siffla le roi, tu es bien de la même race que ton ami Jésus, prête à mourir en martyre pour de stupides idées. Je ne vais pas te faire battre, je sais qu'à cet instant cela n'aboutirait à rien, je vais te faire mettre au frais pour quelque temps. Les rats, l'obscurité, l'humidité, la soif et la faim peuvent parfois être plus bénéfiques que le fouet. Gardes, offrez donc un gîte à mon invitée !*

Tandis que deux gardes s'emparent de la jeune femme, Hérode frappe le bras de son fauteuil d'un poing rageur.

- *Cette petite t'a mis à mal, n'est-ce pas ?*

Procula, la femme du monarque, vient de pénétrer dans la salle. C'est sur elle que le roi reporte sa fureur.

- *Femme, je te conseille de ne pas te mêler de ça. Elle parlera si je décide qu'elle doit parler !*

- *Quelle autorité ! ironise la reine, que n'as-tu la même avec Pilate ? Après tout, c'est lui le fautif. Qui, en effet, a pu ordonner que les jambes du supplicié soient épargnées, ce qui préservait sa vie pour plusieurs jours ? Avec les tibias brisés comme ce fut le cas des deux autres, il serait mort, lui aussi.*

Hérode sait que sa femme n'a pas tort. Peut-être que Ponce Pilate a manipulé tout le monde. Et puis, ce Joseph d'Arimathie, ce Nicodème, des Juifs ! qui réclament le corps au préfet, quelle incongruité !

Et si finalement tout cela n'était qu'une vaste mise en scène, un complot pour semer la discorde entre les Juifs ? Une sourde colère monte en lui.

Alors ce n'est pas le moment que la reine vienne le chatouiller.

- *Rends moi service, femme, disparaît. La dernière fois que je t'ai écoutée, j'ai fait exécuter un innocent uniquement pour satisfaire tes caprices.*

- *Un innocent ! Ce Jean-Baptiste ? Un serpent venimeux crachant son venin sur toi et ce que tu représentes, et sur moi surtout. Oublierais-tu qu'il m'avait humiliée ?*

- *Écoute, gronde Hérode, je te demande pour la dernière fois de disparaître, si tu ne veux pas subir une humiliation plus sérieuse que celle que t'avait soi-disant faite le baptiste. Hors de ma vue ! hurle-t-il.*

Procula se retire en gloussant et haussant les épaules dans un geste de mépris. Le monarque bout de rage. Une fois encore, il constate à quel point il n'est rien à Jérusalem. Il n'a pour Pilate qu'un mépris qu'il ne peut même pas exprimer. Ce romain se moque de lui.

Le roi ne s'est jamais senti autant humilié. Il rassemble les divers éléments qui ont fait la journée de ce vendredi. Ponce Pilate qui semble faire cas de sa présence à Jérusalem en lui envoyant ce Jésus entre deux rangées de gardes avant de le livrer aux membres du Sanhédrin en se lavant les mains de la mort du prophète dans un geste théâtral.

Ces mêmes prêtres qui viendront quelques heures plus tard réclamer le cadavre à ce même Pilate, et pour quoi faire ? Pour le déposer dans une sépulture appartenant à l'un des prêtres. Des Juifs qui manipulent un mort juste avant pâques ? Quelle mascarade !

Il n'est jamais ressuscité, il n'était pas mort, c'est tout. Ses amis sont venus la nuit le délivrer du tombeau. Il faut encore interroger les gardes. Ce n'étaient pas des Romains, Pilate n'aura rien à redire. Il est impossible que ces gens n'aient rien vu, rien entendu. On ne déplace pas une pierre de ce poids sans que cela s'entende.

Ou alors ils ont été soudoyés. Oui, bien sûr, c'est probablement ça, la vérité. Quelques pièces de monnaie leur ont fermé les yeux. Ça justifierait que cette Marie-Madeleine et ses amis aient trouvé le tombeau vide au matin. Hérode sait que Pilate a déjà interrogé les gardes, mais s'il s'agit d'un complot, l'interrogatoire a dû être habilement mené pour aboutir à un mystère.

Personne n'a rien vu, rien entendu. Les gardes n'étaient pas saouls, pas endormis, pas soudoyés, la pierre s'est déplacée toute seule en silence, le crucifié est sorti tranquillement, est passé entre les sentinelles et personne n'a rien vu !

- *Je veux savoir ce qui s'est réellement passé et je le saurai ! se jure le monarque.*

À quelques pas de là, Ponce Pilate, lui aussi, se repasse le film des événements pour la millième fois. Un feu couve qu'il ne peut laisser s'étendre. De deux choses l'une, ou bien ce Jésus est réellement toujours vivant et il doit s'en assurer, ou bien il est bien mort et il doit découvrir le corps.

Jusqu'à ce jour, il s'est amusé de ces rumeurs qui alimentent les bavardages en ville mais maintenant que certains prétendent avoir eu des contacts avec le ressuscité, il est urgent d'intervenir. Un désordre en Judée serait très mal perçu à Rome. Que les rabbins du Sanhédrin le veuillent ou non, ils vont avoir besoin de lui pour mettre un terme aux premiers frémissements d'un séisme annoncé.

Pourtant, au fond de lui, cette situation ne lui déplaît pas. Même s'il n'a pas personnellement prononcé une sentence de mort à l'encontre du prophète, il a cédé à la pression des grands prêtres Anne et Caïphe en leur laissant la responsabilité d'exécuter le condamné et, quelque part, cet acte de faiblesse l'encombre.

Alors, si réellement le crucifié est vivant, il y voit un signe du destin qui atténue passablement ce qu'il considère comme un acte de lâcheté de sa part. Il est brusquement tiré de ses pensées par un grand vacarme dans le corridor.

Des bruits de pas, des cris, une galopade, l'informent que quelque chose d'important se passe. Son secrétaire fait irruption dans la salle.

- *Excellence, le roi Hérode demande audience, il est ici avec une escorte.*

- *Hérode ? s'étonne le préfet, que veut-il ?*

- *Je ne sais pas, mais il a l'air de fort méchante humeur.*

- *Vraiment ? Que se passe-t-il encore ? Bon, eh bien, introduis-le.*

Pilate s'installe sur son fauteuil, l'air profondément serein. Hérode apparaît avec sa tête des mauvais jours.

- *Eh bien, fait le procurateur, que signifie cette visite intempestive ?*

Avant de répondre, le monarque fait signe à sa suite

de les laisser seuls puis, sur un ton qu'il a du mal à contrôler, il s'adresse au représentant de Rome.

- *Je suppose que vous êtes au courant de la soi-disant résurrection de ce Jésus ?*

- *Tout à fait, répond Pilate en prenant soin de laisser encore quelques instants son visiteur debout afin de bien marquer sa position.*

- *Je suppose également que vous n'êtes pour rien dans cet événement ?*

- *Si événement il y a ! réplique le préfet, car je m'empresse de vous rappeler qu'il n'existe aucune preuve de ces faits. Ce ne sont que ragots. Mais pourquoi cette question pleine de sous-entendus ? Prenez place, je vous prie.*

Hérode pose son auguste derrière sur le siège que lui indique son interlocuteur.

- *Parce que, depuis quelques jours, ce Jésus est le centre de toutes les conversations. Ce Jésus que, semble-t-il, vous n'aviez pas particulièrement envie de voir mourir.*

- *Cet homme n'avait rien fait qui justifie à mes yeux une condamnation à mort. Pourquoi l'aurais-je condamné ? Pour quelques paroles insolentes contre les prêtres ? Et puis, je vous rappelle que je ne me suis pas opposé à son exécution.*

- *En faisant peut-être en sorte qu'il ne meure pas ? fait le roi. En refusant, par exemple, qu'on lui brise les tibias de sorte qu'il soit retiré vivant du supplice ?*

Cette fois, Pilate sent que la moutarde lui monte au nez. Ce Juif, roi ou pas, porte à son encontre de très graves accusations.

- *Prenez garde à vos propos, roi Hérode, ce dont vous m'accusez est très offensant à mon égard. N'oubliez pas qui je représente ici en Judée.*

- *Justement ! lance le monarque. L'empereur Tibère n'a peut-être pas confié le poste de procurateur à la bonne personne.*

Ponce Pilate jaillit de son fauteuil comme un diable de sa boîte. Un violent tremblement lui secoue les membres. Il ne peut contenir la colère qui le domine. Son visage est noir de rage. Il pointe un doigt menaçant sur son visiteur.

- *Comment oses-tu ? Oublierais-tu décidément qui je suis ? Nous te tolérons à Jérusalem, nous te tolérons, c'est tout !*

- *Je suis prince de sang et roi. Descendant direct de Hérode le Grand. Je suis ici dans mon pays, s'offusque le monarque.*

- *Tu n'es rien du tout ! hurle le procurateur. Tu n'es que ce que l'empereur veut bien que tu sois. Je peux, si j'en ai envie, t'expédier à Rome enchaîné comme n'importe quel esclave. Tu portes de graves insultes contre moi et, par le fait, contre Tibère lui-même en laissant entendre qu'il serait incapable de choisir ses représentants.*

- *Crois-tu que je m'abaisserais à je ne sais quelle machination pour nuire à ta personne ? Alors même qu'à mes yeux, tu représentes moins que le plus modeste des citoyens romains. À quoi cela m'aurait-il servi d'empêcher cet homme de mourir ? Je ne l'ai ni condamné ni sauvé. Je te rappelle que je m'en suis lavé les mains.*

- *S'il n'a pas eu les jambes brisées, c'est parce qu'on m'avait informé de sa mort. Il avait reçu un coup de lance au cœur. Cherche donc les responsabilités du côté des tiens, roi Hérode. Essaie donc de savoir pourquoi des prêtres du Sanhédrin qui avaient demandé sa mise à mort sont ensuite venus me réclamer le corps pour le déposer dans un tombeau appartenant à l'un de ces mêmes prêtres.*

- Cherche donc à savoir pourquoi le cadavre ne fut pas traité comme le sont tous les cadavres ; pourquoi les aromates n'ont-ils pas été utilisés, pourquoi le linceul ne fut-il pas cousu, pourquoi les gardes du temple n'ont-ils rien vu rien entendu. Je sais que cet homme représentait un danger pour toi car il était de la maison de David et il aurait pu se produire que ta couronne change de tête. Sa mort fut pour toi la bienvenue. Je comprends aisément que cette histoire de résurrection te prive de sommeil mais ce n'est pas ici, chez moi, qu'il faut chercher les réponses à tes questions. Pour conclure, je t'informe encore de ceci, si cet homme a été mis au tombeau vivant, ses amis ont dû l'en sortir avec la complicité des gardes et de certains rabbins, mais s'il est réellement ressuscité, alors oui tu peux trembler pour ta couronne car cela signifierait qu'il était réellement le Messie. Ce Messie que vous attendiez tous et que, finalement, vous avez assassiné.

- Cette mise au point étant faite, l'entretien est terminé, tu peux disposer. Oh ! pardonnez-moi Majesté... Vous... pouvez disposer.

La violente colère de Pilate a pulvérisé celle du roi. L'ironie du dernier vouvoiement ne fait qu'appuyer le mépris dont il vient d'être victime. Il ne reste en lui qu'une profonde amertume. Il s'en veut de s'être laissé malmener de cette façon. Nul doute qu'il n'en aurait pas été de même avec Hérode le Grand. L'empereur Tibère était l'ami de son père c'est donc avec lui que la partie doit désormais se jouer.

Il doit avertir l'empereur de ce qui se trame en Judée avec le concours probable de son préfet Ponce Pilate. L'explosion de rage de ce dernier n'est due aux yeux du souverain qu'au dépit d'avoir été démasqué.

- *Parfait, je me retire. Mais je te souhaite beaucoup de courage pour les temps à venir, déclare le potentat.*

- *Ma patience a des limites, réplique le procurateur. Quant à mon courage, il pourrait bien aller jusqu'à faire donner le bâton à votre clique de rabbins excités.*

- *N'allez pas trop loin, Excellence, écoutez mon conseil, faites taire cette rumeur avant que la brise ne devienne tempête. Elle pourrait bien vous emporter au passage.*

Pilate enregistre l'avertissement à peine dissimulé. Il interpelle encore Hérode au moment où celui-ci quitte la salle.

- *Ah ! une dernière chose. Faites libérer cette femme que vous avez mise au cachot. Dois-je une fois encore vous rappeler que c'est moi qui fais la loi dans ce pays, que vous n'avez aucun pouvoir à Jérusalem ?*

- *Je vois que vous êtes bien informé, fait Hérode, mais que vous importe le sort de cette personne ?*

- *Il m'importe qu'elle était une amie du supplicié, et que je n'ai pas envie de la voir présentée à moi couverte de chaînes par les prêtres du Sanhédrin avec une demande de mise à mort par lapidation pour blasphème. Ne rapporte-elle pas que ce Jésus est revenu du royaume des morts et qu'il est le fils de Dieu ?*

- *J'accéderai à votre demande, cher procurateur. Je vais la libérer mais il n'est pas besoin de savoir lire l'avenir dans les entrailles d'une poule pour vous prédire que cette Marie-Madeleine sera votre calvaire. À bientôt, procurateur.*

Chapitre VII

Les fresques murales pour le moins explicites confirment à Shimon qu'il ne se trouve pas dans une annexe du temple. Présent depuis plus d'une heure, il a dû à diverses reprises repousser les avances des prostituées aux allures langoureuses et provocantes qui hantent le lieu.

Comment reconnaître parmi cette faune cosmopolite éclairée par quelques lampes à huile la silhouette d'un éventuel Barabbas ? On le dit pervers vicieux, dépravé, bref, complètement corrompu. Mais dans ce bordel particulièrement bruyant et alcoolisé, il semble que ce genre de personnage ne manque pas.

C'est lui qui te trouvera ! a dit le policier. Alors Shimon a tout fait pour que celui qu'il cherche le sache. Il en est à sa seconde cruche de bière, coincé dans un angle de la salle, cherchant comment il pourra s'extraire de cette tablée imbibée d'alcool qui ne lui laisse que quelques centimètres pour porter sa boisson à ses lèvres.

S'il doit passer son temps à fréquenter ce genre d'endroit en attendant l'hypothétique arrivée de ce déchet humain que semble être Barabbas, les heures et les jours qui lui restent vont lui sembler particulièrement longs.

Il y a du mouvement vers l'entrée à l'opposé de la salle. Dans la pénombre, il distingue la main d'un homme pointant dans sa direction. Un grand gaillard au visage buriné auquel s'accroche une barbe sale de plusieurs jours le fixe un instant avant de s'approcher, se frayant un passage à coups d'épaules. Cette fois, ça y est, son attente ne fut pas vaine.

Ainsi c'est lui, ce Barabbas ! Pas si impressionnant que ça. Shimon se tient prêt. Si l'individu fait mine de vouloir le bousculer, il va avoir une désagréable surprise. Shimon crispe sa main sur l'anse de sa cruche, prêt à la fracasser sur le nez de l'individu qui maintenant le domine de l'autre côté de la table de toute sa hauteur.

Un sacré gaillard, tout de même. L'homme en question fait dégager deux clients d'une seule bourrade puis s'installe à leur place face à lui. Connaissant sans doute le personnage, les deux hommes se contentent de s'éloigner sans montrer le moindre signe de mécontentement.

- *Tu me cherches à ce qu'on me dit ?*

- *Peut-être, répond l'armateur, quel est ton nom ?*

- *Barabbas. Je suis très populaire depuis quelque temps. Qu'est-ce que tu me veux ?*

- *Je cherche un ami. Il paraît que tu le connais.*

- *Des amis, j'en ai eu beaucoup mais c'était avant. Maintenant, j'ai un peu tendance à éviter les rencontres.*

- *Avant quoi ? demande Shimon.*

Barabbas le fixe avec insistance sans répondre, puis il lance.

- *Tu te fous de moi ? Si tu me cherches, c'est que tu sais qui je suis, tu sais que j'ai échappé au bourreau grâce à ces cancrelats qui m'ont choisi à la place d'un autre. Tu sais que mes compagnons n'ont pas eu la même chance.*

- *C'est précisément d'eux que je veux te parler, réplique Shimon.*

- *Je ne parle jamais la bouche sèche et la bourse vide.*

L'armateur comprend qu'il ne tirera aucune information de l'individu sans passer par ses caprices. Avec discrétion, il pose une pièce d'argent sur la table en la faisant glisser sous ses doigts vers son interlocuteur dont la mimique laisse entendre que la somme lui convient. Une rasade de vin finit de l'amadouer.

Une prostituée qui soudain se propulse sur les genoux de Barabbas se fait violemment rabrouer.

- *Fous-moi le camp, toi, ce n'est pas le moment. Je traite une affaire. Plus tard, plus tard !*

- *Tu en as encore beaucoup des comme ça ? demande le brigand en faisant disparaître la pièce.*

- *Non, mais l'information que j'attends de toi la vaut, même si j'espère que finalement on s'est trompé en prétendant que celui que je cherche a pu te fréquenter.*

Barabbas ne relève pas l'outrage.

- *Je t'écoute, comment est-il, ton ami ?*

Shimon décrit encore la silhouette de Dismas, n'omettant pas cette fois de parler des marques sur les chevilles de celui qui fut son compagnon de misère. Le visage de Barabbas s'assombrit.

- *Il ne s'appelait pas Dismas, cet ami ? demande-t-il.*

Shimon se sent défaillir. Alors c'était vrai ! Comment, en effet, ce bandit pourrait-il connaître ce nom ? Ce nom qui correspond au signalement. Il bredouille.

- *En effet, il s'appelle Dismas.*

- *Il s'appelait, reprend Barabbas, parce qu'il est mort. Crucifié avec Geslas, mon meilleur élément. Crucifié, comme je te le dis.*

Cette fois, plus de doute. Il semble certain que celui pour qui il a entrepris ce long voyage est bien mort. Une mort affreuse, odieuse. Mais comment ? pourquoi ?

Alors Barabbas parle. Il raconte l'arrivée de Dismas dans sa bande. Il raconte l'intervention de celui-ci lors de l'altercation avec les soldats romains. Il raconte leur fuite à travers les égouts, sa surprise en découvrant cet inconnu parmi eux, et puis surtout l'argent.

- *C'est qu'il était riche, ton ami, extrêmement riche. Tu l'es, toi aussi ? Tu ne serais pas ce galérien évadé avec lui ? Il m'en a beaucoup parlé. Shimon qu'il s'appelait, je crois, oui, c'est ça, Shimon.*

- *Je suis Shimon, répond l'armateur.*

- *Ben, ça alors, là tu peux dire que pour une surprise ! Mais alors si tu es Shimon, tu es probablement très riche toi aussi ?*

- *Je le suis, mais ce soir, je suis plus pauvre et plus désœuvré que le plus misérable mendiant de cette cité. Mais pourquoi n'as-tu rien tenté pour le sauver ?*

- *Je crois que tu ne m'as pas compris, répond Barabbas, j'étais comme lui, comme Geslas, prisonnier. J'aurai dû finir comme eux. La chance, mon gars, la chance, je te dis. C'est moi que le peuple a choisi, moi, Barabbas, qu'est-ce que j'aurais pu faire seul ?*

- *As-tu assisté à l'exécution ? demande Shimon.*

- *Ça non, je les ai vus monter au supplice, j'ai vu leur regard, leur espoir, mais qu'est-ce que je pouvais pour eux ? J'étais seul, je te dis. Je me suis sauvé. Je les ai abandonnés. Aller au Golgotha, ça non, ça n'était pas possible.*

- *Donc tu ne les as pas vus morts ?*

- *Non, mais qu'est-ce que ça change ? s'étonne Barabbas.*

- *Ça change que depuis que je suis arrivé à Jérusalem, on prétend que l'un des condamnés n'est pas mort. Tu as bien entendu parler de ça ?*

- *Ben, oui, fait Barabbas, mais celui dont tu parles, c'est ce Jésus, celui qui a pris ma place sur la croix.*

- *Il était quelle heure quand ils les ont crucifiés ? demande Shimon.*

- *- Je ne sais pas, vers l'heure de midi.*

- *Donc ils ne sont restés sur la croix que quelques heures, pas assez pour mourir. Si l'un d'eux est vivant, les autres doivent l'être aussi.*

L'espoir renaît dans le cœur de l'armateur. Bien sûr qu'il est vivant, seulement lui, il n'était pas fils de Dieu, pas roi des Juifs, alors forcément, personne n'en parle. Et puis, ayant échappé à la mort sur une croix, Dismas ne va pas avoir l'idée stupide de se montrer à Jérusalem. Il est probablement avec ce Jésus.

Il faut des jours pour mourir sur une croix, parfois une semaine, de quoi serait-il mort en quatre ou cinq heures, de clous dans les mains et les pieds ? Et puis il y a eu cet orage, un terrible orage, tout le monde a fui vers un abri, que s'est-il passé alors au Golgotha ?

Une pluie pareille a dû tenir les crucifiés en état de

conscience. Les Juifs n'ayant pas le droit de toucher des cadavres la veille de pâques sous peine d'impureté, les corps retirés des croix étaient forcément en vie. Dismas n'est pas mort, il est caché quelque part avec ce Jésus et l'autre aussi, ce Geslas. Vivants, ils sont vivants.

Dismas est vivant ! déclare Shimon. Tu entends Barabbas ? Il est vivant. Et l'autre aussi, tous vivants, je te dis, ni toi ni personne ne les a vus morts. Il n'y avait plus personne là-haut à cause de la tempête. Les seuls qui savent, ce sont ceux qui les ont décrochés. Si je les trouve, je trouve Dismas. Cherche avec moi, Barabbas, à nous deux, on va les retrouver.

- *Mais qu'est-ce que tu racontes ? S'ils étaient vivants, ça se saurait.*

- *Réfléchis, Barabbas, trois hommes crucifiés en même temps, au même endroit, retirés seulement après quelques heures. Pourquoi l'un d'eux s'en serait-il sorti et pas les deux autres ? Aide-moi, je te dis, on va les trouver.*

- *- Désolé, Shimon, mais la croix, moi je sais ce que ça veut dire, j'ai failli y passer. Avec tes idées, tu vas au-devant de graves ennuis. À ta place, j'admettrais la réalité. Suis mon conseil, oublie ton ami, retourne chez toi, ici, pour toi, il n'y a rien de bon.*

- *Tu es prêt à accepter n'importe quelle fable uniquement parce que tu refuses que ton ami soit mort. Il est à la fosse commune depuis pâques, ça c'est la seule certitude. Merci pour l'argent et le vin. L'ami de Dismas est mon ami. Maintenant qu'on t'a vu avec moi, tu ne risques plus rien pour ta bourse ; en revanche, la police du préfet ou celle du temple va t'avoir à l'œil. Quand dois-tu repartir ?*

- *Je voulais quitter cette ville dans deux jours si je n'avais pas retrouvé la piste de Dismas mais maintenant, je sais qu'il est quelque part, sûrement caché en dehors de la cité, je ne partirai qu'après l'avoir vu, vivant ou mort.*

- *Bonne chance, mon gars. Si tu as besoin de me rencontrer avant ton départ, fais le savoir au patron de ce bordel, il sait comment me prévenir. Adieu, Shimon, désolé pour la nouvelle.*

Barabbas quitte la table sur un dernier geste d'amitié pour rejoindre la prostituée qu'il vient d'envoyer promener. Shimon le perd de vue dans la pénombre de la salle. Il ne quittera Jérusalem qu'avec cette certitude. Dismas est mort ou vivant. Vivre avec ce doute lui serait impossible.

Aaron a dit que le corps du prophète a été récupéré par des prêtres. Ces gens savent donc exactement où sont les cadavres si cadavres il y a. Il est possible que Aaron sache de quels prêtres il s'agit. Demain, il retournera vers le temple. La nuit est déjà fort avancée, il est temps pour lui de regagner l'auberge. Quelques heures de repos lui permettront de mieux analyser la situation.

Quelqu'un par contre connaît, non loin de là, une nuit agitée. Ponce Pilate, tiré du sommeil par un épouvantable cauchemar, avale assis sur son lit une coupe de vin vieux qui ne tarde pas à lui tordre les entrailles. Que se passe-t-il ? Ce vin est du meilleur cru. L'aurait-on empoisonné ? Il fait appeler son secrétaire qui, engourdi de sommeil, pénètre dans la chambre.

- *Qu'avez-vous, Excellence ?*

- *J'ai fait un affreux cauchemar. J'ai bu de ce vin qui me noue les tripes.*

- *C'est ça, votre cauchemar ? Le vin était mauvais ?*

- *Mais non, idiot ! J'ai bu ce vin en me réveillant et il m'a mis le feu au ventre.*

- *Ce n'est pas ce vin qui vous a mis le feu au ventre, Excellence, c'est la peur. Ce vin est bon, je vous assure.*

- *En ce cas, bois-le, tu pourras te rendre compte par toi-même.*

Le secrétaire s'exécute. Comme il s'y attendait, le vin est tout ce qu'il y a de meilleur.

- *Ce vin est parfait, Excellence, je vous assure. Pardonnez-moi d'insister mais je continue à croire que votre rêve vous a tordu l'estomac. Peut-être accepteriez-vous de me le raconter ?*

- *Pourquoi, tu as le pouvoir de disséquer les rêves ? Comment décrire un pareil sentiment ? Je marchais seul entre les murs de la cité. Il faisait nuit. Tout n'était que silence. Un silence comme il n'en existe pas. Et puis, une ombre m'a suivi. Elle s'est approchée. Sans me retourner, je savais qu'elle appartenait à un démon.*

- *Cet être mi-homme mi-bête se tenait à moins de deux coudées derrière mon épaule. Puis une autre est arrivée, et une autre encore jusqu'à ce qu'une véritable foule de ces êtres abjects s'agglutine sur mes talons. Aucun ne me touchait, aucun ne me passait, ils restaient en arrière. J'arrivais ainsi jusqu'à une porte de la ville. J'allais la franchir quand je découvris que le sol avait disparu. Un immense trou noir occupait tout l'espace.*

- *De l'autre côté, face à moi, apparut alors une forme blanche qui prit peu à peu l'aspect de ce prophète, ce Nazaréen. Ses bras pendaient le long de son corps. Il les ouvrit tournant vers moi les paumes de ses mains d'où s'écoulait un flot de sang. Une femme apparut à ses côtés. J'ai reconnu en elle cette Marie de Magdala que j'ai fait libérer des geôles d'Hérode.*

- *Elle me pointa du doigt. Alors les démons me saisirent les bras. Je n'opposais aucune résistance. Ils me coupèrent les mains avant de les jeter dans le trou noir et profond qui me séparait du prophète. Je ne ressentais aucune douleur mais j'entendis hurler mes mains quand elles disparurent dans les entrailles de la terre. C'est alors que les plaies du prophète se cicatrisèrent tandis qu'un flot de sang jaillit de mes membres mutilés. C'est à cet instant que je me suis réveillé.*

- *Votre récit confirme mon opinion sur votre mal de ventre. Permettez que je fasse venir votre médecin. Il vous sera plus utile que moi.*

- *Tu as raison, Antoninus. Fais-le chercher séance tenante. Il aura sûrement un breuvage adapté à mes maux.*

Trop heureux de rejoindre son lit, le secrétaire quitte la chambre de son maître, un petit sourire aux coins des lèvres. Depuis le temps qu'il le sert, il connaît le procurateur mieux que quiconque. Il sait que celui-ci ne fermera pas l'œil de la nuit. Derrière la façade hautaine de Pilate se cache un homme dont la principale faiblesse est d'être terriblement superstitieux.

Ce cauchemar va le préoccuper jusqu'à ce qu'il en ait obtenu une analyse détaillée. Mages et devins vont défiler se faisant pour certains vertement éconduire car le romain n'aime entendre que ce qui l'apaise. Les oiseaux de mauvais augure font généralement les frais de ses violentes colères. Quelques instants plus tard, le médecin personnel du préfet se présente à son chevet.

- *Entre Crassus, je souffre de violents maux de ventre. Ce vin doit en être la cause. Mon idiot de secrétaire le trouve tout à fait à son goût, donne-moi ton verdict.*

- *Votre secrétaire a raison, ce vin est parfait, répond le médecin en reposant la coupe. Il a aussi raison en supposant que votre affreux rêve est la cause de vos troubles. Aucune médecine ne pourra vous apaiser. Je vais tout de même préparer une infusion mais il faut chercher le remède dans les causes de votre cauchemar.*

- *En ce cas, va quérir mon astrologue, je dois l'informer de ma vision tant qu'elle est encore très précise. Rappelle mon secrétaire par la même occasion.*

En quelques minutes, le palais est en effervescence. Il n'y aurait pas plus d'agitation si le procurateur se trouvait à l'article de la mort. Pour la troisième fois, Pilate fait la description de son rêve.

- *Je vois parfaitement ce que cela signifie, déclare solennellement l'astrologue, qui sait qu'il n'est pas dans son intérêt d'annoncer des catastrophes à son patient.*

- *Dans ce rêve, vous vous sentiez seul, n'est-ce pas le cas de tous les hommes appelés à de très hautes fonctions ? Des ombres vous suivaient, ce ne sont que celles de vos ennemis non déclarés, ceux qui tapissent dans l'ombre justement n'attendent que votre chute en essayant parfois de la précipiter en vous empêchant d'agir par des actes perfides. Vos mains coupées en sont le symbole.*

Le sang qui s'en échappe alors est à l'image de l'énergie qui quitte votre corps pour vous affaiblir. C'est précisément ce qui vient de se produire.

- *Et le crucifié, et cette femme qui me montrait du doigt ?*

- *Cette femme vous en veut. Elle considère que vous portez la responsabilité de la mort de son ami. Elle vous reproche d'avoir son sang sur les mains. Tout est clair, je vous assure. Le trou noir et profond vous était destiné, les démons avaient pour mission de vous y précipiter, si cela s'était produit et que vous vous soyez réveillé durant cette chute, alors là oui, il aurait fallu y voir un sombre présage.*

- Seules vos mains y sont tombées. Cela signifie qu'il est possible de vous porter quelques coups mais pas de vous anéantir. Il n'y a pas dans tout cela de quoi vous détruire les fonctions organiques. Un ou deux jours de jeûne viendront à bout de ces douleurs dont l'origine ne se trouve pas ailleurs que là où se trouve le siège de la vie. Votre cœur, Excellence.

- Serais-tu médecin pour me prescrire un jeûne de deux jours ? réplique sèchement Pilate. Tu ferais mieux de consulter tes maîtres car tes explications enfantines me font douter de tes compétences. Disparais avant que la mauvaise humeur que me cause cette douleur ne se reporte sur toi.

L'astrologue se retire, profondément vexé de voir ses compétences ainsi mises à mal en plus d'être congédié comme un vulgaire serviteur.

- Cet astrologue est un âne ! Je veux en consulter un autre. Débrouille-toi pour m'amener la perle rare dont j'ai besoin, Antoninus.

- Mais, Excellence, répond le secrétaire, vous savez bien qu'ici cette profession est rigoureusement interdite par la loi. Si certains pratiquent cette science, ce ne peut être que dans le plus grand secret.

- Allons, Antoninus, tu sais comme moi que ce que dit la loi et ce que font les hommes sont deux choses bien distinctes. Tu ne voudrais pas me faire croire qu'il n'existe pas en Judée, et particulièrement autour de cette cité, quelques magiciens aux dons particulièrement développés, donc non seulement protégés mais également consultés par ceux-là même

qui interdisent leur exercice ?

- *Et comment trouverais-je cette personne ? Cette mission serait mieux à même d'être remplie si votre police s'en chargeait. Par ailleurs, si vous me permettez ce conseil, il serait préférable que le personnage en question ne sache pas qui vous êtes.*

- *Vos fonctions vous font craindre. Il est possible qu'il n'ose pas vous dévoiler les véritables secrets que renferme ce rêve afin de ne pas vous déplaire. C'est pourquoi je vous suggère de ne pas introduire cet homme au palais mais de vous rendre chez lui d'une manière tout à fait anonyme.*

- *Tu as raison, Antoninus, va me chercher le chef de ma police. Le temps presse. Je veux connaître sans délai la nature de cet étrange songe.*

Chapitre VIII

En peu de temps, la légende du Golgotha est devenue un fait établi. Jésus de Nazareth est bel et bien ressuscité. Outre les femmes venues au tombeau le dimanche matin, d'autres disciples de ce semeur de troubles l'ont vu.

Caïphe a donc pris la décision de réunir d'urgence les membres du Sanhédrin. En habits de pourpre et d'or, coiffé de la tiare de grand prêtre, il entend bien faire respecter l'ordre établi. Son sacerdoce fait de lui le premier serviteur de YAHVE, Dieu d'Israël. Il n'en connaît ni n'en reconnaît aucun autre.

Il ne peut laisser se répandre cette obscénité, cet outrage à l'éternel, au Dieu de Moïse et de David. Au début, il ne s'en était pas trop formalisé.

- *Ça va s'arrêter, ce n'est qu'un feu de paille, ces gens n'ont pas admis la suprématie du temple, leur idole a rejoint les enfers païens. Ça va se calmer dès qu'ils auront compris que leur rêve s'est dissous avec elle.*

- *Hélas, non seulement ils ne se sont pas calmés mais, bien au contraire, il semble qu'ils rattachent un nombre de plus en plus important d'esprits faibles à leur balbutiement d'église. C'est la raison pour laquelle les soixante et onze membres de ce collège de prêtres ont répondu à l'injonction de Caïphe.*

Face à eux se tiennent Joseph d'Arimathie et Nicodème. Debout devant ce tribunal dont ils sont issus, ils savent qu'aujourd'hui leur ciel déroule de sombres nuages extrêmement menaçants. Que le grand prêtre ait appelé l'ensemble des membres du conseil alors que le jour pointe à peine ne laisse rien présager de bon.

- *Un peu de silence ! lance Anna, et fermez la porte.*

À gauche comme à droite, le brouhaha s'estompe. Le visage de Caïphe est sombre. Il s'adresse à Joseph.

- *Es-tu satisfait, Joseph ? Ce Jésus menaçait de détruire le temple, il semble aujourd'hui que vous soyez tous les deux au nombre des outils nécessaires à cet acte !*

- *Écoute, Caïphe, commence Joseph.*

- *Non, toi écoute ! coupe sèchement le grand prêtre. Nous avons établi à votre encontre à tous les deux et particulièrement contre toi un certain nombre de chefs d'accusations. Vu la gravité des faits, je vous conseille de ne pas prendre ce tribunal à la légère. Vous êtes ici devant vos pères et vos frères pour répondre de fautes dont vous ne semblez pas apprécier la gravité. Lisez-leur donc les motifs qui les ont conduits devant cette respectable assemblée aujourd'hui.*

Sur un signe d'Anna, l'un des membres se lève.

- *Vous comparaissez devant cette cour pour*

trahison. Trahison envers cette assemblée, trahison à l'encontre de vos frères, trahison ce qui est beaucoup plus grave, à l'encontre de YAHVE, Dieu d'Israël.

Le prêtre reprend place. Joseph et Nicodème comprennent que la partie est délicate. Si les accusations sont maintenues la lapidation est au bout.

- *Je suppose que vous comprenez bien l'un et l'autre ce dont il s'agit ? demande Caïphe.*

- *Je réfute ces accusations proteste Joseph. N'ai-je pas toujours servi les intérêts du Tout-puissant en servant ceux du temple élevé à sa gloire ? Lors du procès de ce Jésus, je n'ai fait que mon devoir en tentant de déceler en lui quelques signes de messianité afin de nous éviter de commettre l'irréparable aux yeux du Divin. Si cet homme qui se prétendait fils de Dieu l'avait vraiment été et que nous l'ayons mis à mort, je n'ose imaginer ce qui serait advenu de nous tous !*

Un concert de protestations s'élève. Il faut l'autorité d'Anna pour calmer l'assemblée.

- *Ce n'est pas tant pour ces faits que vous êtes ici aujourd'hui. Ne nous prends pas pour des imbéciles, Joseph. Qu'es-tu allé réclamer le corps du supplicié au procurateur pour nous faire cet affront de le déposer dans ce caveau tout neuf construit à ta demande ? Si ce n'est pas là reconnaître ouvertement que vous adhériez à sa cause, que vous lui reconnaissiez le titre auquel il prétendait, ça y ressemble étrangement, lui lance un accusateur.*

- *Grâce à cet acte scandaleux, Pilate n'aura plus à notre encontre que mépris, ajoute un autre.*

Les uns après les autres les membres du Sanhédrin se dressent pointant vers les deux hommes des doigts accusateurs et des poings vengeurs.

- *Avouez donc tous les deux que cet homme vous a*

troublé au point que vous ayez fini par admettre sa possible messianité !

- *Le considérez-vous comme tel ? Êtes-vous responsables de la disparition du corps ? L'avez-vous vu vivant depuis pâques ? Êtes-vous à l'origine de ce scandale ?*

Les questions fusent de partout, les accusations idem.

- *Si la rumeur s'étend, cette institution tremblera sur ses bases. Vous cherchez à dresser le peuple contre ses docteurs. Avouez que vous l'auriez volontiers assis sur le trône de David.*

- *C'est vous qui avez payé cette fille pour qu'elle répande ces stupides ragots !*

S'entendre est devenu impossible. Répondre à cette déferlante d'accusations également. Les accusés tentent en battant des bras d'apaiser la fureur des membres du tribunal. Anna quitte son siège pour venir se placer devant les deux hommes. Il parvient ainsi à calmer l'assistance.

- *Voyons, mes frères, tout ce vacarme ne nous mènera nulle part. Puisque ce procès déclenche une telle passion, je suggère que ceux qui veulent interroger les accusés le fassent en levant la main. Il nous est impossible de les entendre dans ces conditions.*

Toutes les mains se lèvent en même temps. Anna décide donc de servir d'animateur. Un semblant d'ordre permet ainsi aux accusés de tenter de justifier leurs actes.

- *Joseph et toi Nicodème, dites la vérité à vos pères. Vous avez commis des actes d'une extrême gravité. Pouvez-vous jurer que vous ne reconnaissiez pas la messianité du prophète avant que nous le condamnions ?*

- Évidemment, réplique Joseph. Lui-même d'ailleurs ne l'a jamais prétendu !

- Tu vois ? Tu continues à le défendre !

- Mais non, je cherche simplement à m'expliquer.

- Alors si tu ne lui reconnaissais pas ce titre, pourquoi cette mascarade au tombeau ?

- C'était un prêt, juste un prêt. Tout fut si rapide. Les amis de cet homme n'avaient manifestement pas le temps de construire un tombeau. Tout fut accompli en quelques heures. Dès la semaine suivante, tout serait rentré dans l'ordre.

- Mais que t'importait de savoir ce qui allait advenir du corps ? La fosse commune existe, non ? Les deux autres non plus n'avaient pas de tombe, alors pourquoi justement lui ?

- Les deux autres n'étaient que des brigands ! répond Joseph.

- Ah ! tu vois ? Tu marques donc un intérêt particulier pour ce Jésus. À nos yeux, pourtant, il ne valait pas mieux que les bandits en question !

- Il n'avait fait que blasphémer, lance timidement Nicodème. Les autres étaient des crapules.

- Que blasphémer, dis-tu ? Ne sais-tu pas que cette action est passible de la peine de mort tout autant que les autres crimes ?

- Si, bien sûr, mais rien n'a pu être prouvé ! réplique Nicodème.

- Alors ça, c'est le comble ! Voilà un individu qui se prétend fils de Dieu, qui critique ouvertement nos institutions, notre baptême, qui injurie nos prêtres, qui bafoue notre temple, qui entre en roi à Jérusalem juché sur une monture entre deux rangées d'adorateurs qui lui font un tapis de rameaux d'olivier et tu oses prétendre que rien ne fut prouvé ?

- Je persiste à croire que sa mort était inutile, affirme Joseph. Le fouet aurait suffi. Si quelqu'un ici a cru qu'il pouvait être le Messie et s'emparer du trône de David, c'est vous. Et c'est pour cette raison que vous l'avez crucifié.

- Triple idiot, s'énerve Caïphe, nous crois-tu assez stupides pour assassiner le Messie s'il se présentait devant nous ? Nous crois-tu assez stupides pour faire pareille injure à L'Éternel tout puissant ?

- Votre peur pour vos sièges est si grande que vous ne reconnaîtriez aucun Messie, fût-il le vrai ! s'énerve Joseph. Vous êtes assis sur votre institution comme sur un tapis d'or. Les lois de Moise ont plus à craindre de vous que d'un quelconque Jésus.

- Assez ! C'est une honte, vous n'êtes pas dignes des habits que vous portez. Vous bafouez notre autorité. Ce Jésus vous a fait perdre l'esprit.

- C'est vous qui l'avez perdu ! crie Joseph. Vous craigniez tellement qu'il n'imposât ses idées à un grand nombre de Juifs, les non pratiquants, les pas très convaincus, les malades, les miséreux, ceux que vous rejetez par le mépris et la haine, cette multitude que vous piétinez de votre arrogance que vous avez cru nécessaire de le faire taire définitivement. Seulement, voilà ! il paraît qu'il est ressuscité. Alors il vous faut des coupables. Nous faisons l'affaire, Nicodème et moi. Eh bien, je vous l'annonce, mes chers frères, s'il est réellement de nouveau de ce monde…

- Tais-toi, blasphémateur ! Est-ce nous qui nous sommes abaissés à pleurnicher son cadavre chez Pilate ? Est-ce nous qui avons mis notre tombeau à disposition d'un condamné à mort par cette assemblée dont vous faisiez partie ?

Cette fois, il n'est plus possible de rétablir l'ordre dans le tribunal. C'est un capharnaüm. Caïphe perd le contrôle de lui-même. Il lance sa tiare en direction des accusés en hurlant.

- *Votre place est avec ce prophète de malheur. Nous allons vous envoyer le rejoindre et comptez sur nous pour faire cesser ces absurdités de résurrection et endiguer l'ouragan que vous espérez voir s'abattre sur le temple et ses docteurs.*

- *Il est trop tard, Caïphe ! s'époumone Joseph. Le vent qui se lève et que tu crains vous balaiera tous. C'est la réponse de Dieu à toutes vos manigances, toutes vos intrigues, tous vos crimes en son nom. Cet homme accomplira sa mission par-delà la mort. Il abattra ce temple où ne règnent que la corruption, le mensonge, le vice, la bassesse, la lâcheté.*

- *Cet homme est ton juge, Caïphe. Il est votre juge à tous. Aucun sacrifice ne vous sauvera, aucune prière. Souvenez-vous du jour de la crucifixion, souvenez-vous de ce violent orage, souvenez-vous des ténèbres qui se sont abattues sur cette cité, souvenez-vous du voile qui s'est déchiré, c'était le message de YAHVE à votre intention. Vous avez déclenché sa colère. Ne doutez plus que le prophète appelé Jésus soit son envoyé. En le crucifiant, vous l'avez confirmé dans son statut de libérateur. L'ouragan arrive, Caïphe, ouvre bien tes oreilles.*

Dehors, le soleil se lève. Sa lumière illumine la cité.

Les colonnes de marbre parées d'or du temple se préparent à accueillir leur flot de pèlerins.

Sous les portes, les miséreux sortent de leur torpeur.

À l'auberge, Shimon ouvre les yeux.

Chapitre IX

Ils ne sont que cinq à connaître le lieu où Jésus a trouvé refuge. Sa mère Marie, Marie-Madeleine, son frère Jacques, Simon-Pierre et Jean. Les plaies restent encore monstrueusement visibles. Autour d'une croûte noirâtre s'étale une zone sombre violacée virant au jaunâtre en s'éloignant du point de pénétration du métal.

Il n'y a que les deux femmes qui parviennent à poser les yeux sur les chairs tuméfiées sans frissonner. Les hommes évitent le spectacle des membres martyrisés qui leur rappellent que leur comportement au moment de l'arrestation puis du procès ne témoigna pas d'un courage et d'une fidélité absolus.

Allongé sur sa couche de paille couverte de peaux de brebis, recouvert d'une épaisse couverture de laine brute sentant le suint, le supplicié porte encore sur le visage les marques d'une souffrance extrême. Son teint est cireux, le nez pincé, la peau des joues semble collée aux mâchoires, son front porte les griffes de la couronne d'aubépine.

Son dos est isolé du contact direct avec la couche par des cataplasmes enduits d'un onguent à base d'huile et de miel. Les rebords de la plaie laissée sur la poitrine par le fer de la lance ont été rapprochés et maintenus par une sorte d'épingle à nourrice servant d'ordinaire au maintien des toges.

Marie-Madeleine s'affaire sur les pieds mutilés qu'elle nettoie régulièrement laissant ses larmes tomber sur les plaies. Elle ne reconnaît pas dans cette grossière ébauche humaine le visage du maître que durant plus de deux années elle a vénéré. Il ne reste pour accréditer son retour que ces horribles mutilations. Elles sont les clés du nouveau monde. Les portes en sont désormais ouvertes.

Timidement quelques-uns s'y engagent déjà. Où mène ce chemin ? Vers quel but, quel port ? Des blessures du crucifié a jailli la source. Elle est déjà ruisseau. Longer ses rives sans jamais s'en écarter est la seule solution à adopter pour les adeptes de l'église du troisième jour. Entre le crépuscule du vendredi et l'aube du dimanche, Dieu en creusa les fondations. Un tombeau vide en fut le symbole. Marie-Madeleine la première en franchit le seuil.

Difficile pourtant d'imaginer le futur dans le silence de ce refuge exigu où il faut pourtant dans l'immédiat vivre à cinq, terrés comme des animaux traqués. Le reste des compagnons de Jésus s'est répandu à travers tout le pays dans la crainte d'un supplice identique. Ceux qui se trouvent ici sont ceux pour qui perdre la vie était moins important que perdre la face.

Ils ont assisté impuissants à la fin d'un étrange prédicateur qui, pour d'inaccessibles raisons, s'est offert en pâture à la rage meurtrière des prêtres. Marie et ses compagnons sont en cet instant les témoins de son retour. Elle s'est vidée de ses larmes au Golgotha lors de l'agonie de ce fils exposé à la fureur des hommes et du ciel. Elle se souvient aujourd'hui des paroles d'un vieil homme du nom de Siméon.

- *Ton enfant est venu pour la chute et la résurrection. Il sera un signe de contradiction.*

Elle se souvient de ce qu'avait ajouté Anne, fille de Phannuel.

- *Toi, un glaive percera ton âme !*

Le glaive a fait son office. Elle a perdu son âme au calvaire. Un sentiment nouveau a pris place en elle. La déchirure s'est refermée. Elle vit des heures sacrées admettant enfin l'épisode du Golgotha. Elle comprend que désormais, par-delà les nuées, coulera à jamais le sang d'un fils qui vient seulement de devenir sien.

- *Qui es-tu, mon fils ? D'où reviens-tu ? Quel est ton secret ?*

Assise sur une natte de roseaux, en appuie sur la couche, elle caresse les longs cheveux encore collés par la sueur et le sang. Aucune réponse ne sort de la bouche qu'un souffle fiévreux tient entrouverte. Elle est pourtant certaine qu'il l'entend. Elle saisit la main brûlante qu'il laisse à l'abandon sur la couverture. Elle serre les dents quand les ongles du malade s'enfoncent dans sa chair mais maintient la pression malgré la douleur.

- *Parle-moi, mon fils, reviens vers nous, prend congé de ces anges ou démons qui te retiennent en des lieux inconnus. Ta place est ici près de moi. Des hommes ont pris la vie que je t'avais donnée. Ce père céleste que tu revendiques te l'a rendue. Reviens de ce long voyage, parle-moi, juste quelques mots.*

Mais Jésus ne répond pas. Si la vie a bien repris possession de son corps, il vogue toujours sur un océan inconnu. Trop de soleil enflamme les rivages. La côte n'est pas encore visible. La prodigieuse métamorphose de l'homme devenu Dieu se prolonge encore. Pour lui, le temps s'est immobilisé. Il ne compte ni les heures ni les jours. Cette notion n'existe pas là où il se trouve.

Avant de revenir pour quelque temps seulement auprès de ceux qu'il s'est choisi pour témoigner de sa messianité, il lui faut consacrer celle qui lui a donné le jour. Il ne fait que remplir la mission qui lui est confiée. Du Maître il n'est que l'instrument. Taillée au cœur même de la matière, scintillante des mille soleils de l'énergie céleste, la couronne est prête. Celle qui doit la porter l'est aussi.

Le grand sablier des temps nouveaux va accomplir sa première rotation. Un éclat de voix venu de l'espace sidéral résonne dans la tête du miraculé, des mots explosés, des particules de syllabes arrivent dans un indéchiffrable désordre. Recomposer le puzzle est trop compliqué, les mots se forment tout seuls.

- *Fils... retour... regarder... ouvrir les yeux... parler... mère... fils... mère... mère.*

La connexion se fait enfin. Alors que la pression de la main s'intensifie, Marie se sent parcourue d'un long frisson. Une agréable vague de chaleur se répand sur son épiderme. Sa respiration ralentit, sa vue se trouble, elle tente de redresser sa tête qui bascule malgré elle contre le visage émacié de son fils. Son corps s'affaisse, elle semble simplement s'endormir.

La vague est là qui l'attend pour l'emporter. Son écume argentée comme sous l'effet des rayons de lune danse dans un lent mouvement de flux et reflux. Elle s'abandonne à ce flot qui la submerge. C'est un océan sans fin ni fond. Elle tourbillonne dans cette matière impalpable où tout ce qui est se trouve contenu.

Des plus profonds abysses aux plus lointains infinis, de l'infiniment grand à l'infiniment petit, de la lumière la plus vive aux ténèbres les plus noirs, c'est un kaléidoscope de sensations intenses au milieu desquelles l'esprit s'égare. La grande encyclopédie du temps perd sa chronologie. Ses pages s'emmêlent déversant leurs chapitres en un ballet de déraison.

Ni début ni fin dans cette cataracte de jours sans aube ni crépuscule, ni chaud ni froid, ni bon ni mauvais, simplement une pure sensation de tout absorber d'un coup. Un big bang d'évidences. L'émerveillement de parcourir en une fraction d'éternité les chemins lumineux de la connaissance aux bouts desquels s'accomplit la fusion.

Quand tout s'achève, tout recommence. De l'énergie créatrice sans cesse renouvelée, quand se meurt hier, jaillit l'embryon de demain.

Le chorégraphe fait danser l'humanité sur la musique qu'il compose pour elle, lui laissant croire qu'elle n'est que cacophonie. Pourtant, chaque note tombe avec une précision d'orfèvre. Chaque mesure impose au ballet le mouvement approprié.

Qui croit faire un mauvais pas ne fait qu'exécuter le geste précis qui s'intègre à celui d'un autre. Il en est et en sera ainsi éternellement. La dérisoire parcelle d'énergie cosmique attribuée à chaque être ne lui permet pas de concevoir autre chose que ce que la nature soumet à ses sensations. En apparence il naît, en apparence il vit, en apparence il meurt.

Jusqu'à cet instant, Marie n'était rien de plus qu'un de ces êtres confiant leur vie au bon plaisir des événements. Une philosophie nouvelle trace son chemin jusqu'aux recoins les plus secrets de son cerveau. La métamorphose s'accomplit de l'intérieur. Rien ne change de son aspect de femme au chevet de son fils. Ceux qui les voient ainsi front contre front, respectent en silence ce long moment d'intimité sans se douter qu'ils évoluent l'un et l'autre à des années-lumière de cette couche de paille malodorante.

Un fil d'Ariane les relie au créateur. Venue des confins de l'univers, une paix stellaire s'installe en eux. Ils n'existent plus en tant qu'individu. Ils sont tout et parcelle de tout. Le doigt divin qui les touche les façonne comme chairs de glaise malléables et soumises. Ils sont minéraux, végétaux, ils sont l'air et le feu, la sagesse et la connaissance, la puissance et la gloire. Leur destinée d'humain s'évapore. Divinités accomplies, leur mission commence.

Des corps ensevelis au fond des tombeaux, ils extraient la glue des croyances impies. De la fange émergent des âmes neuves purifiées des vieilles terreurs ancestrales. Rendues à la lumière, elles abandonnent à l'oubli des cimetières les squelettes moisis de leurs existences corrompues. Le passé est absous, le monde est purifié.

La mère et le fils à jamais unis accèdent à la royauté suprême. Un ouragan se forme qu'aucun humain ne pourra éviter. Il va traverser la terre emportant dans sa fureur amis et ennemis de la nouvelle église. Plus rien ne saurait l'arrêter. Une poignée de femmes et d'hommes vont avoir le privilège d'en poser les premières pierres. Elles seront scellées de leur sang.

Marie fut parmi eux. Elle vient de les quitter. Celle qui reprend peu à peu ses esprits n'appartient déjà plus à ce monde. Elle émerge d'un profond sommeil encore engourdie de son séjour au creux du cocon de son éphémère vie de femme.

Marie-Madeleine et ses compagnons ressentent à cet instant que le moment est venu de répandre la nouvelle, de transformer la rumeur en fait. Jérusalem doit savoir. C'est d'elle que vers les quatre points cardinaux vont s'éparpiller les acteurs de l'acte deux. Le rideau se lève sur un décor tourmenté. L'aurore qui pointe va embraser le ciel pour dix mille saisons.

Au premier sang versé au Golgotha va se joindre

celui de celles et ceux que les disciples vont convertir. C'est l'ultime condition pour sceller le pacte avec le Dieu du Nouveau Testament. Une marée humaine va pourtant accepter cette close. Rome n'aura pas assez de croix, de pieux, de pierres ou de fauves pour canaliser cette déferlante.

Les Dieux païens font leurs bagages. Eux savent que le combat est inégal, les sacrifices inutiles, ils cèdent honorablement la place. Rome est lâchée par ses idoles mais ne le sait pas encore. Ave César, ceux qui se retirent te saluent. La place est vacante. Celui qui s'installe ne va pourtant pas le faire dans la sérénité. Son double du Golgotha a semé l'arbre de la discorde. Reliées au même tronc, nourries des mêmes racines, les branches vont donner des fruits différents.

Le vieux Siméon l'avait prédit à Marie :

- *Ton fils est venu porter la division.*

- *Les féroces temps passés régis par des divinités multiples n'ont pourtant connu que l'enfance de la terreur.*

Ce qui se prépare entre les murailles de Jérusalem va vomir l'abomination. Les trompettes de l'apocalypse sonnent au vent du renouveau. Prévue depuis la nuit des temps, l'ère nouvelle sort des coulisses. Chacun des acteurs est à sa place bien dans son rôle. Pourpres comme le rideau de scène seront les jours.

Chapitre X

L'antre de la vieille ferait fuir les plus téméraires. Il y fait plus sombre qu'au fond d'un terrier. Une pénétrante odeur de champignons due à l'humidité qui a recouvert les parois d'une moquette verdâtre pince le nez des visiteurs. La pierre malade suinte dans les plis de la roche pleurant un soleil qui ne la visite jamais.

Quelques pierres noircies encerclent un foyer de braises rougeoyantes près duquel est élevé un muret de fagots. Un chien efflanqué, dont les poils abritent une colonie de puces, fixe sur les arrivants un regard interrogateur dans un grondement de principe. Il ne quitte cependant pas la peau de brebis qui lui sert de couche.

Quelques poules vont et viennent dans la plus totale liberté. Une roue de chariot posée sur une pierre plate sert de table basse. Elle est encombrée de poteries ébréchées au contenu incertain. Des herbes odorantes sèchent dans des squelettes de paniers.

Pilate fouille du regard la pénombre d'où émerge

une forme blanchâtre. Il lui faut un peu de temps pour comprendre qu'il s'agit d'un bouc près duquel s'agite une forme sombre.

- *Entrez, étrangers, n'ayez pas peur, posez vos pains sur la table.*

La voix est vieille mais assurée.

- *Venez vous asseoir près du feu. Jetez quelques branches dessus.*

Ponce Pilate et Antoninus déposent leurs présents sur le capharnaüm de poteries. Alors que le procurateur s'installe sur une pierre en guise de siège, son serviteur alimente le foyer qui ne tarde pas à reprendre vie. La vieille s'est levée, elle s'approche de ses visiteurs. Il semble que, malgré le bâton qui lui sert de canne, elle a du mal à se déplacer.

C'est un spectre qui apparaît aux deux hommes. Petite, courbée, vêtue d'un manteau tissé au début des temps sur lequel dégringole une chevelure blanche d'une incroyable longueur, la magicienne semble irréelle. Un fantôme de femme pour autant qu'elle en fut une un jour. Des yeux d'une surprenante clarté où le bleu de la pupille n'a plus de contour plongent immédiatement dans ceux du procurateur qui ne peut s'en détacher. Il n'a jamais vu un tel regard. Le ciel et la mer s'y sont unis. Le visage fripé de la femme est gommé par l'intensité de ses yeux qui lui dévorent les joues. Le Romain est subjugué. Il s'attendait à des pupilles sombres, inquisitrices, inquiétantes, il découvre leur contraire.

Le dégoût inspiré par le lieu s'estompe au profit d'un bien-être apaisant. La vieille s'installe face à eux. Impossible de lui donner un âge. Tout en elle indique qu'elle devrait depuis longtemps ne plus être de ce monde. Les veines de ses mains charrient un sang décoloré par trop d'années de fidélité. Cette première impression est pourtant réfutée par la fraîcheur de son incroyable regard. Face à elle Pilate ne sait trop comment exposer les raisons de sa visite. Comprenant le malaise que son aspect produit sur le visiteur, la magicienne vient à son secours.

- *Ne sois pas nerveux, tu n'as rien à craindre de moi. Je sais que l'on me dit volontiers sorcière, sans doute le suis-je un peu, mais je ne pratique aucun rite démoniaque. Tu ne trouveras ici ni serpents ni crapauds ni bête à ténèbres.*

- *Je n'ai que ce chien et ce bouc pour compagnons. Laisse-moi te regarder encore un peu. Tu es un homme superstitieux, quelqu'un de tourmenté, n'est-ce pas ? Un monument de contradictions. Tu rêves du Nord en marchant vers le Sud. Ta conscience te tiraille depuis quelque temps. Une pierre que tu ne peux ni enlever ni contourner obstrue ton chemin. Le doute s'est incrusté dans ton âme. Une question te harcèle nuit et jour. ET SI C'ÉTAIT VRAI ? C'est cela, n'est-ce pas ? ET SI C'ÉTAIT VRAI ?*

Pilate ne peut cacher l'émoi que produisent en lui les paroles de la vieille femme. Il est venu incognito, elle ne sait ni qui il est ni pourquoi il a quitté son palais pour son antre de sorcière. Son sentiment s'affiche sur son visage.

- *Tu auras bientôt ta réponse. Hélas pour toi, elle n'apportera pas la paix en ton cœur. Tu es à la croisée des chemins. Tu as pris celui qui t'a paru le plus facile. Tes sens t'ont trompé mais tu ne peux plus revenir en arrière car tu ne pouvais en prendre un autre. Tu as rendez-vous avec toi-même, tel est ton destin. Plonge ta main dans le pot qui t'est le plus proche et jette une poignée de son contenu dans la braise.*

Pilate contemple le sel qu'il vient d'extraire du vase

avant de le jeter sur le feu. Dans un crépitement, une grande flamme bleue jaillit du foyer.

- *L'oiseau qui t'a couvé a fait son nid au creux des sept collines. Tu seras sa proie.*

- *Quel oiseau ? s'inquiète Pilate. Parle clairement.*

- *Ne m'interromps pas, jette encore du sel !*

Le procurateur s'exécute. Une fois encore, au cœur du foyer, le bleu domine. La vieille s'y perd en contemplation.

- *Les démons que tu fuis sont les tiens, tu ne peux donc leur échapper.*

- *Il va falloir t'en accommoder. Ils n'ont plus de pouvoirs, laisse-les donc s'endormir. Celui que tu fus n'est déjà plus mais tu ne le sais pas encore. Prends le pain et brise le par le milieu.*

Ponce Pilate, troublé, s'empare d'une galette qu'il déchire.

- *Parfait, dit la voyante, donne-moi le morceau qui se trouve dans la main du cœur.*

Le procureur hésite à comprendre et, incertain, lui tend la main gauche. Les yeux clairs de la femme examinent attentivement la faille de rupture.

- *Tes mains étaient corrompues. Depuis pâques elles sont lavées de leurs souillures. Ne les méprise pas. Tu n'as fait que ce qui t'était ordonné de faire.*

- *Personne ne m'a ordonné quoi que ce soit, je n'obéis qu'à Rome ! réplique le préfet.*

- *Le ruisseau se croit fleuve jusqu'à ce qu'il découvre la rivière qui se croit fleuve jusqu'à ce qu'elle découvre la mer, répond la vieille.*

- *Et qui serait donc la mer ? interroge Pilate.*

- *Elle est en chacun de ceux qui savent ouvrir les yeux. Tu la verras bientôt.*

- *Tu parles par énigmes, sois plus claire, je suis venu pour avoir des réponses au sujet d'un rêve.*

- *Je t'ai déjà donné tes réponses. Tu as tenu le destin de beaucoup d'êtres entre tes mains. Tu as souvent abattu le glaive même si ce n'est pas toi qui le tenais en main.*

- *Je n'ai fait que mon travail qui consiste à faire régner l'ordre et la justice dans ce pays, répond Pilate.*

- *Alors, en ce cas, pourquoi crains-tu ton rêve ? Si tu es en paix avec ta conscience, mets ce songe sur le compte de la lune pleine et repars en paix avec toi-même.*

Le procurateur se sent acculé. Cette sorcière connaît tout de lui. Il se sent dépouillé de ses plus intimes secrets. Elle en sait beaucoup plus qu'elle ne veut en dire.

- *Écoute, femme, j'ignore d'où te viennent tes pouvoirs mais je reconnais qu'on ne m'avait pas trompé. Tu sais lire l'avenir aussi bien que le passé. Alors si j'ai commis une erreur, je veux savoir laquelle et qu'elles en seront les conséquences. J'attends des réponses précises. Si tu les connais, donne-les-moi. À moins que tout cela ne soit que de la supercherie et en ce cas, comment sais-tu ce que tu sais à mon sujet ? Est-ce mon secrétaire assis-là qui est venu te raconter tout ça ? Réponds-moi ! Comment sais-tu tant de détails ?*

- *J'ai su qui tu étais au premier regard, réplique la vieille. Ton secrétaire n'a rien eu à me dire. Je porte un fardeau beaucoup plus lourd que le tien depuis que je suis venue au monde. Je peux lire en chaque être avec la même facilité que je peux lire dans les astres. Ton ciel est aussi clair pour moi que l'eau des sources.*

- Alors si mon ciel est clair, de quoi devrais-je avoir peur ?

- J'ai dit qu'il était clair pour moi. N'aie pas peur de ton passé, crains davantage pour ton avenir.

- Tu te contredis, femme. Tu viens de me dire que j'étais lavé de toute souillure, que je n'ai fait qu'obéir à je ne sais qui, en ce cas qu'aurais-je à craindre de l'avenir ?

- Il y a bien des années de cela, j'étais encore une toute jeune fille, j'ai étudié par trois reprises la conjonction des astres dans le zodiaque. J'y ai vu le signe que les temps nouveaux commençaient. Même si le ciel gardait encore beaucoup de ses mystères pour moi, les symboles étaient lumineux. Il est dans la nature des choses qu'elles doivent changer.

- De grands bouleversements se préparent. Nombre de ceux qui espèrent seront sacrifiés. La peur va régner. C'est pourtant chez les sacrificateurs qu'elle sera la plus grande. Leur agonie est annoncée mais avant leurs derniers soubresauts, que de sang, que de larmes, ton cri se mêlera aux clameurs.

- Mon cri, s'inquiète Pilate, mais qu'ai-je à voir avec ce que tu prédis ?

- Tu es le pivot qui a fait basculer le temps.

- Si tu parlais clairement, femme, ne peux-tu dire les choses avec simplicité ? Faut-il que mon secrétaire prenne note de ce que tu racontes pour que nous puissions le déchiffrer plus tard ? Tout cela est-il en rapport avec le Galiléen que j'ai refusé de crucifier ? Aurai-je attiré un quelconque maléfice sur moi et sur la Judée en prenant son parti ?

- Il n'est rien arrivé d'autre que ce qui devait arriver. Le sang de cet homme n'est pas sur tes mains, il est sur ton cœur, répond la voyante. Depuis ce jour,

ton esprit ne connaît plus la paix. Cette question te hante. ET SI C'ÉTAIT VRAI ? Je te l'ai dit, la réponse viendra toute seule. Interroge-toi plutôt sur qui tu es aujourd'hui, car il y a l'homme d'avant et celui d'après. Ne tourne pas comme un fauve en cage, poursuis ta route quoi qu'il advienne. Je n'ai rien à te dire de plus. Vis si tu dois vivre, souffre si tu dois souffrir, meurs si tu dois mourir, mais cesse de trembler au moindre songe. Tu as bien assez d'ennemis véritables, inutile d'en faire germer en toi.

- Attend, femme, je suis venu pour que tu me libères des angoisses de mon cauchemar. Depuis que nous sommes ici, mon secrétaire et moi, tu ne m'annonces que de sombres événements. Un oiseau doit me dévorer, je ne sais quel démon me dicte mes actes, je suis responsable des tourments à venir, mes cris se mêleront aux clameurs et tu me congédies en me conseillant de poursuivre sereinement mon chemin. Comment trouverais-je la paix après un tel déluge de mauvais présages ? Que faut-il que je t'offre pour que tu m'apaises ? Ne t'ai-je pas apporté le pain en guise de fraternité ?

- Je comprends ta colère, elle est fille de ton désarroi, mais aurais-je dû mentir sur la réalité de mes visions pour apaiser tes craintes ? Si tel est le cas, reprends ta nourriture car je ne l'ai pas méritée. Mentir je ne sais pas, flatter moins encore, je vois ce que je vois, je n'y peux rien. Devrais-je te tendre une pierre en t'assurant qu'il s'agit d'un fruit pour que tu t'y casses les dents ?

- Depuis ton premier souffle, il était écrit que tu serais celui que tu es, que tu accomplirais ce que tu devais accomplir en bien ou en mal, peu importe, quels que soient tes choix, tu ne feras que ce que tu dois faire, personne ne peut changer le cours des choses.

- *Quand ces événements doivent-ils se produire ? demande Pilate.*

- *Je te le répète, ils sont en marche. Il ne reste que peu de jours avant que tu n'aies la confirmation de mes propos. Laisse-moi encore regarder tes mains avant que vous ne vous retiriez.*

Le procurateur présente ses paumes à la magicienne. Elle les contemple longuement avant d'y déposer une poignée de cendres tièdes.

- *Frotte tes mains l'une contre l'autre et souffle sur le trop-plein de cendres.*

Pilate suit les consignes de la femme. Il souffle sur la poussière grise qui recouvre sa peau. Les plis de son épiderme retiennent de sombres traces soulignant les lignes du destin du procurateur.

- *À quoi te font penser ces traces ? demande la voyante.*

- *Je ne sais pas, un poisson peut-être, hésite Pilate.*

- *Tu as raison, c'est un poisson. Il sera désormais ton emblème !*

Chapitre XI

Intimement persuadé que Dismas est vivant, Shimon est revenu informer le forgeron de ses convictions. Isaïe comprend qu'il ne parviendra pas à ôter cette idée de la tête de l'Égyptien. L'acharnement de cet homme à refuser l'évidence fait peine à l'artisan qui sait bien lui que les deux brigands sont bel et bien morts. Ce Jésus aussi probablement, pourtant une force intérieure le pousse à ne pas contrarier l'espoir de l'armateur. Une telle obstination mérite le respect.

- *Écoute, Shimon, tu as parfaitement le droit d'émettre des hypothèses, mais il y a au moins un homme qui sait lui où sont les corps des suppliciés, c'est le fossoyeur.*

- *Mais j'ai cru comprendre que ce sont les prêtres qui ont récupéré les cadavres ?*

- *Le cadavre ! Shimon, pas les cadavres. Les prêtres n'ont pris en charge que la dépouille du prophète. Les deux autres ont été confiés au fossoyeur.*

- *Et tu le connais, ce fossoyeur ?*

- *Bien sûr ! Tout le monde se connaît ici.*

- *Alors conduis-moi à lui, je veux le rencontrer.*

- *C'est peut-être effectivement la solution, répond Isaïe. Viens me rejoindre ce soir, je te conduirai à lui.*

- *Non ! Allons-y tout de suite. J'ai besoin de savoir, insiste Shimon.*

- *Mais j'ai mon travail, je ne peux pas abandonner ma forge en pleine journée !*

- *Je te paierai pour ta journée et d'autres encore, autant que tu voudras mais conduis-moi à lui maintenant.*

Quelques instants plus tard, les deux hommes quittent la forge pour prendre la direction des quartiers bas de la cité. C'est dans une masure accrochée au mur d'enceinte que vit le fossoyeur.

- *J'espère que cette fois tu seras convaincu de la disparition de ton ami Dismas À propos, il faut que je t'avertisse ! Un policier du temple est sur tes talons. Je ne sais pas ce qu'il te veut mais il semble que tu l'intéresses beaucoup.*

- *Je sais, répond Shimon, je l'ai rencontré dans une auberge le jour de mon arrivée à Jérusalem. Je l'ai mis au courant des raisons de ma présence en ville. Je n'ai rien à craindre de lui, je ne fais rien de répréhensible.*

- *Peut-être ! Mais n'oublie pas qu'il est au service du Sahédrin, il n'est ni un ami ni un allié pour toi. À ton premier faux pas, tu le trouveras sur ta route. Je suis sûr que ce soir, il saura ce que nous avons fait aujourd'hui. Il a des espions partout.*

- *Écoute, Isaïe, je ne cherche qu'une chose ; m'assurer que Dismas est vivant ou mort. Dès que j'aurai la réponse, je quitterai Jérusalem.*

- *Mes affaires m'attendent en Égypte. Je n'ai donc pas l'intention de commettre le moindre délit. Je ne pense pas que rencontrer ce fossoyeur en soit un*

- *Non ! Mais prend garde quand même ! Affirmer que les condamnés ont échappé à la mort est en ce moment extrêmement dangereux.*

- *Ne prononce surtout jamais le mot de résurrection car tu serais accusé de blasphème.*

- *Je ne suis pas stupide, Isaïe, je ne crois évidemment pas à cette fable. Si je suppose que les condamnés ont pu survivre au supplice, c'est par simple déduction.*

Tout en devisant, les deux hommes parviennent dans une ruelle si étroite qu'il leur devient impossible de marcher côte à côte. Une puanteur épouvantable émanant des tanneries toutes proches empeste tout le quartier. Des constructions de bric et de broc s'accrochent aux murs de la cité comme des parasites.

Des gosses en haillons, quand ils ne sont pas nus, les harcèlent pis que ne le ferait un essaim de mouches. Certains sont couverts d'une telle épaisseur de crasse qu'ils ressemblent à des statues d'argile animées. Ils sont d'une couleur grise uniforme des cheveux jusqu'aux talons.

Aucune différence entre eux et les animaux efflanqués qui errent dans les ruelles à la recherche de la moindre nourriture. La misère ici est à son paroxysme. La vermine est à la fête. Tout ce qui peut porter atteinte à la dignité humaine a fait de ce lieu sa résidence.

Les ombres qui les croisent dans un inévitable frôlement ont toutes le même visage. Vieillards, femmes, enfants, tous sont marqués du sceau de l'infamie. La détresse elle-même les a quittés. Une fange lépreuse a recouvert ce coin de monde qu'elle emprisonne dans une gangue de pustules, d'éruptions cutanées, de plaies purulentes, de membres atrophiés.

La gloire de Dieu, l'homme fait à son image, déambule ici dans sa plus sommaire expression. Un ou deux yeux pour voir qu'il n'y a rien à voir, une ou deux jambes pour marcher vers nulle part, une ou deux mains pour s'accrocher à des lendemains qui se dérobent. Jésus, voilà ton royaume !

Isaïe et Shimon s'enfoncent dans cet inquiétant coupe-gorge jusqu'à ce qu'ils parviennent enfin là où survit le fossoyeur. Une masure comme les autres faite de torchis, de peaux puantes, de branchages secs émergeant de la glaise tels des squelettes aux abois.

Les deux hommes pénètrent dans l'unique pièce où s'active un fantôme ; celui d'une femme préparant la pâte de céréales pour le pain à lever. Au-dessus du foyer, un trou béant dans la toiture permet l'évacuation des fumées. Dans un coin, des peaux empilées servent de lits chaque soir à l'ensemble de la famille. Pour tout mobilier, objet insolite dans ce lieu, un fauteuil de cuir et de bois sur lequel trône un individu au regard de fouine. Il est petit, maigre, un tic lui plisse constamment le coin de la bouche tandis qu'un tremblement nerveux lui secoue les membres inférieurs. Il lève les yeux sur les visiteurs.

- *Salut à toi, Éphraïm ! lance Isaïe. Que la paix soit sur ta maison.*

Le fossoyeur ne répond pas. Il se contente d'un geste de bienvenue en direction des deux hommes. Shimon et Isaïe s'installent sur la pile de peaux en guise de sièges. La femme n'a pas levé la tête.

- *Écoute, Éphraïm, je te présente mon ami Shimon. Il est forgeron comme moi, il vient d'Égypte. Une mauvaise nouvelle l'attendait à Jérusalem. Il semble que l'un de ses amis qu'il espérait retrouver ici soit un de ceux qui ont été exécutés avec le prophète. Tu connais l'histoire qui se raconte à son sujet ! Alors Shimon s'est dit que peut-être aucun des trois n'était mort ce jour-là. As-tu mis des cadavres au tombeau la veille de Pâque ?*

Éphraïm secoue affirmativement la tête. Il porte son regard sur Shimon.

- *J'en ai mis deux à la fosse commune. Le troisième, c'est le Sanhédrin qui s'en est chargé. Je peux t'assurer que ceux dont je me suis occupé étaient bien morts !*

- *Pourquoi pas l'autre en ce cas ? demande l'armateur.*

- *C'est que le Nazaréen n'a pas eu les jambes cassées, répond le fossoyeur.*

- *Les jambes cassées ? s'étonne Shimon.*

- *Oui ! Pour que la mort arrive tout de suite, les soldats reçoivent l'ordre de briser les tibias des condamnés, le corps s'effondre et ils étouffent. Si ton ami était vraiment l'un d'eux, il est en ce moment sur le tas, dans la fosse commune.*

- *C'est moi-même qui l'y ai mis.*

- *Il y a combien de temps ? demande Shimon.*

- *Je ne sais pas, je n'ai pas compté les jours depuis Pâque.*

- *Écoute, fait l'armateur, je veux être sûr, je veux voir les corps !*

- *Quoi ? Non mais tu n'es pas un fou ? s'indigne Éphraïm. Il n'y a rien à voir, un mort est un mort, il faut les laisser en paix !*

- *Je veux le voir ! insiste Shimon. Conduis-moi là où les corps sont ensevelis. Si tu ne veux pas creuser, je le ferai à ta place.*

- *Il n'y a rien à creuser, c'est juste une pierre à bouger mais je ne la bougerai pas parce que c'est interdit ! Je n'ai pas envie de finir en prison. N'insiste pas.*

- *Combien te paient les romains ou les autres pour ton travail ? Pas même de quoi te nourrir tous les jours ! Regarde dans quoi tu vis avec ta famille. Fais ce que je te demande et je te donnerai assez d'argent pour quitter ce trou à rats pour toujours.*

Cette fois Éphraïm est interloqué. La femme cesse de pétrir la pâte et lève un regard stupéfait sur l'armateur. Isaïe comme les deux autres est sidéré.

- *Où prendras-tu cet argent ? demande le fossoyeur.*

- *J'en ai assez pour acheter la moitié de cette ville réplique Shimon. Fais ce que je te demande et plus jamais tu n'auras à manipuler de cadavres.*

Éphraïm ne sait comment réagir. Il interpelle des yeux le forgeron.

- *C'est la vérité Éphraïm, dit Isaïe. Shimon est très riche. Dans son pays, il possède beaucoup de bateaux, il commerce avec le monde entier.*

- *Mais tu m'as dit qu'il était forgeron comme toi !*

- *Oui avant ! Mais maintenant il fait des affaires.*

- *Et à combien se monte ta générosité ? demande le fossoyeur.*

- *De quoi t'acheter une maison et t'installer dans un autre métier, répond Shimon.*

Le regard implorant que porte la femme sur son mari en dit long sur l'émoi qui la fait vibrer. La chance, une chance inouïe vient de passer leur porte ! Une chance qui a l'aspect d'un homme suffisamment fou pour échanger une maison contre la pierre d'une tombe. Ange ou démon, peu importe, si cet homme dit vrai, il est l'envoyé de Dieu !

- *Pose l'argent devant moi, étranger, et je prendrai le risque de vider tout le contenu de la fosse à mains nues pour te rendre ton ami.*

- *Je ne veux pas qu'on me le rende, je veux juste le voir. Cette nuit je t'accompagnerai sur place. En attendant voilà déjà de quoi vous acheter de la nourriture, de la vraie nourriture et surtout ne dites rien, ne parlez à personne, n'attirez pas l'attention sur vous, continuez comme si je n'étais pas venu.*

Éphraïm est tétanisé par les deux pièces d'argent que Shimon vient de déposer dans sa paume. La femme ne tient plus sur ses jambes, elle se laisse tomber à genoux sur le sol de terre battue.

- *Demain tu chercheras une maison, je la paierai, dit Shimon. En attendant, dis-moi ce que tu sais sur les prêtres qui ont déposé le corps du prophète.*

- *Ce sont des membres du Sanhédrin, l'un s'appelle Joseph et l'autre Nicodème. Quand l'ordre fut donné de retirer les cadavres, ils étaient déjà là. Je crois qu'ils ont assisté à l'exécution, je ne suis pas sûr ! C'était très surprenant de voir ces deux dignitaires manipuler le cadavre du prophète. Ils l'ont descendu, entouré d'un drap avant de l'emmener ; tellement surprenant que d'après les bruits qui courent, ils seraient actuellement en prison. Il y a beaucoup d'agitation depuis quelque temps aux abords du temple. J'ai cru comprendre qu'ils allaient sûrement être lapidés. À moins que le préfet Pilate ne refuse leur exécution. C'est qu'il y a des tensions entre les prêtres et le pouvoir romain, surtout depuis Pâque.*

- *Comment sais-tu tout cela ? demande Shimon. - J'ai mes oreilles, je connais pas mal de monde par ma profession. Je sais entendre même si j'ai l'habitude de ne me mêler que de mes affaires.*

- *Puisque vous vous êtes mis d'accord, je vais*

regagner ma forge, déclare Isaïe.

- Je t'accompagne ! répond l'armateur. Alors c'est entendu, à ce soir, Éphraïm.

- Les deux hommes prennent congé du fossoyeur.

- Alors, qu'en penses-tu ? demande Shimon.

- Je pense que tu dois décidément être immensément riche pour offrir une maison en échange d'une certitude ! Cette nouvelle situation ne va pas passer inaperçue. Il va vous falloir trouver un bon prétexte pour justifier cette transaction. Éphraïm n'est rien pour toi. Tu ne le connais que depuis quelques instants, Aaron va sûrement s'interroger sur cette soudaine fortune du fossoyeur !

- Je dirai que c'est pour le remercier d'avoir pris soin du corps de mon ami Dismas, répond Shimon.

- Quelque chose me dit que ton séjour à Jérusalem ne va pas tarder à faire jaser autant que cette histoire de résurrection. C'est le fossoyeur que tu viens de ressusciter. Fais attention, Shimon, fais très attention, ne prends pas les policiers du temple pour des imbéciles !

- Je me souviendrai de ton conseil, Isaïe. Je dois te quitter là. Je vais aller prendre un peu de repos. J'ai du travail cette nuit. Je passerai te confirmer demain ce qu'il en est, ensuite je préparerai mon départ.

- À demain, Shimon, tu es un brave homme ! Ta présence me manquera !

- La tienne aussi, Isaïe. Grâce au destin qui m'a guidé jusqu'à toi, j'ai énormément progressé dans mes recherches.

- Et si le corps de ton ami est réellement au tombeau ?

- J'ai fini par m'habituer à cette possibilité ! Au moins je n'aurai plus de doute. Ah ! une chose encore

avant de te laisser. Demain, quand je viendrai te saluer, accepterais-tu de me donner un de ces clous que tu as récupéré sur les lieux de supplice ?

- *À toi, bien sûr ! Mais ce sont les clous de ce Jésus, pas ceux qui ont crucifié les deux autres !*

- *Je les garderai sur moi en souvenir de mon passage en Palestine. Une façon de ne pas t'oublier. Ce clou, c'est toi qui l'as forgé, comme ceux qui ont servi pour les autres, tu vois, nous sommes tous concernés d'une façon ou d'une autre.*

- *Je te le donnerai, Shimon, à demain, mon ami.*

Tard dans la nuit, Shimon et Éphraïm parviennent à la sépulture. Le cœur de l'Égyptien s'accélère. Le clair de lune est suffisant pour permettre aux deux hommes de dégager la pierre qui obstrue l'entrée du tombeau. Le sol s'enfonce en pente douce dans les profondeurs de la terre. Éphraïm retire le drap qui atténuait la flamme de la lampe à huile. Une atroce odeur de mort agresse les narines de Shimon. La peur s'empare de lui contre sa volonté. Peur de ce qu'il va découvrir, peur de contempler le corps en décomposition de celui qui un jour sur la mer souriait à la vie.

Le sol devient plat, la salle est assez vaste. Le spectacle est à la hauteur de ses promesses. Des piles d'ossements rassemblés vers l'entrée accueillent les visiteurs, puis ce sont des corps totalement nus soigneusement empilés contre les parois. Les uns sont à demi desséchés, d'autres plus ou moins momifiés, d'autres encore en pleine décomposition. D'horribles visages outrageusement déformés semblent hurler leur douleur dans des rictus terrifiants pour l'éternité.

Shimon peut entendre leurs cris dans le silence sépulcral. Impossible de les dénombrer. Heureusement que la faiblesse de la lampe ne permet pas de voir l'ensemble de la tombe. Il faut s'approcher presque à les toucher pour voir émerger des ténèbres ces sculptures démoniaques.

Il devient impossible pour l'armateur de supporter les émanations des chairs en décomposition. Son estomac se retourne avant qu'il n'ait le temps d'appliquer un coin de sa tunique sur son visage. Livide, il est pris de violents vomissements qui lui coupent les jambes. Il se laisse tomber sur le sol gorgé d'une humeur nauséabonde et visqueuse.

Voilà le destin des hommes.

C'est en ce lieu que se dévoile la véritable unité, l'authentique fusion, la communion des âmes et des corps, l'égalité fraternelle. Qui que tu sois, empereur, procurateur ou mendiant lépreux, voici l'aboutissement. Tous soudés dans une même éternité. Voyageurs sans bagages à l'hôtel de la fin des temps pour la dernière nuit !

Shimon se désintègre en gouttes de sueurs froides, il va partir, il part ! Son corps s'affaisse, il vient de perdre connaissance. Isaïe, habitué des lieux, immunisé contre la vue et l'odeur, se précipite pour venir en aide à son compagnon. Après une minute d'absence, l'armateur reprend ses esprits. Il n'est plus qu'une poupée de chiffon sans force ni consistance. Il émerge du néant en multiples spasmes douloureux.

- *Pas l'habitude, hein ? fait Éphraïm.*

Shimon ne peut répondre, il ne fait que secouer la tête indiquant cependant clairement par cette mimique qu'il a désormais vu le pire. Chancelant, il se sert du soutien du fossoyeur pour se remettre debout.

- *Montre-les moi vite !*

C'est tout ce qu'il a la force de prononcer. Mais le pire est à venir ! Éphraïm l'entraîne vers le fond de la sépulture, là où se trouvent les derniers arrivants. La lampe s'approche, s'élève, alors Shimon reçoit le coup de grâce. Malgré le masque mortuaire, malgré les chairs affaissées, malgré le teint de miel, malgré les yeux clos et les lèvres blafardes, il est tout à fait reconnaissable ! Sous le regard atterré de l'Égyptien, Dismas dort d'un profond sommeil. Alors Shimon comprend que tout ne fait que commencer. Le torrent d'amertume qui le submerge l'emporte déjà dans un tourbillon de fureur, mélange de rage et de haine. Le riche commerçant mue comme peau de serpent. Le galérien est dessous. Si loin que Shimon puisse aller de par le monde, il l'emporte avec lui !

Non ! Tout ne recommence pas, tout commence, ce n'est pas du tout la même chose !

Du bout des doigts, il effleure la chevelure de son ami. Un son lugubre sort de sa gorge.

- *Ils vont payer, je te le jure ! Allez viens, Éphraïm, on s'en va.*

Le silence et la nuit, à peine troublés par cette visite, reprennent possession des lieux. Cette fois, Shimon connaît la vérité.

- *Tu vas le retirer de cet endroit, Éphraïm, et enlève l'autre aussi. Donne-leur une sépulture qui ne soit pas un outrage aux Dieux. Fais vite et si quelqu'un te cherche querelle, préviens-moi immédiatement, qui que ce soit, tu m'entends ? Qui que ce soit !*

Chapitre XII

Chassant le sommeil, le violent assaut des souvenirs déferle en raz de marée incessants. Allongé sur sa paillasse, Shimon ne peut les faire fuir. Admettre l'inadmissible malgré l'évidence appartient à un autre temps.

Dismas ne peut être cet amas de chair effondrée aperçu à la lueur de la lampe à huile.

L'estomac consterné de Shimon est en proie à de violentes douleurs. Son corps tout entier n'est plus alimenté que d'un magma de colère, de haine et de désœuvrement. Volcan de fureur au bord de l'explosion, l'armateur jure vengeance. La voix qui résonne en lui est messagère d'un futur sombre. Il sait qu'il ne peut repartir même s'il n'a pas la moindre idée de ce qu'il va accomplir.

Seul il va devoir se battre pour deux. S'il ne peut plus rien pour un Dismas en vie, il peut beaucoup pour un Dismas mort. De ce cadavre vont jaillir les forces qui lui seront nécessaires pour que les responsables du martyr de son ami honorent la facture de leurs œuvres.

Au cours de ces heures de nuit blanche, il fait et refait le chemin parcouru avec Dismas jusqu'à leur séparation. Pourquoi n'a-t-il pas su le convaincre de retourner à Alexandrie avec lui ? Pourquoi la terre de Palestine est-elle devenue l'ennemie de ce compagnon des jours anciens, lui qui en était pourtant issu ?

Tant de jours et tant de nuits à espérer la refouler un jour pour finalement aboutir à cet odieux épilogue. Cette stupide intervention pour protéger la fuite des brigands de Barabbas, cette fraction d'inconscience, comment en saisir les raisons ? La haine n'excuse pas tout. C'est pourtant elle qui, cette nuit, tient Shimon éveillé.

Sans même s'en rendre compte, il s'égare dans une absence de quelques heures louvoyant entre rêves et réalité dans un sommeil qui ne l'apaise pas. Les bruits de la cité le ramènent péniblement à la raison. Il a fait une promesse au fossoyeur, il doit la tenir. Lorsqu'il quitte l'auberge, le soleil est presque au zénith.

Une immense lassitude lui fait traîner les pieds vers la ville basse. Finalement, il regrette à présent son acharnement. Avec le doute, l'espoir aurait subsisté. Le destin des hommes est décidément incontournable. La vie en courtise quelques-uns pour mieux accabler les autres. Dismas et lui sont de la seconde catégorie, celle pour qui le soleil ne brille ardemment que pour mieux cacher les ciels d'orages.

La vie de son compagnon fut un perpétuel combat contre une adversité acharnée. De naufrages en naufrages, il a fini par échouer sur l'île de l'éternelle détresse. Vers quel Dieu cracher le venin amer qui imprègne les mots bloqués au fond de sa gorge ? À quoi bon ? Qui les entendrait ? Y a-t-il seulement là-haut la moindre présence ?

Les Dieux de Rome ou celui des Juifs sont enfants de l'espoir, nul ne peut en attester. Comment peut-on mourir pour pareille incertitude ? Ce Jésus a-t-il compris ce que fut le calvaire de ses compagnons d'agonie ? A-t-il eu le temps de déchiffrer le message laissé par les cicatrices sur les chevilles de l'un d'eux ?

Quel Dieu est donc celui qui livre son fils à la barbarie des hommes sans autre excès de colère que quelques gouttes de pluie et quelques coups de tonnerre ? Fadaises que tout cela ! Chacun de ces trois hommes est mort pour rien. Jésus pour d'utopiques idées, Geslas pour quelques rapines et Dismas pour l'avoir défendu.

Alors qu'il chemine à travers le dédale des ruelles, la rancœur s'accentue au creux de l'estomac de l'armateur. Chaque passant est un ennemi. Que personne ne le frôle, que personne ne le bouscule, que personne surtout ne s'avise de faire mine de le provoquer ne fusse que d'un regard. Chacun des habitants de la cité est coupable au même titre que les exécutants. Tous complices.

Mettre le feu à ces masures, griller cette vermine comme une colonie de cafards, faire place nette des murailles jusqu'au temple, de la forteresse jusqu'au palais d'Hérode, voir Jérusalem devenir poussière pour se dissoudre au sable du désert, souffler sur les dernières braises pour qu'il n'en reste vraiment rien, vraiment rien. Voilà ce qui pourrait combler de bonheur l'esprit vengeur de Shimon.

Ces terrifiantes pensées resteront heureusement sans effet associé. Elles ne naissent que du désarroi de leur auteur. Désarroi d'autant plus grand que lorsqu'il parvient enfin devant la maison du fossoyeur un attroupement bruyant lui en barre l'accès. Une grande agitation témoigne d'un événement d'importance ayant lieu ou ayant eu lieu chez Éphraïm.

Écartant le mur de badauds curieux et excités qui lui barrent le passage, Shimon pénètre enfin dans la pièce. Quelques matrones exaspérées hurlent et pleurent autour de la femme effondrée du croque-mort. Lorsqu'elle l'aperçoit, elle le désigne de la main criant de plus belle. Un véritable essaim de furies s'en prend verbalement à lui. Il finit par comprendre qu'Éphraïm a été arrêté. La police est venue l'interpeller dans le courant de la matinée.

Les gardes ont fait irruption dans la masure et avant que quiconque ait compris ce qui arrivait, le fossoyeur fut prestement arraché à son fauteuil et emmené sans ménagement par les hommes en armes sous les ordres d'un supérieur déchaîné.

Courant pieds nus au milieu des soldats qui dégageaient le passage à coups de manches de fouets, Éphraïm cherchait à se protéger la tête de ses bras recevant alors de violents coups de pieds au creux des reins. Puis la foule s'étant refermée sur le groupe, il disparut aux yeux des témoins.

Comprenant qu'il est tenu pour responsable de la situation, Shimon juge plus prudent de quitter les lieux. C'est sous les invectives et les crachats qu'il regagne la rue. Si une seule de ces diablesses osait se jeter sur lui, ce serait la curée. Un concert d'injures est moindre mal. Le forgeron avait raison, aucun de ses faits et gestes ne resterait ignoré de son policier protecteur.

Le combat qui s'engage promet d'être rude et sans pitié. Il est clair pour Shimon que, n'osant trop s'en prendre à lui directement, Aaron a décidé de le harceler par le biais de ses fréquentations. Il rejoint aussi vite qu'il le peut la forge d'Isaïe. Le silence qui règne sur les lieux est anormal, si anormal qu'un pressentiment tenaille l'armateur. Et si lui aussi avait été arrêté ? La réponse est immédiate.

- *Tu es têtu, l'Égyptien ! Je t'ai pourtant*

recommandé de quitter cette cité. Par ta faute, tes nouveaux amis vont connaître quelques difficultés.

Faisant volte-face, Shimon fait face à Aaron escorté de quatre gardes du temple. Avec le plus d'intensité qu'il lui est possible d'y mettre, il plonge son regard dans celui du policier. L'affrontement des deux hommes est désormais déclaré.

- *Par ma faute, dis-tu ? Je ne suis pourtant pas l'auteur de leur arrestation ? De quoi sont-ils coupables à tes yeux ?*

- *- Tu sais parfaitement ce que je veux dire Shimon. Tu sais maintenant que ton ami est mort, tu le sais depuis cette nuit. Ça peut encore s'arrêter là, ramasse tes affaires et retournes à tes bateaux, il n'y a plus rien de bon pour toi à Jérusalem.*

- *Je partirai quand je jugerai le moment venu, personne, pas même un policier, ne me dictera mes actes. Je n'ai enfreint aucune loi, commis aucun méfait, tu n'as rien contre moi Aaron, écarte-toi de mon chemin et libère mes amis.*

- *Puisque tu le prends sur ce ton, je vais te prier de m'accompagner. Il y a quelques points que j'aimerais éclaircir avec toi.*

- *Je ne t'accompagne nulle part, tu ne représentes pas l'autorité romaine, je ne suis pas juif, je te prie en conséquence de t'écarter et de me laisser passer.*

Shimon avance d'un pas déterminé pour franchir le barrage humain qui lui fait face. La voix de Aaron claque comme un coup de fouet.

- *Gardes, arrêtez-le !*

L'Égyptien prend immédiatement conscience de l'importance de l'instant. Une fraction de seconde pour décider de passer outre ou pour se laisser interpeller sans opposer de résistance, une fraction de seconde pour choisir la deuxième solution. C'est également le moyen de retrouver le forgeron et le fossoyeur. Sous bonne escorte, Shimon, au côté de Aaron, remonte vers la ville haute.

Les deux hommes n'échangent plus un mot jusqu'à la forteresse. Un escalier sombre et glissant, un couloir voûté au sol de terre battue, une porte si basse qu'il doit baisser la tête et l'Égyptien est abandonné sans brutalité dans une minuscule cellule sans la moindre ouverture. Avant que la porte ne se referme, il a le temps de repérer un socle de pierre servant de siège et de couchette. Il n'y a ni paille ni couverture. Une forte odeur de moisi accroche l'odorat.

- *À plus tard, Shimon, je te laisse réfléchir. Un jour ou deux ici peuvent t'éclaircir les idées. Je vais te faire porter de l'eau fraîche et de la nourriture. Désolé pour le confort mais tu n'es pas à l'auberge.*

Un noir absolu envahit les lieux lorsque la porte se referme. Aucune inquiétude cependant ne gagne le prisonnier. Il sait qu'il ne s'agit que d'un simple avertissement.

Dans quelques heures, il sera relâché. Seul désagrément, l'écœurante odeur de pierre humide mêlée à celle des divers rejets humains qui le ramène bien des années en arrière. À cette époque, après des jours d'enfermement, lorsque la lourde porte s'était rouverte, un nouveau monde l'attendait dehors.

Des années d'humiliations, d'abaissement, de privations, d'abandon, de faim et de soif, de douleurs, avec pour seule compagne une hargne inébranlable, seul remède aux maux insupportables de l'esclavage. Une rage de survivre heure après heure, jour après jour pour toute thérapie. La solitude il connaît, la souffrance morale ou physique aussi. Quelques heures dans ce cul de basse-fosse ne peuvent vraiment pas l'émouvoir.

Pauvre Aaron, si tu savais. Si tu savais comme l'isolement au fond de ce trou est sans conséquence, si tu savais quelle carapace a recouvert le cuir de ton prisonnier, si tu savais sa détermination. Silence et ténèbres deviennent à cet instant de précieux alliés. Plus rien pour retenir l'attention, la détourner, comme c'est facile dans ces conditions de bâtir demain car il faudra bien qu'il arrive, ce demain, quel qu'il doive être.

Shimon en a fini avec le passé. Il admet enfin la disparition de son ami, il admet les raisons qui le poussèrent à se jeter dans le piège que la vie avait dressé pour lui depuis longtemps. Un homme est venu, a croisé sa route pour la suivre quelque temps et s'en est allé. C'est ce qui s'est passé après qu'il n'admet pas, le choix d'un Dieu de sauver un homme laissant périr les deux autres.

Ne subissaient-ils pas tous les trois la même ignominie ? Le prophète souffrait-il plus que ses compagnons d'infortune ? Ses plaies étaient-elles plus grandes, plus profondes ? Sa chair plus sensible ? Ce Dieu ami des tortionnaires, complice des bourreaux, ce Dieu sélectif ne peut être le sien, pas plus qu'aucun autre d'ailleurs.

Ce Dieu verra s'accomplir d'une façon qu'il n'attendait sûrement pas la résurrection de Dismas. Elle se fera par la volonté d'un ancien galérien, un Égyptien du nom de Shimon, ni Dieu ni Diable, un homme tout simplement. Ainsi s'écoulent les heures. Du fond de sa cellule L'armateur construit son futur. Il a perdu la notion du temps. Il y a bien longtemps déjà que le pain et le miel déposés par un garde ont été dévorés. La cruche d'eau ne contient plus qu'une infime rasade.

La dureté de la couche ne permet plus le repos d'autant qu'il faut s'y allonger en gardant les jambes pliées sa longueur ne permettant pas une détente complète. Shimon a bien essayé de dormir un peu en roulant sa tunique pour soutenir sa nuque, hélas le froid de la pierre devint rapidement intolérable. Une ombre enfin se dessine dans l'encadrement de la porte. La lueur de la torche la fait s'allonger jusqu'au mur du fond. Aaron s'empare de la lumière et pénètre dans la cellule. Ses pas le conduisent au socle de pierre sur lequel il s'assied.

- *Alors Shimon, j'espère que ce petit séjour parmi nous t'a fait comprendre où était ton intérêt ? Ton ami le forgeron est libre, en ce moment il doit frapper l'enclume. Le fossoyeur, pas encore, bien qu'il m'ait tout raconté et qu'il lui était évidemment impossible de refuser ton offre. Il avait besoin de cette petite leçon pour comprendre qu'en ce monde, chacun occupe la place qui lui convient.*

Cette fortune soudaine obtenue sans effort risquait de lui faire perdre le sens des réalités. Heureusement, nous sommes intervenus à temps. En ce qui te concerne, j'en sais évidemment un peu plus. Forcément, un fossoyeur, ça n'a pas la résistance d'un ancien galérien n'est-ce pas ?

Shimon se redresse imperceptiblement. Suffisamment pourtant pour que le policier comprenne qu'il vient de faire mouche.

- *Eh oui l'ami, tu vois, inutile de me raconter des histoires. J'ignore ce qui a fait d'un esclave un richissime armateur et finalement je m'en moque.*

- *Je t'offre de conclure un pacte avec moi. Tu quittes la ville, tu retournes vers ton Égypte natale, Éphraïm retourne s'occuper des cadavres, je veux parler des prochains bien sûr car je lui ai vivement conseillé de laisser celui de ton ami là où il se trouve et moi je t'oublie comme tu m'oublies, ou bien tu persistes dans ton comportement, je considérerai alors que tu cherches à semer le désordre dans la cité et dans ce cas, je changerai de méthode avec toi. Que choisis-tu ?*

- Je suis le fils de Japhet, nous sommes en affaires avec Priscus qui possède des entrepôts sur le port de Tyr. C'est un ami de l'empereur Tibère. Il n'est pas dans ton intérêt de me persécuter, tout policier du temple que tu sois. Un mot aux oreilles de Pilate et tu pourrais connaître des lendemains plus sombres que les miens, Aaron.

- Ne me menace pas, Shimon. Personne ne sait que tu es entre ces murs sauf Isaïe bien sûr mais il a compris la leçon, lui. Il évitera désormais ta compagnie. Je peux te laisser croupir dans ce trou jusqu'à ton dernier jour. Je te rassure, ça ne me ferait aucun plaisir, alors cesse tes stupidités, promets-moi de quitter Jérusalem et je te rends au soleil immédiatement.

- Jérusalem a torturé mon ami avant de l'assassiner d'une manière abjecte. Je ne peux oublier ce fait. Je n'ai rien contre toi, Aaron. Je vais essayer de suivre ton conseil, je vais essayer, mais je tiens absolument à offrir une sépulture décente à Dismas. Relâche le fossoyeur, laisse-moi le payer pour ce travail, ensuite peut-être que je repartirai.

- Peut-être ? s'étonne Aaron.

- Pour le moment, c'est tout ce que je peux te promettre. Laisse-moi dire adieu à mon compagnon, laisse-moi admettre sa mort, ensuite je déciderai.

- Je dois obtenir l'accord du Sanhédrin pour faire retirer le corps, je ne suis pas sûr du tout que cette démarche soit très bien vue, Shimon.

- Non, Aaron, le Sanhédrin n'a rien à voir avec ces deux cadavres, ce sont des condamnés appartenant à

Rome.

- Le vôtre s'appelait Jésus. Je peux m'adresser directement à l'autorité romaine pour transférer les corps, tu ne peux t'y opposer. Libère Éphraïm avec moi et ne t'occupe plus de cette affaire. Occupe-toi plutôt de retrouver ton ressuscité, il est plus dangereux pour vous que je ne le suis puisque, si mes renseignements sont justes, vous êtes obligés de faire lapider deux de vos prêtres. À propos, où sont-ils, dans une cellule comme celle-ci, tout près de nous ?

- Ce ne sont pas tes affaires l'Égyptien, les tiennes, c'est de quitter rapidement ce pays. Quant à tes menaces de te plaindre à tes amis romains, n'oublie pas les marques que tu portes aux chevilles. Je ne suis pas sûr qu'une enquête approfondie de leur part te serait très bénéfique. Tu vois, c'est donnant donnant. Je fais même un effort. Je te rends le fossoyeur, enterre ton ami mais lui et lui seul, ensuite, dis adieu à cette ville et n'y reviens jamais. Ah, un dernier mot. Avale ta promesse envers Éphraïm, laisse le fossoyeur à son destin, ne cherche pas à changer le cours de sa vie, garde ton argent, il ne fera jamais de lui un notable.

- Il pue la mort de la tête aux pieds. Il ne peut avoir aucun ami autre que ceux de son espèce. Sa place est dans la fange. Laisse les rats avec les rats. Allez l'ami, suis-moi, tu es libre.

- Et Éphraïm ? s'inquiète Shimon.

- Je le libère aussi. Tu le retrouveras dehors. J'espère que je te dis adieu, l'Égyptien, je l'espère vraiment.

- Combien de temps m'as-tu gardé ?

- C'est ton troisième jour, tu vois, toi aussi, en quelque sorte tu ressuscites. Ne gâche pas ta nouvelle vie, Shimon.

L'armateur laisse enfin le soleil caresser son visage. Une fois encore, il retrouve sa liberté. Il respire à pleins poumons l'air de la cité pourtant chargé des effluves des viandes grillées sur les autels, du parfum des encens, du sang chaud caillant au soleil et des déjections animales. À cet instant précis, une intuition le parcourt. Son temps ici n'est pas terminé, n'en déplaise à Aaron.

La promesse faite sur la tête de Dismas doit être tenue. Ses bourreaux doivent payer. Une main lui touche le bras. Le fossoyeur est à ses côtés.

- *Je regrette, Égyptien, j'ai été obligé, tu comprends ?*

- *Je ne t'en veux pas, Éphraïm. Nous allons faire ce que j'ai décidé dans les moindres détails. Je tiens toujours mes promesses. Je crains seulement que tu ne puisses rester dans cette ville.*

- *Et alors ? Avec de l'argent, on peut vivre n'importe où non ?*

- *Tu as raison, allons ne perdons plus de temps. J'ai faim, je t'invite à l'auberge, après tout, c'est par ma faute que tu as été arrêté. Allons chercher Isaïe, nous allons fêter notre victoire.*

- *Notre victoire ? s'étonne Éphraïm.*

- *Eh bien quoi, retrouver sa liberté, ce n'est pas une victoire ?*

Chapitre XIII

- *L'eau a été empoisonnée !*

Dans la cité c'est l'effroi, la consternation. Des cadavres d'animaux en décomposition ont été jetés dans les citernes y compris et surtout les deux grands bassins subvenant aux besoins en eau du temple. La réunion des sept plaies d'Égypte serait de moindre conséquence. Un concert de lamentations s'élève au-dessus des murailles de la ville. Dans les rues, sur les places, au temple, jusqu'au palais d'Hérode, ce ne sont que cris, larmes et injures.

- *L'eau a été empoisonnée, nous sommes perdus !*

Alerté, Pilate a immédiatement transmis ses ordres. La caserne est en ébullition. Il faut à tout prix contenir une éventuelle rébellion, protéger les principaux sites. Au temple, le Sanhédrin s'est réuni en catastrophe. La survie de la cité est en jeu. Nombre d'habitants et de pèlerins ont déjà bu cette eau contaminée avant que l'alerte ne soit donnée. L'épidémie est pratiquement assurée.

Sous les portiques des bassins de Bethzarha, des visages terrifiés contemplent les carcasses gonflées flottant sur la surface.

Outre l'odeur pestilentielle, la vue des panses se vidant dans l'eau déclenche des crises d'hystérie. Plus d'une centaine de citernes situées aux abords du temple présentent le même spectacle de peaux en putréfaction, tripes, excréments, carcasses à demi décomposées, la mort est entrée dans la cité.

Cette effroyable réalité projette en chacun des visions de cauchemars. Ceux qui périront les premiers ? Les nourrissons, les vieillards, les malades, et puis ensuite ceux qui, sans se méfier, ont bu cette eau corrompue. Se peut-il que la cité de Dieu ait mérité une telle infamie ? Il faut un esprit totalement démoniaque pour oser se livrer à si vilaine besogne.

Les démons dans la nuit ont investi la ville. Par les rues, les ruelles, les places, ils ont accompli leur macabre destruction. Plus grand crime pourrait-il être commis ? Quelle vision d'horreur ! Les fous, les pauvres fous, de quel monde sont-ils issus ? Le plus barbare des peuples barbares n'aurait pas accompli un acte d'une telle lâcheté.

Pareille folie ne peut être gratuite. Il faut de très sérieuses raisons pour se fourvoyer à ce point. Quel homme parmi les hommes en serait capable ? Maudit sois-tu, toi qui, cette nuit, as semé la désolation. Les plaintes de tes victimes monteront jusqu'à YAHVE. Quoi qu'ait pu te faire le peuple de cette cité, tu n'avais pas le droit de t'abaisser à si méprisable besogne. Oses-tu encore regarder tes mains ?

Tu portes maintenant un fardeau que tu ne pourras jamais alléger. Notre mort vivra en toi pour l'éternité. Chaque parcelle de ton être sera un cadavre, chacune de tes paroles une plainte d'agonie pour que tu n'oublies jamais, jamais ! Qui que vous soyez, romains, prêtres, pèlerins, sauvez cette cité, unissez vos forces dans un même combat.

L'urgence de la situation ne laisse pas aux différentes autorités le temps de se concerter. Chacun transmet ses ordres pour parer au plus pressé.

Contenir une possible, voire certaine émeute, empêcher quiconque de puiser l'eau y compris celle des citernes non contaminées, chasser hors des murs de la ville celles et ceux qui présentent les premiers signes de malaises. Le grand prêtre désigne déjà les coupables.

- *Ce sont les disciples de ce prophète de malheur. Voilà le résultat de notre passivité. À toujours devoir concilier avec l'autorité romaine, la nôtre s'est envolée. Il fallait exterminer chacun de la clique de ce Jésus. C'est Pilate le responsable de ce désastre. Il va devoir cette fois nous rendre des comptes. Rome doit savoir ce qui est arrivé ici à Jérusalem par la duplicité de son préfet !*

Dans l'immédiat, l'urgence est d'assainir les réserves d'eau. Il faut vider les citernes, retirer les cadavres, les brûler hors des murs de la cité. Je veux que des hommes aillent sans délai inspecter la source de Guihon ainsi que toutes celles qui amènent l'eau à Jérusalem. Ces criminels n'ont peut-être contaminé que les citernes situées entre nos murs.

Si tel est le cas il faut retenir l'eau des sources qu'elle ne vienne pas se mêler à la pourriture. Faites des barrages, des retenues, creusez des bassins d'urgence, remplissez des outres, stockez autant d'eau pure qu'il sera possible, réquisitionnez tout individu capable de vous aider.

Pour ma part je vais me rendre au palais d'Hérode,

il doit intervenir au même titre que Pilate. Ils portent tous les deux une grande responsabilité dans ce qui vient de se produire.

Alors que Caïphe harangue ainsi ses subordonnés, Hérode est déjà chez Pilate. Le moment n'est pas à la querelle. Il faut coordonner les pouvoirs même si les rapports restent tendus.

- *Que comptez-vous faire, cher procurateur ?*

- *J'ai déjà donné mes ordres, je n'ai pas attendu votre intervention pour cela !*

- *J'ose espérer que vos ordres comprennent également la recherche des coupables !*

- *Il y a un temps pour tout, roi Hérode, pour le moment, l'urgent consiste à éviter des émeutes et contenir une probable épidémie. Je compte sur vous pour m'assister dans cette tâche. Quant à ceux qui ont commis ce forfait, nous les trouverons, soyez-en certain !*

Pilate ignore bien sûr que les auteurs du méfait sont réunis bien au-delà des murs de la ville.

À l'ombre des tentes du campement, un petit groupe d'hommes prend un repos qu'il considère comme mérité. Introduire des cadavres de chèvres, poules, brebis et rats sans attirer l'attention puis les jeter de nuit dans les bassins ne fut pas chose aisée.

Quiconque se serait fait surprendre à souiller ainsi les réserves d'eau potable ne serait probablement plus de ce monde.

- *Merci pour ton aide, Barabbas. Je sais que toi et tes amis avez accompli le travail sans le moindre accroc. Voici la somme convenue, sois généreux avec tes hommes, il ne serait pas bon que l'un d'eux ait la langue déliée par la rancœur.*

- *Ne t'inquiète pas, Shimon, le silence est notre*

intérêt commun. Que comptes-tu faire à présent ?

- *J'aimerais connaître ce Jésus, si réellement il est vivant, il doit être possible de retrouver sa trace.*

- *Sans doute, mais après ce qui vient de se passer à Jérusalem, tu ne vas pas être le seul à le chercher lui et ses amis.*

- *Justement, je compte sur quelqu'un pour m'aider dans cette démarche. Je vais juste, si tu le permets, rester quelques jours parmi vous. Jérusalem ne serait pas bonne pour moi en ce moment.*

- *Reste autant qu'il te plaira. J'enverrai un messager dans la cité, elle doit connaître une belle panique.*

De la cellule où ils sont retenus, Joseph d'Arimathie et Nicodème perçoivent des bruits de pas. Caïphe en personne, accompagné de plusieurs dignitaires, pénètre dans le cachot.

- *Depuis le temps que vous êtes ici, vous avez peut-être soif, non ?*

La question surprend les prisonniers. Ils ne savent comment l'interpréter.

- *Nous allons remédier à ce manque. Buvez autant qu'il vous plaira. Gardes, veillez à ce que les prisonniers soient généreusement désaltérés et nourris !*

Ceinturés par quatre hommes, Joseph et Nicodème ne comprennent rien à ce qui leur arrive.

- *C'est de la part de vos amis, vous savez, ceux qui ont fait disparaître le corps. En attendant de venir vous rejoindre dans cette prison, ils vous font parvenir boisson et nourriture.*

À la lueur des torches, les deux hommes distinguent le contenu de deux brocs de terre cuite. Dans un liquide qui semble être de l'eau, flottent d'étranges éléments.

La flamme se rapproche. Joseph craint de comprendre. Un sursaut de dégoût le fait se jeter en arrière.

- *Eh oui, Joseph, ce sont des rats et des tripes de volaille, pas très frais, je te l'accorde, un cadeau que vos amis ont fait à la cité. Ils ont contaminé citernes, bassins et réservoirs. Sans être les premiers à mon grand regret, vous allez cependant avaler ce breuvage qui vous revient de droit. Vous allez boire et manger de gré ou de force !*

- *Es-tu devenu fou, Caïphe ? Nous n'avons rien à voir avec cet acte odieux. Nous sommes évidemment innocents. Tu n'oseras pas ! Nous sommes des prêtres comme toi, comme vous, mes frères.*

- *Nous ne sommes pas venus reprendre cette discussion, Joseph, nous sommes venus vous faire une offrande. Nous pensions vous faire lapider en secret. Vos amis nous ont simplifié les choses. Sans doute connaîtrez-vous des moments difficiles car douloureux après avoir absorbé le contenu de ces vases mais mourir sous les jets de pierres serait-il plus souhaitable ? J'en doute. Soyez mes invités.*

Alors qu'ils sont fermement maintenus par les soldats, d'autres s'emparent des brocs. Les deux prisonniers tentent désespérément de se dégager de l'étreinte en s'agitant violemment et projettent de violents coups de pieds à l'entour.

Nicodème parvient à glisser des mains de ses gardiens. Dans la bousculade un des brocs se fracasse sur le sol répandant une agressive odeur. La terreur d'être forcés d'avaler cette mixture donne aux deux hommes une force surhumaine. Cependant très affaiblis par le manque de nourriture après plusieurs jours d'enfermement ils sont de nouveau maîtrisés.

- *Vous allez devoir vous partager ce qui reste, mais ne vous inquiétez pas, vos amis ont été généreux, il y a encore des réserves.*

Cette fois, impossible d'échapper à l'ignominie. Des doigts puissants en guise de pinces forcent les mâchoires. La chair interne des joues s'écrase sur les molaires. La bouche s'entrouvre. Les yeux exorbités, les deux prêtres fixent l'effroyable orifice du vase. Nicodème est servi le premier. Le nauséabond liquide lui remplit la cavité buccale. Il tente de contenir cet immonde breuvage mais un coup de poing au creux de son estomac libère le passage. Une grande rasade est aussitôt absorbée.

D'innommables morceaux de charogne lui encombrent la gorge. Il tousse, il étouffe, de nouveau, une grande quantité de liquide lui emplit la bouche, il est pris d'une violente nausée. C'est à présent le tour de Joseph.

Après quelques minutes qui semblent éternelles, les prisonniers sont abandonnés sur le sol trempé. La porte se referme. Secoués de violents spasmes, aucun n'est en état de se relever. Ce qui sort de leur bouche n'est pas identifiable. Leurs propres viscères s'évacuent avec ceux putréfiés des animaux.

Durant de longues minutes, ils ne sont que spasmes et borborygmes. Une main invisible leur enserre la gorge. L'estomac contracté cent fois par seconde est l'épicentre de la douleur. Un froid glacial les envahit .Pantins désarticulés, ils offrent en spectacle deux outres flasques déversant un flot sanglant de répugnante corruption.

Escorté de sa suite, Caïphe marche maintenant vers le palais d'Hérode. Une sorte de bien-être malsain grave sur sa face une esquisse de sourire satisfait. Ces deux-là, au moins, il les avait sous la main. Étrangement, l'impatience de voir leurs cadavres mutilés couchés sous des amas de pierres s'éloigne.

Finalement, ils mettront du temps à mourir. Chaque jour qui passera désormais sera témoin de leur agonie. Quand la faim et la soif auront raison de leurs forces, quand ils s'abandonneront à la mort, ils recevront pareille pitance. Il n'y aura pas besoin de les forcer alors. Ils se jetteront sur les vases généreusement déposés à leurs pieds. Le poison aura raison de leur volonté de survivre. Pas d'exécution, donc pas d'accusation.

C'est à coups de triques qu'il faut se frayer un passage dans la cohue menaçante et hurlante. Chacun y va de son lot d'invectives.

Peur et colère donnent à cette foule un courage frôlant l'inconscience. Le risque de débordement est si grand que le grand prêtre oublie ce qu'il vient de commettre. Il subit les injures sans laisser paraître ses craintes.

Gardes et soldats se tiennent prêts à intervenir au moindre frémissement. Si Hérode n'apparaît pas pour calmer ces excités, un bain de sang est à craindre. L'arrivée de Caïphe calme tout de même un peu le jeu. Lui ne prendra pas la parole. Il est grand prêtre et n'a pour ces gens que mépris.

Il refuse de les voir, de les entendre, c'est l'affaire de Pilate et du roi. Alors qu'il pénètre enfin dans le palais, il est informé de l'absence du souverain. Celui-ci s'est rendu chez le préfet. L'inquiétude cette fois grandit. Le peuple survolté ne fera qu'une bouchée de cette poignée d'ecclésiastiques hautains et méprisants.

Toute cette agitation par la faute de ces fous furieux persuadés que le prophète n'était autre que le Messie. Cette fois, il va falloir agir vite, très vite. Ces gens viennent de prouver qu'ils avaient certains moyens de pression sur les autorités instaurées qu'elles soient romaines ou juives.

Joseph d'Arimathie avait raison. Une tempête se lève qu'il va falloir calmer. Retrouver le corps du supplicié devient désormais une priorité. Chacun de ceux qui l'ont côtoyé doit être interpellé à commencer par sa mère, ses frères et cette Marie-Madeleine. Ceux-là, au moins, on sait qu'ils sont bien vivants donc forcément aux alentours de la cité.

Pilate va devoir mettre un peu plus de bonne volonté dans sa collaboration au maintien de l'ordre. Sans une coalition juive et romaine face à des individus submergés par la haine et capables de si meurtrières actions, la vie dans la cité va devenir très vite insupportable. Caïphe n'ose plus ressortir du palais. Il craint que son retrait ne soit le déclencheur des premières hostilités.

- *Il faut que l'un de nous aille quérir le roi chez Pilate. Sa place est ici. Son intervention ne peut attendre.*

Alors que le prêtre désigné quitte le palais en compagnie de deux gardes, Anna soumet ses inquiétudes à Caïphe.

- *Il nous faut rejoindre le temple au plus vite. Si une émeute se déclenche, nous serons bloqués ici.*

- *Ils n'oseront pas, affirme le grand prêtre, le temple est un lieu sacré !*

- *Nous savons tous très bien que ce n'est pas cela qui contiendra leur folie. Que le temple soit pris à partie, cela s'est déjà vu, insiste Anna, je suggère que nous regagnions notre sanctuaire.*

- *Le peuple sait qu'en qualité de serviteurs de YAHVE, nous avons reçu une grâce de sainteté. Il n'osera pas porter la main sur des pontifes.*

- *Ne sois pas si optimiste, Caïphe. Le malheur qui vient de frapper Jérusalem n'a pas atteint son paroxysme. Tu sais ce que manquer d'eau signifie en dehors du fait que ceux qui ont bu cette pourriture risquent de déclencher une véritable hécatombe.*

- *Nous avons donné des ordres en conséquence. Dans quelques heures, les principaux bassins devraient avoir retrouvé leur pureté. Nous mettrons des gardes nuit et jour, nous...*

Une clameur interrompt Caïphe. Elle franchit les murs du palais. Hérode est de retour. Si le tonnerre qui gronde l'inquiète, il jubile au fond de lui. Pas plus Pilate que les prêtres ne peuvent en ce jour se passer de lui. La paix du royaume repose totalement sur ses épaules. Roi de rien du tout, disait le préfet. Les événements tombent à point pour prouver le contraire. Fier comme un paon, il rejoint les pontifes.

Chapitre XIV

Dans l'atrium, Caïphe et Anna contemplent la mer d'airain, cette grande vasque de bronze posée sur son piédestal composé de douze taureaux de bronze. Le transport de l'eau jusqu'au sanctuaire est assuré par des conques munies de roues. Le grand pontife drapé dans ses habits d'or et d'argent est abattu.

- *La police a-t-elle du nouveau ?*

- *Elle collabore avec celle du roi Hérode et les hommes du procurateur. Les premières arrestations ont déjà eu lieu.*

- *Il vaudrait mieux pour Pilate, réplique le grand prêtre, que les véritables coupables soient découverts, car son incompétence à maintenir l'ordre risque fort d'agacer Tibère ; d'autant que les messagers du roi doivent déjà être en route vers Rome.*

- *Je crains que tu ne nourrisses de faux espoirs, Caïphe. L'empereur Tibère ne perdra pas le sommeil parce qu'une poignée d'illuminés a contaminé quelques bassins d'eau potable à Jérusalem. Il n'a pour nous et nos rituels que mépris. En ce cas, c'est à nous de régler le problème. Les coupables seront trouvés et châtiés avec ou sans le consentement de Pilate. Pour ma part, c'est lui le coupable, lui et lui seul ! Son comportement au procès du prophète est à la source du mal qui nous touche aujourd'hui. Je dois d'urgence m'entretenir avec Aaron.*

- *Il est en ville. Il semble qu'il ait une petite idée sur le ou les auteurs du méfait.*

En effet, pour le policier le coupable est tout désigné. Mais Shimon n'a pu agir seul ! Pour faire autant de dégâts en une seule nuit, il a fallu du monde, beaucoup de monde. Seulement, l'Égyptien a quitté la ville tout comme Isaïe et Éphraïm. Il est probable qu'après son forfait, Shimon n'ait pas perdu de temps et qu'il soit déjà bien loin de Jérusalem. Retrouver sa trace ne sera qu'une question de temps. Avec l'aide du pouvoir romain, son interpellation est assurée, eut-il regagné son Alexandrie natale. Les déductions du policier si logiques qu'elles soient sont pourtant totalement fausses. L'armateur est beaucoup plus proche de Jérusalem qu'il ne le pense.

- *Alors, Isaïe ? demande Shimon.*

- *Je sais où se trouve le prophète. Lui et ses amis font de plus en plus d'adeptes. Une église, ils appellent ça ! Il est aux abords du lac de Tibériade. Ce ne sera bientôt plus un secret pour personne. Il va devoir s'enfuir, si tu veux le rencontrer, il va falloir faire vite. Il n'y a plus de temps à perdre.*

- *Et à Jérusalem ?*

- *D'après ce que j'ai pu recueillir, la fureur des autorités n'est pas retombée. Beaucoup sont arrêtés. J'imagine ce qu'ils doivent subir. Tu n'aurais pas dû,*

Shimon ! Tous ces innocents malmenés, sans doute condamnés à des peines injustes, tu n'aurais pas dû !

- *Tu as raison, Isaïe ! Je le regrette profondément. Je n'étais plus moi-même. Mais que faire à présent ? Ce qui est fait est fait !*

- *Bien sûr ! Mais en dépit des arrestations arbitraires, tu peux être certain que Aaron ne soupçonne personne d'autre que toi. À travers toutes ces centaines d'interpellations, c'est toi qu'il cherche. Il ne te lâchera jamais. Où que tu ailles, il y mettra le temps nécessaire, mais il te trouvera et nous avec.*

- *Ce jour-là, je ne le fuirai pas, Isaïe. Mais pour le moment, mettons-nous en route. Je tiens vraiment à connaître ce prophète.*

Loin de là, à Bethsara, lentement remis de ses meurtrissures, protégé par ses disciples de nouveau réunis autour de lui, Jésus se prépare au départ définitif. Sur cette multitude éparse, il va construire les fondations de la nouvelle église. Le peu glorieux comportement de ceux qu'il faut désormais qualifier d'apôtres est oublié.

- *Vous allez devenir mes témoins à Jérusalem comme dans toute la Judée et jusqu'aux extrémités de la terre !*

- *Le royaume de Dieu est-il instauré ? demande Luc.*

- *Oui, il l'est ! Mais il n'est pas observable, il est en chacun de vous.*

- *Comment pourrons-nous parler d'une chose qui ne se voit pas, ne se prouve pas ?*

- *Je suis votre preuve ! J'y suis allé et j'en suis revenu. C'est ainsi qu'il vous faudra convaincre !*

- *Ne resteras-tu pas parmi nous ?*

- *Non ! Mon œuvre est accomplie, la vôtre*

commence. N'allez surtout pas croire que je suis venu porter la paix sur la terre ; je suis venu porter le glaive ! Soyez mes soldats. Comme moi, vous connaîtrez les affres de la souffrance. Si vous ne pouvez l'assumer, les portes du royaume se refermeront, vous ne pourrez plus y entrer. Moi-même, je ne vous reconnaîtrai plus.

- *Où trouverons-nous le courage nécessaire pour accomplir cette mission si tu nous quittes ?*

- *C'est parce que je vous quitte, Mathieu, que vous trouverez ce courage. Ne suis-je pas mort sur une croix pour que cela s'accomplisse ? C'est la volonté de mon père, il ne vous appartient pas de la discuter. Devenez bergers, rassemblez votre troupeau, ne fuyez pas devant la tâche.*

- *Que serons-nous ? Soldats ou bergers ?*

- *Le berger doit souvent faire face au loup pour protéger son troupeau !*

- *Reviendras-tu un jour ?*

- *Oui, mon retour est proche. Au royaume du père, un jour est comme mille ans et mille ans comme un jour !*

- *Devrons-nous t'attendre à Jérusalem ?*

- *Faites-en le nid de votre communauté puis répandez-vous sur la terre. Je serai en chacun de vous.*

- *Mais qui devrons-nous accepter au sein de notre communauté ?*

- *Vous accueillerez par le baptême quiconque croira en moi !*

- *Et les femmes, Maître ?*

- *Au royaume du père, toute chair est sienne !*

Pour les disciples, l'ambiguïté des réponses est

déstabilisante, pourtant l'acceptation du pacte avec le Maître est unanime d'autant que ce dernier ayant pris la parole en public, ayant échangé des propos avec les voyageurs, une ébauche de communauté s'est déjà formée. Si modeste soit-il, cet embryon d'église grossit de jour en jour. C'est qu'un ressuscité visible, palpable et orateur n'est pas monnaie courante !

C'est pour cet homme qu'une petite caravane a pris la route vers le nord. Elle est composée de Shimon, Isaïe, Éphraïm, auxquels se sont joints quelques lascars ayant participé à l'empoisonnement des réservoirs de Jérusalem.

Un enchevêtrement de tentes à courte distance du lac attire les voyageurs. Cherchant un emplacement, ils sont interpellés par un gaillard à la voix portante.

- *D'où venez-vous les amis ?*

- *De Jérusalem ! réplique Shimon.*

- *On dit qu'il s'y est passé quelque chose de grave ?*

- *On le dit, en effet ! répond l'armateur.*

- *Mon nom est Pierre, soyez les bienvenus.*

- *Je m'appelle Shimon, je viens d'Égypte, et voici mes amis Isaïe et Éphraïm.*

- *Je te connais, Éphraïm ! répond Pierre en le dévisageant. Laisse-moi réfléchir, non je ne sais pas, peut-être une ressemblance. N'étais-tu pas chargé d'ensevelir les condamnés à Jérusalem ?*

Interloqué, le fossoyeur ne sait que répondre. Son embarras n'échappe pas à Pierre. Shimon intervient.

- *Que t'importe, ferais-tu partie d'une quelconque police ?*

- *Garde ton calme, l'ami ! Chacun ici est le bienvenu. Que j'aie ou non reconnu ton compagnon n'y change rien. Installez-vous, nous nous reverrons plus tard.*

Tandis que Pierre s'éloigne, Shimon s'adresse à Éphraïm.

- *Il ne fait aucun doute que cet homme t'a reconnu. As-tu déjà eu affaire à lui ?*

- *Je ne sais pas, je ne me souviens pas !*

- *Moi, je me souviens, réplique Isaïe. Ce Pierre se trouvait au Golgotha le jour de l'exécution. C'est un disciple du prophète. Il se tenait un peu à l'écart. Je l'ai remarqué parce qu'il est resté malgré l'orage.*

- *Es-tu sûr de ça, Isaïe ?*

- *Plus que sûr, Shimon ! Et je peux t'assurer que l'eau qui ruisselait sur ses joues n'était pas seulement due à la pluie !*

- *Alors c'est que pour une fois, les Dieux sont avec nous ! Veillez sur l'installation, je dois retrouver cet homme.*

Avant que le forgeron n'ait eu le temps de répondre, l'armateur s'enfonce dans l'agitation du campement. La silhouette de Pierre est reconnaissable de loin. Il se porte rapidement à sa hauteur.

- *Eh, l'ami, attends, il faut que je te parle !*

- *Tu ne crains plus que je sois de la police ?*

- *Je sais qui tu es ! Enfin, je crois le savoir. Tu es un ami du crucifié, le prophète, ce Jésus, il faut que je le rencontre, que je lui parle.*

Méfiant, le disciple scrute le regard de l'Égyptien. Cet homme arrivant de Jérusalem en compagnie du fossoyeur ne serait-il pas, lui, en revanche de la police ?

L'apôtre se dit que s'il a pu identifier celui qui a récupéré les cadavres des deux voleurs, l'inverse est tout aussi possible.

- *Je ne te comprends pas ! De quel Jésus parles-tu ?*

- *Tu me comprends très bien ! Un de mes*

compagnons t'a vu lors de l'exécution. Tu semblais très ému à ce qu'il m'a dit. N'aie aucune crainte, je ne suis pas venu pour vous nuire, au contraire. Laisse-moi le temps de t'exposer la situation. Accompagne-moi près du lac nous y serons mieux pour discuter. Quelle est cette agitation sur la berge ?

- C'est que chacun ici a le même désir que toi ; voir et entendre le Messie. En attendant, nous pratiquons le baptême. Certes, l'eau vive du Jourdain ou des sources serait plus indiquée mais l'acte n'est-il pas plus important que le lieu ?

- Étrange rituel ! Vous ne pratiquez donc plus la circoncision ?

- Ce baptême est celui de la nouvelle église. Quel que soit le peuple, la maison, la tribu ou la nation, chacun peut y prétendre y compris les Juifs. Mais qu'as-tu à me dire ?

- Je vais être direct ! Si je désire connaître ton Messie, c'est que le jour de la crucifixion, mon ami, mon frère, un homme de souffrance s'il en fallut un, se trouvait sur une des croix. Mais lui n'a pas eu la chance de ressusciter. J'ai pu contempler son cadavre au fond d'un immonde charnier.

- L'un des voleurs était donc ton frère ?

- Plus que cela, Pierre. Je ne peux te raconter ce que furent sa vie et la mienne, mais pour ce qui fut du malheur, nous en avons largement eu notre part. Cette fin ignoble est la pire infamie que les hommes aient pu commettre.

- Ils étaient deux ce jour-là au Golgotha ! Lequel était ton ami ?

- Si j'en crois le témoignage du fossoyeur, il fut crucifié à droite de ton Messie.

- Quel était son nom ?

- *Dismas !*

- *Et le tien déjà ?*

- *Shimon !*

- *Eh bien, Shimon, Dismas fut bien heureux dans sa souffrance car le Maître l'a reconnu comme le premier saint de son paradis. Il te le confirmera lui-même car j'accepte de te présenter à lui. Je viendrai te chercher ce soir. En attendant, rejoins tes compagnons.*

Alors que l'armateur se prépare à se retirer, un groupe d'individus interpelle le disciple. Sur une litière improvisée repose une forme inanimée. Un homme s'adresse à Pierre.

- *On dit que tu as reçu le pouvoir de guérir. Nous t'en prions, sauve cette femme, son martyre n'est plus supportable.*

Pierre tente de se défiler.

- *Vous êtes des centaines ici, bientôt des milliers, le Messie lui-même n'y suffirait pas. Beaucoup sont malades, beaucoup souffrent d'une chose ou d'une autre, crois-tu que je puisse, moi aussi, accomplir des miracles ?*

- *On le dit, en effet. Toi et les amis du crucifié avez reçu ce pouvoir. Je t'en supplie, ne détourne pas les yeux. Comment croire en vos paroles si vous ne pouvez pas prouver quoi que ce soit ?*

- *Nous n'avons rien à prouver ni personne à convaincre. La vérité est en vous. Nous ne sommes pas médecins et encore moins magiciens. Croyez en la résurrection du Seigneur, priez jusqu'à vous effondrer de fatigue, implorez la rémission de ses fautes et des vôtres, alors cette femme quittera cette couche impure. Faites cela et demain je la baptiserai au nom du Christ.*

Incrédule, dépité, le groupe s'éloigne. Shimon, impressionné, s'adresse à Pierre.

- *Elle va guérir ?*

- *Je ne crois pas ! Leur âme est hermétique à toute croyance. Mais on ne sait jamais, qu'un seul d'entre eux fasse ce que je viens de leur conseiller, celui dont le cœur saigne devant la souffrance de cette femme par exemple, alors tout sera possible. Ce serait ça le vrai miracle, Shimon !*

- *Si cette femme est debout demain, Pierre, alors tu me baptiseras !*

- *Toi aussi tu as besoin de preuves ?*

- *Non, j'ai peut-être besoin d'un Dieu !*

- *À ce soir, Shimon.*

Regagnant son emplacement, l'armateur se sent envahi d'un étrange pressentiment. Le marin touche un rivage. Que s'est-il donc passé ces derniers jours ? Comme Alexandrie lui semble loin brusquement. Loin dans l'espace et dans le temps. Le rendez-vous fixé par le destin était un piège. Il s'y est précipité.

La raison lui recommande de fuir, quitter le camp, rejoindre Tyr au plus vite, retrouver Priscus, ramasser son or pour reprendre la mer vers un futur serein, loin du tumulte de cette terre agitée. C'est ce qu'il devrait faire, il ne le fera pas. Une force inconnue le retient. Quel mystère plane sur cette partie du monde ? La curiosité de rencontrer le ressuscité ? Sans doute ! Mais pas seulement. La vengeance encore ? Non ! Il en a terminé avec cette obsession. Ce qu'il a accompli à Jérusalem lui pèse plus que ça ne l'apaise. Dismas est mort, rien ne le ramènera.

Il vit désormais en lui. C'est une flamme qui ne s'éteindra jamais. La mort est un leurre. Un mensonge drapé de noir pour mieux cacher la lumière de la vérité.

Une telle énergie l'anime quand il pense à ce compagnon qu'il ne doute plus de sa présence. Ce qui se trouve au tombeau n'est qu'un vase vide. Un contenant sans contenu. Le contenu est ailleurs. Le vin hors de la cruche n'est-il plus du vin ?

Un bouleversement se produit dont les raisons lui échappent. Son instinct lui recommande la fuite. Il ne partira pas ! La prison sans barreau qu'il se construit le retient dans cet univers absurde. Un ressuscité, des miracles, des illuminés, des malades, des morts, des baptêmes, des policiers… Le temps s'est coagulé, il ne s'écoule plus, tout est contracté dans l'instant.

Une paix bienfaisante le repose des tempêtes d'hier. Un Shimon nouveau est en train de naître. Il se trouve au berceau d'une nation sans frontière. Les limites de sa vie sont franchies. Il y eut un avant, il se prépare à l'après. Il ne croit rien de cette histoire, personne n'est jamais revenu du pays des morts. Il ne croit ni aux miracles ni en un Dieu quelconque, ni aux disciples ni au prophète, il ne croit même plus en lui. C'est pour toutes ces raisons qu'il va rester.

Un étranger habite en lui. Son insidieuse intrusion ne se révèle que maintenant. C'est sans importance, qu'il reste autant qu'il le voudra. Dans un monde en folie tout devient normal. Pour le fuir, il lui faut trouver la clé et l'armateur n'a nulle envie de la chercher. Il décide d'être son propre geôlier. Ça ne pourrait pas aller plus mal, lui se sent bien. Il rejoint ses compagnons.

- *Alors, cet homme t'a-t-il appris quelque chose ?*

- *Oui, Isaïe, une chose importante, il m'a révélé à moi-même !*

- *Que veux-tu dire ?*

- *Que les raisons qui me retiennent dans ce pays depuis quelques jours n'ont rien à voir avec la mort de Dismas. Celui que je suis venu retrouver à Jérusalem n'est autre que moi-même !*

- *Voilà une philosophie qui m'échappe !*

- *Sois tranquille, à moi aussi ! Ce soir, je vais pouvoir rencontrer ce Jésus, le temps me tarde.*

- *Pourrais-je t'accompagner ?*

- *Il ne m'appartient pas de répondre par oui ou par non. Pierre décidera. Je vais prendre un peu de repos, je me sens terriblement las.*

Des feux qui s'allument montent des odeurs de viandes et de poissons grillés. Les premières étoiles s'impriment sur le ciel lorsque le disciple est de retour. La fraîcheur de la nuit contraint les hommes au port d'un manteau. Ils traversent le campement, véritable rassemblement de boiteux et d'estropiés. Certains interpellent l'apôtre qui répond d'un petit signe apaisant de la main.

Les premières constructions de Magdala sont bientôt en vue. Dans le silence de la nuit qui s'installe, des psaumes épars montent vers le ciel. Pour multiples raisons, YAHVE est sollicité.

- *Voilà ! C'est dans cette maison, dans la chambre haute.*

Ils gravissent un escalier extérieur, parviennent sur une terrasse surmontée d'une construction d'argile. Quelques coups sur le panneau d'une porte au linteau si bas qu'il faut se pencher pour la franchir et elle s'ouvre sur les ténèbres d'une pièce sans fenêtre éclairée de quelques timides lampes à huile. Difficile d'apprécier en entrant le nombre de personnes se trouvant dans la chambre. Les yeux doivent s'habituer. Une forte odeur d'encens assèche les narines. À première vue, ils sont une dizaine accroupis autour d'une table dont le plateau semble être tendu de cuir et sur lequel des plats offrent pains, gâteaux et crêpes.

Des cruches contiennent du vin, de l'eau et du lait. Quelques fruits secs, raisins, dattes et figues sont également à disposition. Le fond de la pièce oublié de la lumière semble receler un secret. Les yeux des convives dévisagent les arrivants. Alors que Shimon salue l'assistance, une jeune femme surgit tel un fantôme de la pénombre. Une bassine lui encombre les mains.

Comme ce fut le cas chez Priscus, elle entreprend de laver les pieds des visiteurs. D'un linge, Marie-Madeleine sèche l'eau qui ruisselle sur la peau des deux hommes, se relève, se retire à reculons, se retourne pour disparaître à nouveau.

- *Prenez place, mes amis, invite le disciple. Soyez les bienvenus, partagez ce repas. Je vous présente Jacques, Jean, Mathieu, Luc…*

Chacun des convives ainsi nommés saluent les deux hommes qui finalement s'installent. Shimon dévisage les apôtres cherchant celui qui, parmi eux, pourrait être ce Jésus qui met Jérusalem en ébullition. Tentative inutile. Impossible de deviner qui se cache derrière qui. Il flotte un court instant de silence rompu par Pierre.

- *Nos visiteurs se nomment Shimon et Isaïe. Shimon est égyptien et Isaïe est de Jérusalem. Ils ont rejoint notre communauté car Shimon vient d'apprendre une bien cruelle nouvelle. Comme je vous l'ai exposé aujourd'hui, il avait un ami du nom de Dismas. Cet ami, hélas, est à présent au tombeau. Vous savez comment ce malheur est arrivé. Je le livre à vos questions, répond sans détours Shimon, tu n'es pas ici devant tes juges.*

- *Ainsi, demande Jacques, tu avais un brigand comme ami ?*

- *Non ! réplique Shimon, Dismas n'était pas un brigand. C'était un homme droit. Il fut comme moi injustement condamné par le pouvoir romain*

Et l'armateur parle, parle, il raconte tout ce qu'il sait de la vie de Dismas, les galères, l'évasion, le retour, l'altercation avec les soldats, sa fuite avec la bande de Barabbas pour finir mutilé sur cette immonde croix. Lorsqu'il s'arrête, les disciples n'ont plus rien à demander. C'est Jean qui prend la parole.

- *Crois-tu que ce que tu as accompli à Jérusalem t'a apporté la paix ? Crois-tu que la mort de ton ami justifiait une si cruelle réponse ?*

Shimon n'a pas le temps de répondre. Une voix s'élève du fond de la chambre.

- *Laisse Jean, c'est à moi de prendre la parole !*

La flamme d'une lampe dévoile enfin le mystère. Sur un châssis de bois, de longs montants reliés de fibres tressées supportent une couche. Celui qui vient enfin d'apparaître s'y trouve assis en tailleur, le corps recouvert d'une grande cape de laine s'enfilant par la tête.

Malgré le manque de lumière, Shimon distingue un visage au teint mat entouré de longs cheveux foncés et ondulés venant se répandre sur les épaules. Aux creux des orbites marquées d'une fatigue intense, deux yeux noirs, vifs et sans complaisance, fixent l'armateur. Également dans l'ombre se trouvent deux femmes. Celle qui, plus tôt, accueillit les visiteurs en leur lavant les pieds et une autre assise sur la couche tout près de l'apparition.

La jeunesse des traits de la seconde ne cache cependant pas une expression de profonde détresse.

Le poids du monde semble reposer sur ses frêles épaules. Pourtant, de ces êtres malmenés, issus d'un monde parallèle, émane une paix rayonnante. Rescapés des enfers, plus rien ne peut les détruire. Quand tout en eux dénonce l'ignoble, ils irradient par-delà la souffrance un incommensurable amour.

L'armateur est tétanisé. Il n'oubliera plus cet instant ni ces visages qui resteront gravés dans sa chair jusqu'à son dernier jour. Les murailles grises d'une vie recluse s'effondrent. Rien n'était vrai. La mélodie des jours sur des violons désaccordés n'entraînait que des faux pas. C'est ici et maintenant que tout se révèle. Il n'était que l'ombre d'une ombre inconnue qu'il croyait sienne. Il fallait que tout arrive de ce qui était arrivé pour qu'il parvienne ce soir à en comprendre les raisons. Cet homme est son destin comme il fut celui de Dismas. Un appel venu des lointains espaces impossible à ignorer. Lui ne savait pas, son âme si !

- *Ne pleure pas sur le vêtement de ton ami, il n'est constitué que de chair en cet instant corrompue et d'os bientôt blanchis. Là où je l'ai mené, plus dénudé qu'à son premier jour, il est plus vivant que tu ne le seras jamais en ce monde. Il s'était perdu, je l'ai retrouvé pour le conduire comme je vous conduirai tous !*

- *Es-tu vraiment revenu du pays des morts ? ose demander Shimon.*

- *Comme chacun de vous en reviendra quand le temps sera venu !*

- *Tes plaies ! Je peux voir tes plaies ?*

- *Comment oses-tu ? s'offusque Jacques.*

- *Laisse faire, Jacques, vous aussi avez douté !*

Émergeant des plis de la cape, deux mains bandées de lin se tendent vers Shimon. De sombres traces brunes impriment encore le tissu au niveau des poignets.

- *La vérité est comme ces plaies, elle reste souvent cachée. Ces pansements en lèvent un peu le voile. Elle germe en toi comme le blé sous la terre. Croire qu'il a été semé lorsqu'il lève n'est pas croire mais constater ! À toi désormais de savoir qui tu veux être, celui qui sème ou celui qui attend la preuve avant d'admettre !*

- *J'ai semé la mort à Jérusalem en empoisonnant les bassins, n'as-tu rien à me dire sur cet acte ?*

- *Des souillures plus dangereuses que les tiennes empoisonnent Jérusalem. Corruption, mensonges, calomnies, et celles-ci, il faudra beaucoup plus de temps pour s'en défaire que pour ôter quelques cadavres de brebis des réservoirs. Tu ne règnes pas plus sur la mort que quiconque. Ne t'effraie pas de tes propres actions, c'est une forme d'orgueil. Ton geste appartient au passé et tu vas en commettre encore bien d'autres. Laisse désormais ton ami sur son chemin. Le tien s'en écarte Tu vas longer d'autres rives. Use tes forces pour d'autres horizons. Gémir en te tordant les mains rendra ton esprit stérile.*

- *Maintenant, retourne près des tiens, va prendre du repos, les jours à venir vont te paraître longs !*

Chapitre XV

- *Où en es-tu, Aaron ? demande Caïphe.*

- *Je connais le coupable, il n'a rien à voir avec la bande du prophète. C'est un Égyptien du nom de Shimon. Il se dit armateur, il travaille pour l'armée romaine.*

- *Un Égyptien ? Mais pourquoi un Égyptien aurait-il empoisonné nos réserves d'eau, que lui avons-nous fait ?*

- *Nous avons... Enfin, les Romains ont crucifié son ami le même jour que ce Jésus, il ne nous pardonne pas cet acte. Il a voulu venger ce qu'il considère comme un assassinat.*

- *C'est une histoire incroyable que tu me racontes là ! D'où tiens-tu pareille ineptie ?*

- *Je connais cet homme. Je l'ai rencontré, je lui ai parlé, je l'ai même mis en garde. Je lui ai ordonné de quitter la ville et même la Judée. Son crime est en quelque sorte son cadeau d'adieu.*

- *Ne me dis pas que tu t'attendais à ce qu'il commette un pareil forfait ?*

- *Bien sûr que non ! Je l'ai autorisé à ensevelir décemment le condamné avant de disparaître. J'ai appris depuis qu'il s'agit en fait d'un ancien forçat condamné aux galères. C'est dans ces conditions qu'ils se sont connus.*

- *J'ignore comment il a pu devenir propriétaire de bateaux de commerce mais il semble qu'il ait des relations jusqu'à Rome, jusqu'à l'empereur Tibère en personne.*

- *Et qu'est-ce qui te fais penser que c'est lui l'auteur de l'empoisonnement ?*

- *Les amis de Jésus ont fui. Personne ne les a revus depuis Pâque en dehors de cette Marie-Madeleine et puis si réellement le prophète est vivant, ils n'ont aucune raison de vouloir venger sa mort.*

- *Effectivement, et puis je ne les crois pas suffisamment idiots pour venir nous provoquer d'une manière aussi stupide, aussi criminelle. Il faut trouver cet homme, il doit être traduit devant un tribunal.*

- *C'est que j'ai perdu sa trace. Je suppose qu'à cet instant, il vogue vers l'Égypte. Sans le concours de Pilate, nous ne pourrons rien faire.*

- *En ce cas, nous devons avec l'aide du roi Hérode faire pression sur le préfet. Il doit nous aider à retrouver ce criminel. Cette fois, il va devoir montrer de quel côté il se trouve.*

- *Éminence, Éminence !*

- *Quoi, qu'y a-t-il ?*

Le prêtre qui vient d'entrer a du mal à retrouver son souffle.

- *Deux des disciples de ce Jésus sont au temple. Ils prêchent, ils font des miracles, il y a des dizaines de témoins !*

- *Quoi ? Mais qu'est-ce que vous attendez ? Arrêtez-les, ne les laissez pas s'échapper ! Alors Aaron, ils ont disparu, hein ?*

Faisant volte-face, le policier se précipite afin de donner ses ordres. Il ne peut le croire, ce serait trop beau ! Si ce que prétend ce prêtre est vrai alors c'est qu'ils sont encore plus fous qu'on ne pouvait le penser. Au temple, ils sont au temple !

Effectivement, sous le porche de Salomon un attroupement s'est formé. Pierre et Jean haranguent la foule.

- *Vous savez ce qui est arrivé. Jésus de Nazareth que vous avez vu mort sur la croix est revenu parmi nous. Ne doutez plus qu'il soit votre Messie. Jésus-Christ est désormais son nom. Il est votre seigneur à tous.*

- *C'est par lui que nous avons accompli ce prodige. Cet infirme à présent debout, celui-là que nous venons de guérir, c'est par Jésus qu'il peut à présent marcher !*

- *Ne doutez plus, venez avec nous, rejoignez notre église, le royaume de Dieu est instauré. Repentez-vous, soyez lavés par le baptême de vos fautes passées.*

- *Quelles preuves avez-vous ? Qui l'a vu ? lance une voix.*

- *Nous, nous l'avons vu. Nous l'avons touché, nous avons lavé ses plaies !*

- *Et où est-il alors ?*

- *Il est en chacun de vous si vous acceptez de le reconnaître. Voyez cet homme que vous connaissez tous comme infirme de naissance, ne l'avons-nous pas guéri en son nom ? Cette preuve ne vous suffit-elle pas ?*

Des voix s'élèvent.

- *C'est vrai, je peux en témoigner !*

- *Moi aussi !*

- *Moi aussi !*

De cette foule entourant les apôtres monte une ferveur encourageante pour les disciples. Quelques prêtres ayant eux-mêmes depuis des années connu le paralytique sont obligés d'admettre la réalité. Personne ne prête attention à l'étau qui se referme. Prélats, magistrats et gardes forment un barrage que les deux disciples ne passeront pas.

- *Ça suffit ! Nous en avons assez entendu. Gardes, emparez-vous de ces deux lascars !*

Ni Pierre ni Jean ne cherchent à s'échapper. Ils continuent d'invectiver le peuple. Finalement les badauds s'étant écartés, c'est sous bonne escorte que les apôtres sont conduits vers la forteresse.

- *Nous les entendrons demain. Prévenez les scribes, les chefs du peuple, je veux le grand conseil au complet. Nous allons enfin connaître la vérité !*

Caïphe jubile. Voilà que ces idiots au lieu de se cacher comme des vers de terre, osent venir braver son autorité. En voilà au moins deux qui ne ressusciteront pas, le bourreau fera bonne mesure !

- *Et tu dis qu'il y avait également des prêtres pour les écouter ?*

- *Oui, Éminence. Une foule nombreuse semblait adhérer à leurs idées y compris quelques prêtres ainsi que des Sadducéens, répond Aaron.*

- *Les Sadducéens sont liés à ce temple et à ses pontifes !*

- *Sans doute, cependant pas plus que les prêtres ils ne cherchaient à faire taire les deux hommes.*

- *Eh bien, ce que tu me racontes démontre clairement l'urgence qu'il y a d'en finir avec eux. Allons-nous reposer, demain l'affaire sera réglée !*

Il y a affluence le lendemain aux abords du tribunal. La salle connaît une agitation identique à celle du procès de Nicodème et de Joseph d'Arimathie. Placés au centre de la pièce, les disciples gardent un calme absolu. Sans se l'avouer, chacun des accusateurs sent monter en lui une certaine fébrilité. Il n'est pas coutume d'avoir à interroger de prétendus témoins d'une résurrection. Qui plus est, celle d'un Messie.

- *Êtes-vous bien des amis de Jésus le Nazaréen, crucifié au nom de notre loi, reconnu mort et enseveli ?*

- *Oui, nous le sommes. Mais s'il a bien été enseveli, il est par la volonté de Dieu ressuscité des morts. Nous l'avons vu de nos yeux. Nous lui avons parlé.*

- *C'est cela que vous êtes venus enseigner au temple ? Pourquoi ne vient-il pas lui-même si ce que vous prétendez est vrai ?*

- *Il nous a quittés. Nous l'avons vu s'élever vers les cieux portés par deux anges avant de disparaître.*

Un immense éclat de rire résonne dans le prétoire. Cette fois, il ne fait aucun doute que ces deux individus sont soit de bien grands naïfs soit de sacrés farceurs.

- *Êtes-vous sûrs qu'il s'agissait bien d'anges ? Ne lui était-il pas plutôt poussé des ailes ?*

Les rires s'amplifient. Avec ces deux oiseaux-là, la séance promet de ne pas être ennuyeuse.

- *Nous avons prouvé la véracité de nos propos en réalisant des miracles en son nom, toute une série de guérisons. Nous avons beaucoup de monde pour en témoigner, y compris des prêtres comme hier au temple. Vous ne pouvez donc nier cette évidence !*

- *En effet, le paralytique dont vous parlez, sauf bien sûr à ce qu'il nous ait joué la comédie depuis sa naissance, est lui aussi d'une certaine façon un miraculé. Par quelle diablerie avez-vous réalisé cet exploit ?*

Après deux heures d'interrogatoire et plus d'une heure de délibérations, ne pouvant nier la guérison faite en public, craignant la foule assemblée dehors, Anna prononce un jugement allant à l'encontre de ses convictions. D'une colère à peine contenue, il s'adresse aux disciples.

- *Vous avez beaucoup de chance ! Pour cette fois, notre assemblée s'est montrée indulgente. Vous êtes libres mais attention ! que personne ne vous entende désormais parler au nom de ce Jésus, ne vous avisez plus de vouloir enseigner ses doctrines, n'exercez plus vos talents de guérisseurs, pour tout dire, quittez cette ville, oubliez ce Jésus qui ne peut que vous attirer des ennuis, laissez-le donc voler au milieu des anges, revenez sur terre. Ce n'est pas un conseil, c'est un ordre. Attention, si vous n'obéissez pas !*

- *Croyez-vous qu'il nous faille obéir aux hommes plutôt qu'à Dieu ? réplique Jacques avec arrogance.*

- *Disparaissez ! s'énerve Anna, ne dites pas que nous ne vous avons pas prévenus, prenez bien garde à vous !*

Acclamés par la foule, les deux hommes s'éloignent.

- *Que penses-tu de ces gens, Caïphe ?*

- *Ce sont des idiots, ils n'ont pas compris la leçon, nous allons les revoir.*

- *Ce qui me contrarie, c'est d'apprendre que des prêtres aient pu se laisser berner par leurs histoires. Nous allons devoir êtres vigilants. S'ils parviennent à ébranler nos gens, qu'en sera-t-il du peuple ? Quoi qu'il en soit, la preuve vient d'être faite que cette histoire de résurrection n'est qu'amas de sornettes. Ils ne pouvaient rien trouver de plus stupide ! Monté au ciel porté par des anges, quels demeurés ! Où en est Aaron avec son Égyptien ?*

- Pilate a reçu la requête du roi. Hérode fait pression sur le procurateur afin que Rome donne suite à cette affaire. En attendant Aaron cherche à retrouver la trace du forgeron et du fossoyeur. Ils sont forcément derrière tout ça eux aussi. L'Égyptien a les moyens de soudoyer beaucoup de monde.

- Qu'il les trouve, Anna, qu'il les trouve, il faut d'urgence faire un exemple !

Au palais, Ponce Pilate a réuni son conseil. La démarche du roi Hérode n'aboutira pas. Le procurateur n'a nulle envie d'irriter l'empereur Tibère avec cette histoire d'Égyptien empoisonneur. Depuis cette Pâque, il ne connaît qu'une succession de contrariétés. La collaboration de sa police avec celle du temple ne donne pas beaucoup de résultats, ce qui n'est cependant pas pour lui déplaire. Il est intimement persuadé que ce que cherche le Sanhédrin à travers sa quête de l'empoisonneur, c'est de remonter la piste des disciples du Nazaréen dans l'espoir de le retrouver mort ou vif.

Pilate ignore ce qui vient de se passer au temple. En revanche, il sait par ses officiers que des patrouilles ont infiltré des campements près de Tibériade et sur les bords du Jourdain. Il sait que des disciples baptisent à tour de bras des centaines de convertis à l'église du prophète. Même s'ils sont peu nombreux, certains prétendent avoir pu rencontrer le ressuscité qui aurait pris la parole sur un versant de montagne.

Mais beaucoup parmi ceux qui adhèrent à cette nouvelle doctrine ne le font que par pure conviction, sans la moindre amorce de preuve. Il suffit de soi-disant miracles pour que des foules se jettent à l'eau. Rien cependant dans tout cela ne représente vraiment une menace pour l'ordre. Ces activités se font dans le calme. Toute intervention est donc inutile. Une action visant à interdire ces pratiques pourrait au contraire être cause d'un soulèvement.

Qu'ils baptisent, qu'ils se convertissent, un Dieu ou un autre, quelle importance ? Rome n'en sera pas ébranlée. Pourtant, Pilate se remémore les paroles de la voyante : « Tu es le pivot qui a fait basculer le temps. » Elle revient souvent cette phrase. N'est-elle pas précisément en rapport avec ce qui arrive ? La solution est-elle de se voiler la face ? Laisser faire n'est-il pas irresponsable ?

Ils se convertissent par conviction, mais conviction de quoi ? Il est indiscutable qu'un grand bouleversement se prépare. Un bouleversement dont il serait l'axe, le pivot. Ce bouleversement a pris naissance à Pâque avec la mise à mort de cet homme. Tout tourne autour de cet événement. Un événement qu'il n'a pas voulu, dont il s'est débarrassé et qui pourtant lui retombe un peu plus chaque jour sur la tête.

Il faut aussi compter sur Hérode qui, sur la pression constante des prêtres, risque d'en appeler à l'empereur. Une délégation d'enquêteurs dépêchée par Tibère n'est pas souhaitable. C'est donc à lui procurateur de Judée de calmer les esprits. L'affaire n'est pas simple. D'un côté, un Sanhédrin survolté avec Hérode pour allié qui ne rêve que de le faire rappeler à Rome et de l'autre, la lie d'un peuple, agglomérat de cancrelats toujours prêts à l'affrontement pour une cause ou une autre, toujours en rébellion contre toute autorité civile ou religieuse.

Décidément, sa place n'est pas enviable. Trouver le ou les auteurs de la contamination des bassins calmerait la masse. L'urgence est là et pas ailleurs. Le retour du prophète passe au second plan d'autant que tant que ses adeptes sont occupés à se faire baptiser ou à le chercher…

Finalement, la solution consiste à utiliser les événements avec finesse et stratège. Exploiter les ennuis pour en faire des appuis. Il va donc changer de politique vis-à-vis du roi et des prêtres. Il va jouer la carte de l'entente cordiale. L'aigle romaine va replier ses ailes et rentrer ses serres.

- *Convoquez immédiatement mes officiers, faites savoir à Hérode que j'ai besoin de sa garde, demandez à Caïphe de m'envoyer les chefs de la police du temple. Je veux tout le monde dans cette salle avant la tombée du jour. Annoncez à qui veut l'entendre que moi, Ponce Pilate, procurateur de Judée par la volonté de l'empereur Tibère, je prends les choses en mains. Le sablier n'aura pas fait trois tours que je livrerai au peuple les auteurs de son malheur. Il veut des coupables ? Je vais lui fournir !*

Quelques heures plus tard, tout ce que Jérusalem compte comme responsables du maintien de l'ordre entoure le procurateur. Le moindre pseudo-renseignement est analysé, comparé, pris en compte ou rejeté. La plus probante information est tout de même celle apportée par Aaron. L'empoisonneur serait donc un égyptien, ancien ami d'un des condamnés.

Alors non seulement ce Jésus après sa mort trouble la paix en Judée bien plus qu'il ne le fit de son vivant mais il se trouve involontairement assisté dans cette tâche par une des deux crapules expédiées en enfer en même temps que lui. Décidément, ce vendredi fut un jour funeste ! Pour Pilate, l'information est une arête dans sa gorge. Si, grâce au policier, il a suffisamment d'informations sur cet Égyptien du nom de Shimon, le retrouver pose en revanche un cruel problème.

Impossible de lancer la meute aux trousses du

fuyard sans que Tibère n'en soit un jour ou l'autre informé et par retombée informé également de la situation en Judée depuis l'affaire de Pâque.

Son fauteuil de procurateur est de plus en plus instable. Il ne peut de toute évidence que faire semblant de collaborer et puisque l'auteur du forfait est en fuite, adieu et bon voyage !

- *Nous rattraperons cet homme, soyez-en sûrs ! affirme-t-il avec aplomb. En attendant, déployez votre énergie sur la capture du forgeron et du fossoyeur. Puisqu'ils sont complices, offrons au moins ces deux lascars à la colère du peuple ; à moins qu'ils ne voguent également vers l'Égypte ?*

- *Si vous permettez, Excellence, réplique Aaron, faire parler la mère du Nazaréen ou cette fille de rien de Marie-Madeleine, ne devrait poser aucun problème. Les deux affaires sont étroitement liées, elles peuvent donc être traitées parallèlement. Je suis de plus en plus persuadé que tout ce joli monde ne forme qu'un seul et même ennemi. Trouvons les uns, nous trouverons les autres. Il faut semer la panique au sein de la meute afin qu'elle se disperse. Les obliger à rompre le contact entre eux. Ils n'ont de courage qu'en groupe. Isolément, ce ne sont que des lâches. Ils se vendront les uns les autres pour sauver leurs vies.*

- *Eh bien, faites en sorte que le gibier sorte de sa tanière. Soyez bons chasseurs. L'ordre doit être rétabli quel qu'en soit le prix. Informez-moi jour et nuit de votre progression. Mais attention ! Qui que ce soit que vous interpelliez, je dis bien qui que ce soit ayant un lien direct avec l'Égyptien ou avec ce Jésus devra être traduit devant moi et non devant le Sanhédrin ! J'espère que je suis bien clair ?*

- *Parfaitement, Excellence !*

- *En ce cas, inutile de palabrer d'avantage, que chacun fasse ce qu'il doit faire. La nuit est déjà fort avancée, j'ai besoin de repos, cette ville finira par me tuer !*

À une journée de marche de là, roulé dans sa couverture de laine, Shimon ne parvient pas à trouver le sommeil. Il a, à vrai dire, rarement l'occasion de passer une nuit apaisante. Trop d'événements se bousculent en lui.

Ce voyage entrepris quelques jours après la mort de Dismas ne peut être le fruit du hasard. Il ne doute plus qu'un appel venu de l'autre monde a pénétré son inconscient. Ce qu'il ne comprend pas, c'est le pourquoi. Quel message Dismas veut-il lui transmettre ? Il ne quittera la Judée que lorsqu'il saura.

Venus grossir involontairement les rangs des disciples, lui et ses compagnons gravitent autour de ces gens comme des phalènes autour d'une flamme au risque de s'y brûler les ailes. Attirance d'autant plus forte qu'après son entretien avec le ressuscité, il a eu l'occasion de l'entendre il y a quelques jours sur le flanc de la montagne. Ce fut la dernière fois. Un drôle de jour en vérité. Combien étaient-ils rassemblés là à écouter les paroles du Nazaréen, deux mille, trois mille ? Chacun pouvait enfin le voir et l'entendre. Il dégageait un tel magnétisme, une telle fascination sur la foule qu'un silence absolu régnait malgré la multitude. Il parlait, parlait, appelant la foule ses brebis, ses disciples ses bergers, faisant de chacune et chacun son témoin et son messager.

- *Faites de la terre un champ ondoyant. Que du levant au couchant, d'orient en occident, les épis trop lourds se courbent vers la lumière. Semez et moissonnez encore et encore !*

Oui ! Étrange jour en vérité qui vit d'un ciel d'azur

naître les nuages tandis que se levait le vent. Un crépuscule précoce s'étendit sur la région en quelques minutes. L'air comme la terre prirent une couleur de cuivre oxydé. Une atmosphère pesante et mordorée enveloppa le paysage. Les animaux tremblaient, les êtres étaient pétrifiés. Comme pris dans un champ magnétique, les oiseaux tournoyaient affolés au-dessus de la montagne sans pouvoir s'en éloigner. Les herbes se couchèrent en flux miroitants. L'ombre couleur d'ambre des nuages courut sur une mer de vagues végétales. Un autre monde s'installa chassant le jour d'une tourbillonnante armée de volutes gazeuses couleur de miel. Un souffle géant plaqua son haleine sur l'environnement arrachant à la terre des relents inconnus.

La montagne se couvrit d'une brume épaisse contre laquelle les bourrasques capitulèrent. Craignant un orage d'une extrême violence, les milliers de pèlerins se recroquevillèrent, s'aplatissant sur le sol, se couvrant la tête de leurs vêtements.

Beaucoup priaient sans pour autant quitter leur place. Comme statufiés, ils attendaient terrorisés que l'au-delà les aspire vers ces cieux hallucinants. Pourtant, l'orage ne vint pas ; pas une goutte de pluie, pas un grondement de tonnerre, pas un éclair, juste une oppressante opacité ambrée lourde d'un angoissant silence malgré les rafales ininterrompues.

Shimon n'avait pas quitté le Nazaréen des yeux. Il le voyait lever les bras vers les nuées menaçantes. Un brouillard épais dissimulait régulièrement le prophète, puis le rendait à la vue avant de le gommer de nouveau. Les disciples à genoux tendaient les mains vers ce fantôme comme pour l'implorer de restituer la lumière. Dans une faille gazeuse tourmentée, apparut, blafard, ce qui pouvait être comparé au disque solaire, soucoupe blanchâtre cherchant vainement à déchirer l'opacité bien déterminée à mener le combat.

Quand le vent s'amplifia, une musique lancinante courut sur l'assemblée. Un pâle rayon plus têtu que les autres parvint tout de même à perforer la brume caramélisée. Cette vision était irréelle. Le rayon caressa le sol juste là où se tenait le Messie, l'entourant d'un halo fluorescent déformé par les contorsions de la matière gazeuse pour finalement s'imposer une fraction de seconde. Shimon eut alors cette effarante impression qu'un éclair fulgurant venait frapper le prophète de plein fouet. Une fraction de seconde éblouissante mais suffisante pour que l'armateur ait l'illusion de voir le corps du prophète s'élever en un mouvement de vapeur au-dessus du sol. Une fraction de seconde suffisante pour qu'il discerne les mains pointées vers le ciel avant que les bras couverts d'une tunique écrue ne retombent tels les ailes déployées d'une colombe.

L'obscurité finit par avaler le décor. Un sifflement aigu témoigna de la fureur du vent obligeant Shimon comme les autres à se plaquer les mains sur les oreilles. Un nuage de poussière vint couvrir la marée humaine aplatie contre le sol. Tels des voiles de bateaux fantômes, les vêtements se dressaient par-dessus les corps. Les prières muettes devinrent alors lugubres plaintes.

Aussi brusquement qu'elle était apparue, la colère des cieux s'apaisa. Un bleu intense reprit rapidement possession de l'espace. Chacun se secoua, remit de l'ordre dans ses habits avant de constater l'absence de Jésus comme absorbé par les éléments.

Oui ! Étrange jour en vérité que ce jour-là ! Personne depuis n'a revu le Messie. C'est aux disciples que désormais s'accrochent comme lierre à la pierre les milliers de convertis. Combien sont-ils ? Trois mille, cinq mille ? Plus peut-être !

Toujours est-il que parmi eux se cachent ceux que toutes les polices de Judée ont reçu l'ordre de trouver, d'arrêter, pour les conduire devant leurs juges. Quoi qu'il arrive désormais, ils n'ont plus le choix. La fuite en avant reste l'unique possibilité. Vérité, mensonge, qu'importe ! Ce qu'ils proclament menace bel et bien la paix en Judée. Pour la préserver, il est impératif de prouver aux autres hommes que ceux qui se recommandent du soi-disant Messie ne sont que de dangereux illuminés.

Leurs cadavres seront bientôt la preuve qu'aucun Dieu nouveau n'est apparu. Ils resteront exposés jusqu'à ce qu'il ne reste d'eux que poussière. Chacun pourra alors admettre que la mort est définitive, que personne jamais n'en est revenu, pas même un prophète nommé Jésus. Mais Pilate, comme d'ailleurs le roi Hérode ou les prêtres de Sanhédrin, sait très bien qu'au fond ce ne sera pas aussi simple. Intuition ? Prémonition ? Il ne peut répondre. Il sait seulement que ce combat est déjà perdu. Il ne cherche qu'à reculer l'échéance. Il va lui falloir choisir son camp ! Le choisir ? Non ! Le rejoindre.

Chapitre XVI

Marie-Madeleine se redresse, pose le broc d'eau fraîche sur la margelle du bassin avant de s'immobiliser. Une présence derrière son dos l'avertit d'un danger. Un parfum de femme imprègne l'air malgré le manteau et le capuchon qui recouvre le corps de celle qui se colle presque à elle.

Les battements de son cœur s'accélèrent. Sans se retourner, juste d'un mouvement des yeux, elle tente de deviner les intentions de l'inconnue. Elle sait parfaitement que depuis l'épisode de Pâque, le danger est permanent.

- *Tu es bien l'amie de ce Jésus de Nazareth ?*

La voix est douce, dépourvue de la moindre agressivité. Cependant, Marie-Madeleine ne sait que répondre. La question a été brutale, sans détours, elle bredouille en essuyant sa main sur sa robe.

- *L'amie de qui ? Non je ne sais pas, je ne connais pas de Jésus !*

Alors que la jeune femme voulant se donner une contenance saisit d'un geste nerveux l'anse de la poterie, la présence insiste.

- *Je sais qui tu es, n'aie aucune crainte, je ne te veux aucun mal, au contraire.*

- *Toi et les tiens êtes en grand danger. Laisse-moi te parler, vous devez fuir.*

Tournant toujours le dos à celle qui lui adresse la parole, Marie-Madeleine tente de retrouver son calme.

- *Qui es-tu ? Je ne sais pas ce que tu veux dire, je ne comprends pas !*

- *Tu me comprends fort bien ! Je suis Claudia, femme de Pilate procurateur de Judée. Je te le répète, je sais qui tu es, je suis venue de Jérusalem pour vous avertir que chacune et chacun des amis du crucifié est en danger de mort.*

Cette fois, la jeune femme fait face à son interlocutrice. Elle n'a jamais vu ce visage mais le ton de la voix semble sincère. Le physique de celle qui se dissimule derrière le capuchon est celui d'une personne de haut rang. Un regard franc, dominateur bien que détendu, une peau soignée, maquillée, attestent de la véracité des propos.

- *Tu sais ce qui s'est passé à Jérusalem il y a quelques jours. Tes amis sont allés trop loin, empoisonner les réservoirs d'eau est un acte criminel qui n'appelle aucune clémence. Le roi Hérode et les prêtres sont très en colère, ils ont réclamé des coupables à mon époux qui ne peut qu'accéder à leur demande. Tes amis sont les premiers sur la liste même si je crois savoir qu'ils ne sont pour rien dans cet acte stupide. S'ils sont interpellés, et ils le seront, tu peux en être sûre, c'est la mort assurée.*

- *Je te le répète encore une fois, fuyez, quittez la Judée, quittez la Palestine, ne revenez jamais, cessez de parler au nom de ce Jésus libérateur. On dit qu'il n'est pas mort, ce qui semble être vrai puisque des espions à la solde du pouvoir prétendent l'avoir effectivement vu et entendu dans la montagne prononcer un sermon devant des milliers de voyageurs. Il n'aura pas une seconde chance. Dis-lui de disparaître définitivement et partez avec lui.*

- *Il est parti ! réplique Marie-Madeleine.*

- *Ne mens pas, s'il était réellement parti tu ne serais pas ici à puiser de l'eau. Aucun de vous ne serait encore ici. La menace est sérieuse. Si j'ai pris le risque de trahir mon mari pour vous prévenir, c'est que beaucoup d'autres croix seront dressées si vous vous faites arrêter.*

- *Je dis la vérité ! Il est parti pour toujours, personne ne pourra l'arrêter.*

- *Parti où ? Et dans ce cas, que fais-tu encore ici ?*

- *Il est parti, c'est tout !*

- *Alors faites comme lui, ne risquez pas vos vies stupidement. Personne ne pourra sauver celles ou ceux qui seront interpellés. Fais en sorte que je n'ai pas pris le risque de vous avertir en vain. Mourir pour une cause est un acte noble, encore faut-il que cet acte en vaille la peine. Ça ne semble pas être le cas !*

- *Et lui, pour quelle cause crois-tu qu'il soit mort ? réplique la jeune femme.*

- *Je n'en sais rien mais puisqu'il semble être revenu à la vie, qu'il laisse ce peuple à ses croyances ! Une dernière fois, fuyez ! Tu es jeune, fonde une famille, fais des enfants, donne-toi à ton mari plutôt qu'à un pseudo-fils de je ne sais quel Dieu. Je pars, j'espère de tout mon cœur ne plus jamais te revoir.*

Claudia s'éloigne. Elle sait qu'elle n'a pas réussi à

convaincre la jeune femme. Il est des êtres comme ça, faits pour devenir martyrs, bêtement, des êtres que rien ne peut dévier de leur route, des êtres dont le destin s'affiche sur l'espace en incontournable évidence.

À Jérusalem, Pilate est morose. Depuis trois jours, il est sans nouvelle de son épouse. Un matin, sa dame de compagnie a trouvé la chambre vide. Pas un message, pas un signe, rien qui puisse justifier cette absence. C'est au bord de la déprime, accablé par le sort, qu'il attend l'arrivée des disciples interpellés sur les parvis du temple quelques heures plus tôt.

En effet, malgré l'avertissement des grands prêtres, Pierre et Jean avaient repris leur activité.

Traduits devant le procurateur, ils sont face à un homme marqué par la fatigue.

- *Êtes-vous donc si stupides que vous avez choisi de mourir ? Il semble pourtant que le Sanhédrin vous ait épargnés il y a très peu de temps !*

- *Nous ne faisons rien d'autre que parler ! répond Pierre.*

- *Oui oui, je connais la teneur de vos propos, ils me fatiguent autant que la pression que je subis des prêtres et du roi Hérode. Ma patience est à bout. Vous et votre Messie ressuscité allez très bientôt rejoindre ce Dieu fraîchement né de vos cerveaux malades. Cette fois, je ne m'en laverai pas les mains. Avoir empoisonné l'eau de la cité vous condamne déjà en dehors de votre propagande.*

- *Nous n'y sommes pour rien ! C'est un acte qui ne peut nous être attribué, réplique Jacques.*

- *Je crois savoir cela en effet mais l'auteur du forfait étant en fuite, vous ferez parfaitement l'affaire. À moins que, bien sûr vous, soyez en mesure de me livrer le véritable coupable, en ce cas, je m'engage à vous remettre en liberté après m'être assuré que vous ayez cependant subi la punition méritée par vos actes. Je dispose de quelques maîtres dans l'art de manier la cravache.*

- *Nous ne connaissons pas cet homme !*

- *J'attendais cette réponse. Elle me confirme dans ma décision. Vous servirez d'exemples. Soyez certains que cette fois chacun pourra constater que la mort n'est pas un état passager. Je ne sais pas encore quel sera votre supplice, il faut réellement qu'il terrifie ceux qui auraient l'intention de vous succéder. Gardes, reconduisez ces prisonniers dans leurs cellules, veillez à ce qu'ils soient séparés.*

Sous bonne escorte, les deux hommes quittent la pièce alors qu'un officier en franchit le seuil.

- *Excellence, votre épouse est de retour. Elle se trouve dans ses appartements.*

Pilate reçoit la nouvelle avec un profond soulagement. Comme mû par un ressort, il se propulse hors de la salle d'audience. Prenant sur lui, respirant profondément plusieurs fois, il pénètre dans la chambre. Entourée de ses servantes, Claudia se délasse dans un bain parfumé.

- *Disparaissez toutes !*

Le ton du procurateur n'appelle aucune réplique. Maquilleuse, habilleuse, coiffeuse quittent la pièce.

- *Je peux connaître la raison de cette absence prolongée ?*

- *J'avais besoin de changer d'air ! Toute cette agitation rendait la vie dans ce palais intolérable.*

- *Où étais-tu ?*

- *À un jour de marche de cette cité. Assez loin pour être au calme, assez près pour me tenir informée.*

- *Informée de quoi ?*

- De tout et de rien ! De l'arrestation des amis de ce Jésus par exemple.

- Elle te dérange ?

- C'est toi qu'elle devrait déranger ! N'es-tu donc pas fatigué de courir après ces gens depuis des semaines ? Vas-tu décidément toujours céder sous la pression du Sanhédrin ou du roi Hérode ?

- La politique est une chose qui t'échappe, ma chère femme. Il est des capitulations qui mènent à la victoire. Mêle-toi donc de ce qui t'occupe !

- J'ai vu cette fille, cette Marie-Madeleine, je lui ai parlé !

- Quoi ? Tu prétends avoir réussi à rencontrer cette fille quand elle tient en échec mes soldats et ma police ? Mais que lui voulais-tu ?

- Je l'ai mise en garde. Je lui ai conseillé de quitter ce pays avec ses amis comme semble l'avoir fait le prophète.

- Mais pourquoi ? De quoi t'es-tu mêlée ? L'arrestation de ces gens devient une nécessité. Ils ne comprendront que par la force. Les deux que je viens d'interroger en sont une preuve.

- Et que comptes-tu en faire ? Les exécuter pour quelques propos blasphématoires aux yeux des prêtres ? Ont-ils volé, ont-ils tué, ont-ils menacé l'empire ?

- Ils amènent le désordre, menaçant la paix en Judée tout comme ce Jésus l'a fait avant eux !

- Et alors ! La paix est-elle revenue après son exécution ? Tu ne réalises donc pas que faire de ces gens des martyrs ne servira rien d'autre que leur cause ?

- Prends garde à toi, mon cher époux, n'oublie pas

que tu es seul contre tous. Te mettre le peuple à dos par des actions injustes n'aboutira qu'à enflammer toute la Judée. Tibère ne te pardonnerait jamais une telle inconséquence ! Parle avec tes prisonniers, fais-leur entendre raison, sois persuasif, épargne leurs vies, livre les vrais coupables au peuple c'est la seule façon de te sauver toi-même. Maintenant laisse-moi, j'ai besoin de me relaxer.

Pilate se retire, troublé par les paroles de Claudia. Quelque part elle n'a pas tort. Il se trouve au centre des mâchoires d'un étau qui se referme à chacune de ses actions. Sa seule chance désormais d'échapper au piège résulte de deux conditions. Livrer l'empoisonneur au bourreau et faire taire les disciples du prophète. Comme tout lui semble simple brusquement. Les nœuds noirs de son ciel se desserrent. Il doit utiliser la même arme que ces gens, sa langue. À lui d'être suffisamment persuasif. C'est un combat à armes égales qu'il doit livrer. Ainsi il n'a plus à être le plus fort mais le plus habile !

Finalement, il ne se sent pas responsable de la mort de ce Jésus. Ce sont les prêtres qui l'ont exécuté. Leur habileté à retourner la situation apparaît brutalement à l'esprit du procurateur. Tout est brusquement lumineux. Lui faire porter la responsabilité des événements pour se débarrasser de lui ! Faire en sorte que l'empereur Tibère reconnaisse l'incompétence de son procurateur plus apte à semer le désordre qu'à maintenir la paix en Palestine.

L'instant est venu de renverser le jeu. Le complot est mis à mal. Finalement, les manœuvres de Claudia, associées à ses capacités d'analyse, viennent de le sauver. Détendu, presque heureux, il rejoint ses quartiers.

- *Antoninus, mon fidèle serviteur, je vais avoir*

besoin de toi. Fais venir l'officier responsable de la garde. Introduis-le avec la plus grande discrétion.

Le secrétaire s'acquitte avec diligence de sa mission.

- *Vous m'avez demandé, Excellence ?*

- *Oui, Quitus. Voilà ce que j'attends de toi !*

Une nuit calme enveloppe la cité d'une torpeur silencieuse. Sous les porches, dans les recoins des ruelles, au creux des paillasses, les hommes sont assoupis. Les cris des guetteurs troublent la paix par intermittence. Deux ombres surgissent devant la sentinelle. Des murmures, une porte qui s'ouvre et le garde voit disparaître les mystérieuses silhouettes dans la pénombre. Il reprend son poste avec, cette fois, la plus extrême vigilance. Il gardera pourtant cet instant en mémoire.

Les marches luisantes émergent des ténèbres à la faveur des flambeaux. Un homme vient à la rencontre des visiteurs avec, à la main, un grossier tabouret de bois.

- *As-tu respecté mes consignes, Quitus ?*

- *En tous points, Excellence ! Suivez-moi, attention çà et là, les dalles sont glissantes.*

- *Ont-ils été bien traités ?*

- *Parfaitement, Excellence, ils ont reçu nourriture et eau fraîche comme vous l'avez ordonné. Je n'ai autorisé personne à les malmener. Voilà, nous y sommes. Je les ai réunis dans cette cellule, c'est la moins humide de la forteresse à part bien sûr celles qui se trouvent au niveau de la cour. Mais ici au moins la plus grande discrétion est assurée. Je vous laisse, je me tiens dans la salle des gardes au bout du couloir, je reste à votre disposition.*

Les deux hommes pénètrent dans le cachot.

Allongés sur une épaisse couche de paille, Pierre et Jean sont tirés d'un sommeil léger par le bruit de la porte et la lueur des torches. Se redressant, ils ont cependant l'instinct de se protéger le corps de la couverture rugueuse jetée la veille sur la paillasse.

- *N'ayez pas peur, vos vies ne sont pas en danger !*

Cette voix, chacun d'eux la reconnaît. Pilate en personne vient de pénétrer dans la cellule.

- *C'est bon, Antoninus, va rejoindre l'officier de garde, laisse-moi seul avec eux, donne-moi ce tabouret.*

- *Mais, Excellence, vous n'y pensez pas !*

- *Fais ce que je t'ordonne et ne revenez que lorsque je vous appellerai !*

Antoninus se retire à contrecœur.

- *Et tire la porte derrière toi, personne ne doit entendre ce que j'ai à dire à ces gens !*

Interloqués, les disciples laissent le procurateur s'asseoir face à eux sur le siège de bois.

- *Je comprends votre surprise. J'ai à vous parler. Je ne vous veux aucun mal, contrairement à ce que vous imaginez !*

- *Mais aujourd'hui même tu nous as condamnés ! s'étonne Jean.*

- *Il y a ce que je dis et ce que je fais ! réplique le Préfet.*

- *Quel piège es-tu venu nous tendre ? s'inquiète Pierre.*

- *Aucun ! Je n'ai jamais été aussi franc. Je ne vous veux aucun mal, je ne veux pas vous condamner à mourir pour quelques propos inconsidérés. Que cherchez-vous à démontrer finalement ? Parlez sans crainte, il n'y a que vous et moi dans ce cachot.*

- Nous ne faisons qu'obéir aux ordres de notre Maître, celui que vous avez fait crucifier et qui...

- Et qui est ressuscité, je sais ! coupa Pilate. C'est justement là que se trouve le problème ! Puisqu'il semble qu'effectivement votre ami ait échappé au supplice, pourquoi ne pas en profiter pour disparaître définitivement ? Vous avez dû comprendre que le Sanhédrin ne vous lâcherait pas ?

- Nous avons une mission à remplir. Nous l'avons abandonné une fois, ça ne se reproduira pas une seconde !

- En ce cas, parlez-moi de cette mission !

- Elle consiste à répandre des paroles de paix et d'unité pour les hommes de bonne volonté.

- De paix et d'unité ? Eh bien, on ne peut pas dire que ce soit réussi ! Vous avez apporté la division à Jérusalem. Depuis Pâque, on n'entend parler que de vous et de votre Messie. Toutes les polices sont à vos trousses, le Sanhédrin n'a qu'une envie, vous voir tous offerts en pâture aux vautours.

- Si tel devait être le cas, d'autres prendraient la relève puis d'autres encore, réplique Pierre.

- Que vous a donc fait ce Jésus pour que vous soyez prêts à sacrifier vos vies pour lui ?

- Il nous a faits ses soldats. Des soldats de paix avec pour seule arme la parole !

- C'est une arme dangereuse parfois, votre Messie en a fait la douloureuse expérience !

- Ce qui s'est passé fut nécessaire. Ce fut la volonté du père d'offrir son fils aux bourreaux. Il a fallu qu'il meure aux yeux des hommes pour vivre éternellement dans le témoignage de l'existence d'un Dieu unique régnant sur toutes choses !

- C'est cela votre mission, annoncer l'existence d'un

Dieu unique ? N'est-ce pas précisément ce que prétendent les Juifs, tous les Juifs ? Où est donc le problème en ce cas ?

- Le Dieu de Caïphe et de ses prêtres n'est pas celui de Jésus-Christ, le Dieu de notre Maître n'a que faire du sang des sacrifices. L'opulence du Sanhédrin le révolte. Ce temple aux pratiques païennes lui fait injure. Il a décidé de le détruire. Les seules armes qu'il nous ait autorisées sont la persuasion et le sacrifice de nos propres vies. Vous-même n'échapperez pas à ce grand bouleversement. La parole du père semée par le fils va s'enraciner sur toute la surface de la terre.

- En ce cas, allez porter cette parole ailleurs qu'à Jérusalem, ailleurs qu'en Judée, les morts ne parlent plus ! Restez en vie, ne soyez pas stupides. Votre Messie ne vous a pas demandé de mourir mais de répandre sa parole sur la terre et la terre est assez vaste pour que vous quittiez cette ville, cette région et même ce pays hostile à vos idées ; c'est pour cette raison que je suis ici cette nuit !

- Nous croyons surtout que la mise à mort de notre Maître vous tourmente les uns les autres qui l'avez ordonnée. Vous n'en auriez aucun regret s'il n'était revenu parmi nous ! L'idée d'avoir exécuté le fils de Dieu vous ronge l'esprit comme le ver ronge la pomme ! Toi, procurateur, tu viens enfin de le réaliser, ce n'est pas encore le cas des prêtres. Que tu le veuilles ou non, tu es des nôtres désormais. Ce que tu as accompli te lie au père par le sang du fils même si tu ne l'as pas versé !

- Je ne souhaitais pas la mort de cet homme ! coupa Pilate.

- C'est précisément ce qui te lie à nous, répond Jean. Tu l'as livré à d'autres pour accomplir cette besogne,

tu aurais pu le sauver, comme nous, tu l'as abandonné !

- *Où est-il aujourd'hui ? demande le préfet.*

- *Il a rejoint son royaume ! répond Pierre.*

- *Tu veux dire qu'il est mort ?*

- *Ai-je dit cela ? Je dis simplement qu'il n'est plus parmi les hommes. Des milliers de personnes peuvent en témoigner. Il est monté vers les cieux comme seul le fils de Dieu pouvait le faire. Nous savons que des espions à ta solde comme à celle des prêtres se trouvaient parmi la foule ce jour-là. Ne t'ont-ils donc rien rapporté de ces événements ? demanda Pierre.*

- *Que faut-il croire de ce qui se raconte ? Faire le tri entre le vrai et le faux, la réalité et l'illusion est chose compliquée. Je veux oublier cette histoire, oublier cette période de ma vie. Je vais vous libérer, partez, rassemblez vos affaires et vos idées, même si ce que vous dites est vrai, soyez assez intelligents pour admettre que cette cité ne vous acceptera jamais. Je fais mon affaire du Sanhédrin comme du roi Hérode.*

- *Allez prêcher au-delà de la mer, partez vers où se couche le soleil, il y a des terres lointaines plus faciles à conquérir pour votre Dieu que celle-ci qui appartient à des divinités multiples qu'elles soient romaines ou juives. C'est la dernière fois que je vous avertis. Les prochains qui seront arrêtés, vous y compris, ne feront l'objet d'aucune mesure de clémence.*

- *Rome ne me pardonnerait pas ce qui pourrait être considéré comme un témoignage de faiblesse. Je ne suis pas disposé à assumer la responsabilité du désordre engendré par vos délires justifiés ou pas. Avertissez bien celles et ceux que vous parvenez à convertir que toute action visant à menacer la paix et l'ordre en Judée sera punie de mort.*

- *On dit que l'empoisonnement des citernes serait dû à un Égyptien, je suis certain que vous protégez cet homme. On le dit armateur. Prenez ses bateaux, embarquez avec lui pour l'enfer ou le paradis pourvu qu'il se trouve loin d'ici. Aux prochains troubles je demanderai des renforts militaires à l'empereur Tibère. Vous ne trouverez alors plus le moindre caillou pour vous dissimuler ; de Jérusalem à Rome la route sera bordée de croix !*

- *En ce cas, réplique Pierre, si nombreuses soient-elles, elles seront toujours moins lourdes que la tienne, procurateur.*

Chapitre XVII

- *Qui est cet homme ?*
- *On n'en sait rien, personne ne le connaît !*
- *Il paraît que c'est un de la bande du ressuscité !*
- *Qu'est-ce qu'il a fait ?*
- *Paraît qu'il a injurié les prêtres au temple !*

Questions et réponses évasives fusent. Les badauds qui se trouvent sur le passage du condamné suivent l'escorte composée de deux légionnaires à cheval encadrant un homme au visage marqué. Une corde tenue par un des cavaliers lie ses poignets. Il avance pieds nus, vêtu d'une tunique ensanglantée.

Il est évident que durant les heures précédentes, cet homme-là a dû connaître des heures difficiles. Alors qu'il se traîne misérablement vers le lieu de son prochain supplice, les images des derniers jours se bousculent dans sa mémoire.

Il ne fut qu'une minuscule goutte d'eau venue

grossir le torrent. Il se souvient de ce jour où il se mêla aux disciples pour la première fois. L'ambiance n'était pas bonne au sein du groupe.

Ceux qui refusaient de se plier aux règles établies n'avaient d'autre solution que quitter la communauté.

Des règles drastiques, incontournables, la loi était formelle ; ne pouvaient adhérer à la nouvelle église que ceux qui acceptaient de tout mettre en commun, argent, terres, propriétés. Pour devenir témoins de Jésus, un seul cœur une seule âme. Certains tricheurs avaient payé leurs actes de leurs vies.

On raconte qu'un couple répondant aux noms de Saphire et Ananie avait été foudroyé par Dieu lui-même pour avoir menti sur le prix de la vente d'un terrain. Les apôtres ayant découvert la tromperie les virent s'effondrer raides morts à leurs pieds. Rien n'appartenait à qui que ce fut et chacun appartenait à Dieu. Vie commune, repas pris en commun, hommes et femmes ensemble, répartition équitable des biens de la communauté.

Équitable ? Peut-être pas tant que cela. Un vent de révolte soufflait du côté de certaines femmes veuves ou délaissées. Placées en situation d'infériorité, la plupart d'entre elles ne ramassaient que les miettes de cette pseudo-fraternité. Alors avant que les récriminations ne dégénèrent, les apôtres avaient décidé de confier le contrôle de la distribution à sept hommes de confiance. Étienne fut du nombre avant de marcher vers son supplice.

Plus rien désormais ne peut le sauver. La fureur des autorités s'est retournée contre lui. Caïphe a failli périr de rage lorsqu'il apprit la disparition de Pierre et de Jean à la forteresse. Personne n'avait vu ou entendu quoi que ce soit. Les gardes n'avaient pas quitté leurs postes, personne n'était venu les libérer, envolés, disparus exactement comme le prophète au tombeau.

Être à ce point pris pour un demeuré avait plongé le grand prêtre dans un état dépressif dont il n'était sorti que par la détermination, cette fois inébranlable, de faire rappeler le procurateur à Rome. Pilate avait dépassé les bornes. Caïphe n'avait eu aucun doute sur la complicité du Romain dans la disparition des deux apôtres.

Pour les pontifes du Sanhédrin comme pour le roi Hérode, le procurateur était désormais un ennemi déclaré. L'empereur Tibère saurait très vite ce qui s'était passé à Jérusalem depuis cette Pâque maudite. En attendant, Caïphe et son tribunal allaient agir en conséquence. Ceux du prophète qui tomberaient entre leurs mains régleraient la facture.

Cet épisode de l'histoire de la cité devait être effacé de la mémoire des hommes. Cet Étienne n'était que menu fretin mais son exécution allait faire réfléchir les éventuels fauteurs de troubles. La chasse était ouverte sans limite pour les chasseurs. Tout était bon, dénonciations, simples soupçons, flagrant délits, la broyeuse allait tout avaler. Instaurer un régime de terreur à l'encontre des convertis ou des candidats à la conversion était la solution. Ce Jésus allait définitivement mourir dans les esprits comme allaient mourir des milliers de disciples.

Plus le temps de faire la part du juste et du faux. Si la nuit doit s'abattre sur la ville en pluie de larmes et de sang avant que ne se lève un soleil purifié, qu'il en soit ainsi ! Le Dieu d'Israël est le seul et unique Dieu.

Le peuple juif est son enfant légitime. Si le père de ce prophète est un Dieu, c'est celui de la discorde, de la division, de l'opposition, lui Caïphe, grand prêtre du temple de Jérusalem lui cassera l'échine.

Aucun pseudo-nouveau Dieu ne fera de l'ombre à l'éternel. Si l'ombre couvre le ciel, elle sera due aux milliers de croix que le Sanhédrin fera dresser en

Judée.

Il n'y a plus désormais que deux sortes d'hommes, les fils de YAHVE et la racaille du Nazaréen, les premiers pour dénoncer les seconds. Un homme est bien placé pour le savoir. Il se nomme Paul. Sa bourse contient la vie d'Étienne. Nouveau venu parmi les disciples, ce dernier n'était pourtant pas le moins actif. Homme de caractère, concentration d'énergie, ses paroles percutaient les esprits au plus profond des êtres.

Le voici maintenant silencieux marchant vers son funeste destin.

Vendu comme une bête d'abattoir, il n'a pas cherché à se sortir du guêpier. Immobile devant ses juges, ses propos confirmèrent ses convictions. S'abreuvant à sa propre source, il éclaboussa quelques prélats qui perdirent un peu de leurs certitudes.

Maître absolu de ses paroles, sa langue en guise de scalpel incisa par petites frappes les idées reçues de certains de ses accusateurs. D'arrestations en arrestations, de procès en procès, d'interrogatoires en interrogatoires, finit par planer sur le tribunal une étrange atmosphère. Caïphe n'en était pas dupe. Depuis l'arrestation de Joseph d'Arimathie et de Nicodème, il avait ressenti le danger qui insidieusement s'installait sur l'assemblée.

Sans signe apparent, sans parole fourbe, sans comportement douteux, impossible pourtant de ne pas déceler chez certains un début de malaise. Obtenir une condamnation à mort pour blasphème devenait délicat. Pierre et Jean disciples directs du prophète furent interpellés deux fois pour être finalement deux fois libérés ; une fois par ce même tribunal, une fois par Pilate. Le résultat ne fut pas long à se révéler. De quelques centaines, les convertis sont à présent quelques milliers.

Alors cette fois, Caïphe allait obtenir le châtiment exemplaire ; la mort par lapidation ! Elle fut votée sans réelle conviction de la part de certains prêtres mais peu importe, l'essentiel fut que la sentence soit prononcée.

Le soleil au zénith chauffe le site. Lovés sous les pierres, serpents et lézards fuient lorsque le sol vibre sous les pas des spectateurs. Des dizaines de badauds s'agglutinent autour de la carrière. Parmi eux, le visage enduit de crasse, protégé d'une capuche et d'une barbe sauvage, Shimon épie un individu de petite taille à peine sorti de l'adolescence, petite peste dédaigneuse aux pieds de laquelle des hommes jettent leur manteau avant de s'emparer de pierres bien choisies, pas trop lourdes et bien coupantes. Il faut que le spectacle dure le plus longtemps possible.

Près de Shimon se tiennent également Isaïe et Éphraïm, eux aussi maculés de crasse afin de dissimuler leurs traits. Le regard de l'Égyptien cherche à accrocher celui de Paul, ce sale petit avorton délateur, petite crapule de vingt ans sans la moindre ébauche de sentiments. Mais Paul n'a d'yeux que pour le prisonnier conduit au milieu de l'esplanade par les gardes descendus de leurs montures.

Sans libérer les mains du condamné qui reste impassible, la corde est reliée à ses chevilles. Sa tunique arrachée pend de sa taille à ses pieds. Les deux soldats s'éloignent. Shimon sait que malheureusement, il ne peut intervenir. Se faire reconnaître serait folie. S'il ne peut sauver Étienne, il peut en revanche débarrasser la Judée de cette vermine de Paul. Après l'exécution du disciple, il y en aura donc une autre, plus discrète mais pas moins douloureuse. Celui qui tue par la pierre mourra par la pierre.

La voix d'un soldat s'élève. La sentence est annoncée. Chacun est prié de participer aux réjouissances. Il y a suffisamment de pierres pour tout le monde. Étienne tente de se tenir droit. Le soleil l'aveugle. Sa vie défile en flashs successifs. Il a fait ce qu'il a pu. Ce Jésus, son maître des derniers jours, veille sur lui comme Aaron dissimulé derrière l'attroupement peu à peu renforcé veille sur Shimon.

Le policier n'est pas certain de sa vision. Il se trouve un peu trop loin. Pourtant, malgré cette barbe et cette capuche… ce serait trop beau, c'est trop beau ! Plus le moindre doute ne lui effleure l'esprit, si Shimon ne pouvait être qu'une ressemblance, trois sosies, cela relèverait de la sorcellerie !

Le fossoyeur et le forgeron encadrant l'Égyptien attestent de la présence sur le lieu de l'exécution des auteurs de l'empoisonnement des citernes. Aaron tremble comme feuille au vent. Il les tient, il le tient ! Surtout ne pas se faire repérer, faire un signe discret aux gardes afin qu'ils ne quittent pas la carrière, oh ! Dieu d'Israël, soit vénéré pour ce jour ! Cet Égyptien est plus fou qu'il ne le pensait ; oser venir aux abords de Jérusalem avec ses deux acolytes, quelle prise !

Caïphe en fera une syncope. Plus rien ne peut détourner le regard du policier rivé sur le trio, pas même cette première pierre qui traverse l'espace. Ébloui, Étienne ne la voit pas venir. Elle mord la chair de son épaule déjà meurtrie des coups de fouet. Le choc lui fait perdre l'équilibre. Ses pieds entravés ne lui permettent pas de rester debout. Alors qu'il bascule sur le côté un projectile l'atteint à la tempe, puis un autre en plein front.

Il ne sait même plus s'il a mal. Il prie de toute son âme, appelle cet ami, ce Maître qu'il n'a pas trahi, lui offrant jusqu'au sacrifice de sa vie. La pluie de pierres qui le recouvre le lacère à chaque impact. Pas une parcelle de son corps n'est épargnée. Sur cette pierre, je bâtirai mon église, avait dit Jésus, sur ce tas de pierres aussi il la bâtit. Ouvert comme un animal de sacrifice, Étienne s'en va.

Shimon n'a pas réagi. La souffrance de cet homme, il la connaît. Il n'a pas vu le martyr du supplicié, il ne voit que cet être méprisable qui contemple sa victime le sourire aux lèvres, un sourire de satisfaction, un sourire de jouissance. Absorbé par le garçon, l'armateur ne voit pas le policier qui contourne la foule de bourreaux. Aaron s'entretient avec les deux gardes. Les pierres continuent de s'accumuler sur les restes du condamné qui n'apparaissent pratiquement plus. Prévenu par on ne sait quel messager, les charognards tournent dans le ciel comme Aaron tourne autour de la carrière. La proie des oiseaux n'est plus qu'un cadavre, celles du policier sont bien vivantes.

L'instinct de Shimon l'avertit, à moins qu'il n'ait capté le mouvement des gardes, toujours est-il qu'il tourne brusquement la tête. En une fraction de seconde, il croise le regard de Aaron. Proie et chasseur se toisent. L'Égyptien bondit vers le centre de l'esplanade sous les jets des derniers projectiles. L'un d'eux arrache le capuchon ouvrant le cuir chevelu au passage. Le sang se répand sur son visage. Un choc, un autre encore et puis un autre, il ne sent rien, il traverse la carrière, bouscule l'attroupement avant de disparaître aux yeux du policier.

Isaïe et Éphraïm n'ont rien compris, le forgeron met quelques secondes avant de s'élancer à son tour. La main qui le frôle n'attrape sa tunique que du bout des doigts. Il vole plus qu'il ne court. Éphraïm lui, hélas, a manqué de réflexes. Des poignes solides l'immobilisent. Plaqué au sol, la lame d'un glaive s'applique sur sa nuque. Isaïe parvient de l'autre côté de l'esplanade. Si Shimon a bénéficié de l'effet de surprise, ce n'est cette fois pas le cas.

Alors que le forgeron franchit la muraille humaine, une jambe se tend devant lui. Le croche-pied de Paul expédie le fuyard le nez dans la poussière. Son visage et ses mains rabotent le sol pierreux. Insensible à la douleur, il tente prestement de se redresser quand un violent coup de pied derrière la nuque le plaque au sol. Une semelle rageuse lui écrase le visage contre le sol. Le voilà à son tour immobilisé.

Aaron a compris que Shimon lui échappait. Il donnerait cher pour tenir l'Égyptien en lieu et place de ces deux-là, mais il sait désormais que l'armateur est toujours en Judée, tout près de Jérusalem. Isaïe et

Éphraïm, ça n'est déjà pas si mal que ça ! « Patience, mon gars, ton tour viendra ! »

- *Allez, debout toi !*

Éphraïm se redresse. La lame du glaive lui menace la gorge. Des liens de fortune leur entourent les poignets.

- *Je suis heureux de vous revoir. Il y aura fête ce soir à Jérusalem !*

Les prisonniers ne répondent pas, inutile de chercher les coups. Entre les chevaux, ils sont deux maintenant à prendre le chemin de la cité. La fierté d'Aaron éclaire son visage. Il imagine la joie des prêtres, celle du procurateur. La récompense sera probablement à hauteur de la prise. Bien sûr que l'interpellation de Shimon eut été plus gratifiante encore, mais pouvoir livrer à la justice deux des auteurs de l'empoisonnement va calmer le peuple.

Derrière l'escorte, une foule de curieux précédée de Paul accompagne les prisonniers qui remontent vers la forteresse. Plus rapide que le groupe, la nouvelle parvient déjà au palais.

La galopade qui fait vibrer les coursives informe Pilate que quelque chose d'important vient de se produire. Antoninus jaillit dans la pièce.

- *Excellence ! Un policier du temple vient d'arrêter*

les empoisonneurs. Ils assistaient à l'exécution du disciple !

Plusieurs fois échaudé, Pilate tempère sa joie.

- *Est-on sûr au moins qu'il s'agisse bien des véritables coupables ?*

- *Oui excellence ! Je crois que cette fois la prise est bonne !*

- *En ce cas, qu'ils me soient amenés séance tenante. Voilà une nouvelle qui va calmer les esprits dans la cité ! Ceux-là au moins, méritent le gibet !*

La venue au palais d'une sommité de Rome n'occasionnerait pas un tel remue-ménage. Chacun veut être témoin de l'arrivée des prisonniers. Pilate n'espérait plus. Ce jour est un grand jour. Il ne fait aucun doute que la gloire de cette arrestation sera attribuée à l'efficacité dont il a fait preuve depuis l'événement. Le voici auréolé d'un halo de fierté. Décidément, c'est bien lui le Maître à Jérusalem, cette fois, le roi comme les prêtres devront bien en convenir. Célébrités du jour, Éphraïm et Isaïc franchissent le seuil sur les talons de Aaron.

Chapitre XVIII

Shimon s'en veut terriblement. Son imprudence risque de coûter très cher à ses deux amis. Lui qui voulait changer leurs vies, c'est réussi. Sans compter que désormais Aaron, le sachant toujours proche de Jérusalem, va lâcher sa meute. La peau de son crâne ouverte par la pierre associée aux battements de son cœur dans sa fuite effrénée, a favorisé l'écoulement de son sang.

Son visage, son épaule, sa tunique en sont teintés. Ayant cependant réussi à rejoindre le campement, il lui faut absolument décider la poignée d'hommes qu'il fréquente à tenter une action afin de libérer ses amis. L'aide de Barabbas va devenir obligatoire. Le brigand connaît toutes les racailles de la cité et des environs. L'ennui pour l'armateur se présente sous la forme d'une bourse fortement amaigrie.

S'il peut encore cette fois soudoyer quelques individus, il lui faudra ensuite rejoindre Tyr, se rendre chez Priscus, ramasser son or pour enfin regagner

Alexandrie. Son séjour en Judée doit trouver son épilogue.

Dismas étant mort, Shimon n'a plus rien à faire ici sauf sortir Éphraïm et Isaïe du guêpier dans lequel il les a projetés. Ils n'avaient rien demandé. C'est lui et lui seul qui est responsable du malheur qui les frappe. Sans une rapide intervention, ils seront suppliciés.

Il a vu Étienne mourir sous les pierres, Dismas finir sur une croix, abandonner ses deux compagnons serait d'une lâcheté dont il ne saurait se rendre coupable. C'est avec eux qu'il doit reprendre la mer car désormais ils ne sont plus en sécurité en Judée. Comment aurait-il pu savoir que sa décision de quitter l'Égypte pour une simple visite de courtoisie à son ancien ami allait bouleverser sa vie d'une manière si radicale ? Venu en homme libre et riche, fier de sa réussite, il repart assassin, empoisonneur, pourchassé par l'armée romaine et la police.

Le tout en seulement quelques jours, juste quelques jours pour transformer un passé serein en un présent périlleux aux lendemains hasardeux. Il n'a pas le choix, il doit se rendre à Jérusalem, trouver Barabbas. Personne en dehors de lui ne peut réussir cette mission. Le brigand ne fera confiance à aucun messager. L'armateur mesure pleinement le risque que représente cette folie. Avec ou sans barbe, propre ou sale, Aaron ne sera pas dupe. L'œil du policier a imprimé sur le fond de sa rétine l'image de l'ami égyptien devenu ennemi numéro un. En une fraction de seconde, elle se superposera comme un calque sur la silhouette du gibier. Le faucon guette le pigeon. Le prédateur restera faucon, c'est dans ses gènes, c'est donc au pigeon de ruser.

Escorté de quatre hommes se tenant à distance avec la plus extrême discrétion, un mendiant amputé de la jambe à hauteur du genou droit, courbé et bossu, le visage couvert de vieilles croûtes douteuses sur lesquelles dégringolent des cheveux d'une inimaginable crasse, franchit les murailles en s'appuyant sur des béquilles de fortune. Une bave blanchâtre écume le coin de sa bouche avant de couler le long du menton juste au moment où l'un des gardes du bout d'un manche de fouet, dégoûté, lui redresse la tête.

Encore une de ces épaves venues quémander sa pitance aux abords du temple. Le soldat est blasé, celui-ci n'a pas la lèpre, il peut donc entrer. Derrière Shimon les quatre gardes du corps maintiennent leur main sur la poignée de leur arme. Au moindre incident, ils interviendront. Tout va bien, l'armateur est passé. Ils gardent la distance à travers le dédale des ruelles sans pour autant perdre du regard leur protégé.

C'est au moment où il parvient enfin à l'entrée du bordel que les choses se gâtent pour Shimon. S'il peut déambuler assez librement par les rues, hors de question de laisser ce déchet s'installer à une table. Un violent coup de bâton sur ses épaules voûtées accompagné d'un coup de pied au derrière le renvoient dans la cohue extérieure. Déséquilibré par sa jambe repliée dans son vêtement, il sautille sur un pied d'une manière ridicule avant de s'effondrer sur le pavé.

La scène n'a pas échappé à ses protecteurs. L'un d'eux se précipite pour l'aider à se relever tandis qu'un autre cramponne l'auteur de ces violences qui se retrouve brusquement avec la lame discrète d'un poignard contre l'abdomen. Les deux autres restent en surveillance. Une altercation peut très vite alerter une patrouille.

- *Laisse-nous entrer ou je te perce !*

La voix n'est qu'un murmure, pourtant l'individu a très bien entendu et très bien compris ; à reculons, il laisse le passage libre. Bien encadré, Shimon pénètre dans l'auberge. Certains ont très bien vu la lame jaillir du vêtement pour prendre appui sur le ventre de la brute. Aucun, cependant, ne se mêle d'autre chose que de ce qui le regarde. Shimon parvient au comptoir. Le patron a compris lui aussi qu'il avait intérêt à chercher à comprendre avant d'agir. L'armateur le fixe avec intensité.

- *Tu ne me reconnais pas ? Je suis l'ami de Barabbas, Shimon l'Égyptien ! J'ai besoin de le rencontrer au plus tôt, je veux dire tout de suite, fais-le chercher !*

- *Je m'en occupe, installe-toi avec tes amis !*

Plus d'une heure s'écoule avant que Barabbas n'apparaisse enfin.

- *Shimon, mon ami ! Es-tu devenu complètement fou ? On ne parle que de l'arrestation de tes deux acolytes. Si j'en juge par les rumeurs, leur compte est bon ! D'après les on-dit, ils vont être crucifiés uniquement attachés afin que leur supplice dure des jours et des jours, le procurateur veut faire un exemple.*

- *Justement ! réplique l'armateur, j'ai besoin de toi ! Il me faut des hommes pour attaquer la prison !*

- *Désolé, l'ami, mais tu ne trouveras personne d'assez stupide pour ce genre de suicide ! Sais-tu seulement combien il y a de gardes à la forteresse ? Tu n'en franchiras même pas la première porte. Il va te falloir trouver autre chose, mais si tu veux mon avis, tes amis n'échapperont pas à leur destin.*

- *C'est toi qui dis ça ! Toi, Barabbas ! L'homme qui n'a peur de rien ni de personne ?*

- *Écoute, Shimon, la chance, j'ai pu la fréquenter une fois, mais quelque chose me dit qu'il ne faut pas trop que je la taquine ! Tu peux comprendre ça ?*

- En ce cas, aide-moi à trouver un moyen de les sortir de là !

- Désolé ! Je n'en vois aucun ; pas même une attaque sur le trajet ou au Golgotha. Tu peux être sûr que l'escorte sera de taille. Retourne chez toi avant que tu ne les rejoignes. Maintenant il faut que je parte, le policier du temple est souvent sur mes talons, quand ce n'est pas lui, c'est un de ses hommes, tu as pris beaucoup de risques en venant ici !

Alors que Barabbas s'éloigne, Shimon rumine son échec. Il était sûr d'obtenir l'aide du brigand. Il va devoir se débrouiller seul. Il est vrai que ses raisons ne peuvent être partagées avec autre que lui-même. L'initiative ne peut donc venir que de lui. La cicatrice laissée par la mort de Dismas n'est pas encore refermée. Comment accepter une nouvelle blessure ?

Fuir en abandonnant Éphraïm et Isaïe à leur sort serait d'une lâcheté telle qu'il n'aurait plus pour lui-même que mépris. Il doit agir vite et très vite.

La justice de ce pays lui demande des comptes. Ses amis vont en régler une partie par la perte de leurs vies. Ce qui doit arriver n'arrivera pas ! Foi de Shimon ! Avec ou sans Barabbas, il sauvera les prisonniers. Il lui reste encore quelques hommes faciles à acheter pour ce dernier acte. Il ne quittera la Judée que libéré des chaînes qu'il s'est forgées.

Deux âmes se partagent son corps, celle de l'armateur, prête à toutes les concessions pour nourrir son entreprise, et celle du galérien à l'affût de la moindre défaillance adverse pour l'exploiter à bon escient. La seconde vient de refermer le tiroir sur la première. La guerre est déclarée, cependant l'ennemi a un prix ! Tout homme a un prix ! Aaron lui-même en a un ! Alors avant l'affrontement déclaré, il lui reste encore l'espoir de parvenir à soudoyer l'adversaire. Ce qui manque à l'armateur, c'est le temps.

Faire le trajet jusqu'à Tyr pour revenir avec l'or remis par Priscus serait trop long, il y a de fortes probabilités pour qu'à son retour, les deux prisonniers aient été exécutés. Un seul homme aujourd'hui accessible et qui connais précisément la situation peut être approché par Shimon, c'est Aaron. Le policier est la seule et dernière pièce du jeu.

- *Écoutez-moi, voilà ce que nous allons faire. Soyez très vigilants !*

L'armateur expose son idée à ses quatre hommes de main assurant à chacun que de la réussite de son plan dépendra leur réussite sociale autant que financière.

- *Et qu'est-ce qui nous assure que tu tiendras parole ?*

- *Vous m'accompagnerez à Tyr. Réfléchissez vite, cet or fera de vous des hommes nouveaux !*

- *- Ou des hommes morts avant de l'avoir seulement vu ! réplique l'un d'eux.*

- *Mais réfléchissez donc ! Où est le risque ? Si ce policier n'agit pas comme je suppose qu'il le fera, s'il me fait arrêter, vous n'aurez qu'à quitter la ville le plus discrètement possible. Tout ce que je vous demande, c'est de vous tenir à distance afin de veiller à ce que nous ne soyons pas dérangés durant la discussion. Au cas où ça tournerait mal, vous ne serez pas payés mais au moins vous resterez libres. J'ai besoin de vous, je ne peux à la fois essayer de le convaincre et surveiller mes arrières !*

- *Comment es-tu si sûr de le trouver aussi facilement ?*

- *Parce qu'il me cherche ! Il me croit sûrement assez fou pour tenter quelque chose. Je vais lui donner raison ! Parcourons la ville, allons aux abords du temple, si nous ne le trouvons pas aujourd'hui, nous le trouverons demain. C'est la seule chose dont je sois sûr !*

- *Demain il sera peut-être trop tard, Shimon !*

- *Justement, ne perdons plus de temps !*

Les cinq hommes quittent l'auberge pour rejoindre les parvis du temple. Le temps presse. Durant le trajet, l'armateur se convainc que la meilleure façon de trouver le policier est de le faire prévenir. Dans l'habituelle agitation, il n'est pas difficile de repérer un lévite se rendant à ses occupations. Interpellé par un mendiant unijambiste et répugnant de crasse, le prêtre s'approche avec méfiance et dégoût.

- *Que me veux-tu, toi ?*

- *J'ai un message pour Aaron le chef de la police !*

- *Un message ? Et de quel ordre, ce message ?*

- *Ça concerne l'empoisonneur des bassins !*

- *Eh bien, donne-le-moi, ce message !*

- *C'est que j'ai reçu des ordres stricts ! Je ne dois le livrer qu'à Aaron et à lui seul !*

- *Ce sont des histoires, les empoisonneurs sont en prison depuis plusieurs jours !*

- *Pas tous, mon prince, pas tous ! Il en reste encore un, le principal !*

Le lévite s'attarde, interpellé malgré tout par ce que lui raconte ce miséreux en loques. Encore un de ces cloportes prêts à raconter importe quoi pour une modeste obole.

- *Tiens, prend ça et transmets-moi ton message, ne me fais pas perdre mon temps !*

- *Non, non, mon prince, garde ton argent, c'est à Aaron que je dois parler et à personne d'autre, je te le répète !*

Cette fois, le prêtre a de sérieux doutes. Si cet homme refuse son aumône, c'est que peut-être effectivement…

- *C'est bon ! Reste ici, je vais le faire prévenir. Mais si tu le déranges pour des futilités, prend garde à tes os !*

Commence alors pour Shimon un long moment d'attente. Ses quatre compagnons se tiennent tout près, bien décidés cependant à déguerpir à la moindre alerte.

- *Un mendiant, dites-vous ?*

- *Oui ! Un individu épouvantable de pustules et de crasse. Il a refusé mon argent, il ne veut parler qu'au chef de la police du temple !*

- *Et il me connaît par mon nom ?*

- *C'est en tout cas celui qu'il a prononcé ! J'ai un message pour Aaron !*

- *Où est-il, ce mendiant ?*

- *Sous le porche du parvis des gentils. Il a l'air d'un lépreux, il lui manque une jambe !*

- *Bon ! Après tout, on ne sait jamais ! Je vais aller l'interroger. Merci pour l'information !*

Aaron est perplexe. Un mendiant couvert de pustules, unijambiste de surcroît, serait porteur d'un message concernant les empoisonneurs, plus précisément le troisième, c'est-à-dire l'Égyptien. Le policier ne se fait pourtant pas trop d'illusions.

Il y a de fortes chances pour que cet individu n'ait rien d'autre à dévoiler qu'un mensonge destiné à gonfler un peu plus sa modeste bourse. Il ne peut pourtant pas mépriser la moindre piste. Il arpente rapidement les parvis de la maison de YAHVE.

Au milieu des pèlerins et des lévites chantant des psaumes à la gloire de l'Éternel, harpes, cymbales et lyres apportent leur concours à l'allégresse générale.

Sur les autels coule abondamment le sang des animaux sacrifiés. Blasé de ce spectacle, Aaron parvient au lieu du rendez-vous. La fange humaine ne manque pas ici. Une loque ressemble à une autre. Il finit pourtant par repérer une épave différente des autres en ce sens qu'au lieu de prostituer sa dignité en de larmoyantes supplications, elle semble au contraire vouloir se faire transparente.

Alors que Aaron s'approche de la silhouette à demi effondrée sur le dallage, un imperceptible mouvement de tête de l'individu suffit au policier pour saisir l'éclair d'un regard. Une forte montée d'adrénaline accélère les battements de son cœur. Juste le temps d'un éclair pour reconnaître sous le masque de crasse les pupilles de rapace de Shimon. Est-il donc réellement devenu complètement fou ?

Se jeter ainsi dans les griffes de son prédateur est soit le signe d'une témérité irresponsable, soit la manifestation d'un courage frôlant l'inconscience. Shimon se relève. Les deux hommes sont maintenant face à face. Leurs yeux s'affrontent dans un combat d'une paralysante intensité. Les mots sont inutiles. Les regards parlent. (Toi ici ? Mais le soleil t'aurait-il ramolli le cerveau ? Non ! C'est pour toi que je suis venu, j'ai à te parler !) Aaron s'approche. Quelque chose lui interdit d'ameuter les gardes.

- *Tu es venu te livrer ou me provoquer ? Tu dois savoir que cette fois, tu ne quitteras ce lieu qu'entre deux rangées de gardes !*

- *Ça reste à voir, Aaron ! Si j'ai pris ce risque, c'est afin de te soumettre un marché !*

- *Un marché ! À moi ?*

- *Oui ! Je suis venu t'acheter la liberté de mes deux compagnons !*

- *Tu me déçois, l'Égyptien ! Ai-je l'air d'un homme*

facile à corrompre ?

- Tous les hommes s'achètent, Aaron, ce n'est qu'une question de prix, je sais de quoi je parle !

- Eh bien, tu te trompes ! Moi, on ne m'achète pas ! Tu viens de commettre ta plus extrême erreur, Shimon, personne ne peut plus sauver tes amis. Tu vas d'ailleurs les rejoindre !

- Attends un instant ! Je peux faire de toi un homme nouveau. Un homme riche et puissant, loin de cette cité maudite, je peux te mêler à mes affaires, te faire connaître le monde, qu'est-ce qui te retient ici ? Cette faune ? L'odeur du sang ?

- C'est ma vie, Shimon ! Ce que tu m'offres, je l'ai ici. Comprends que sur un geste, une parole, je vais faire de toi un prisonnier. Adieux bateau, Égypte, richesse. Tu n'existes déjà plus, Égyptien, tu n'es déjà plus un homme libre. Regarde bien ce ciel car là où je vais te conduire, le soleil ne pénètre jamais.

- J'ai de l'or à récupérer ! Beaucoup d'or ! Il est pour toi. Aaron, réfléchis ! Si tu m'arrêtes, je serai condamné, probablement exécuté, et après ? Passés quelques heures ou quelques jours de gloire, que te restera-t-il ? La fréquentation de la vermine qui grouille autour et dans la cité. Crois-tu que tu oublieras mon visage ? À chaque instant, je viendrai te harceler comme viendront Isaïe et Éphraïm. Tu ne seras plus jamais en paix, Aaron. Crois-tu que quelques cadavres d'animaux jetés dans les bassins vaillent la mort de trois hommes ?

- Ça suffit, Shimon ! Ne cherche pas à me convaincre. Je te le répète je ne suis pas à vendre ! Désolé, mais tu vas devoir me suivre de gré ou de force !

Aaron pose la main gauche sur l'épaule de Shimon. Ses doigts se referment sur la toile crasseuse de sa tunique. Une douleur au flanc droit l'immobilise. La lame effilée d'une dague s'enfonce dans sa chair.

Quatre hommes les entourent. L'action inattendue de ses compagnons laisse l'armateur sans voix. Celui qui tient l'arme s'adresse au policier.

- *Ne crie pas, ne fais pas un geste où j'enfonce la lame !*

Aaron pince les lèvres. La pointe a pénétré d'un bon centimètre dans le gras de son flanc. Il comprend que l'homme ne plaisante pas ; au moindre faux pas, le poignard le saignera. Il prend le parti de céder à la menace tout en cherchant à ne pas perdre la face.

- *Et maintenant ! Que comptez-vous faire ?*
- *Quitter la ville avec toi ! réplique l'homme.*
- *Et après ?*
- *Après, ça dépendra de toi !*

Shimon est décontenancé. Cette action autant rapide qu'imprévue le place dans une situation de non-retour. S'il fait relâcher le policier, c'en sera fait pour eux cinq. Il n'est plus maître de la situation. Le visage crispé de Aaron laisse filtrer une rage difficilement contenue. Il faut faire vite. Le temps s'est arrêté quelques secondes qu'il faut d'urgence remettre en marche.

- *Fais ce qu'on te dit, Aaron, marche tranquillement avec nous, ne nous oblige pas à te tuer. Au point où nous en sommes, nous n'hésiterons pas !*

Sous bonne escorte, alors que la lame manifeste douloureusement sa présence à chaque pas lui faisant serrer les dents, Aaron descend vers la ville basse. Le traqueur est devenu gibier. Son instinct l'informe que ses kidnappeurs sont déterminés.

La mort le mordille sous le bras droit. Bien qu'humilié, il ne peut que laisser son honneur sur le bord du chemin. Mourir est le lot de chaque homme, encore faut-il que la cause en vaille la peine, ce qui n'est pas le cas. Shimon n'est probablement pas un tueur, une fois hors de danger, il est probable que l'Égyptien exercera un quelconque chantage visant à obtenir la libération du fossoyeur et du forgeron, tout sera alors possible. Tandis que présentement, la main nerveuse autour du manche peut paniquer.

Le plus difficile est de rester groupés autour du policier tout en louvoyant au milieu d'une foule animée. La porte est cependant franchie sans encombre. Comme ses acolytes, Shimon relâche sa respiration. La douloureuse tension nerveuse qui lui bloquait la poitrine alors qu'ils quittaient la cité le quitte peu à peu tandis que le groupe s'éloigne au milieu des vergers. Après une demi-heure de marche, les six hommes parviennent à la halte où les attendent deux comparses veillant sur les chameaux.

La présence du policier n'ayant pas été préméditée, il manque une monture. Un homme de la bande devra effectuer le voyage à pied. Délesté de son arme, Aaron, toujours sous la menace de la dague, se laisse lier les mains avant d'être hissé sur une bête. Une corde lui enserre bientôt les chevilles en passant sous le ventre de l'animal. Ainsi ficelé, toute tentative de fuite est mise en échec.

La petite caravane peut se remettre en route. Tard dans la nuit, elle atteint enfin le campement. Avec la plus grande discrétion, Aaron est introduit dans la tente de Shimon où il est de nouveau entravé.

- *Tu comptes me garder longtemps ?*

- *Le temps de t'obliger à m'aider et il va falloir faire vite car si mes amis sont exécutés ton compte est bon à toi aussi !*

- *Ce n'est pas moi qui les ai condamnés à mort !*

- *C'est toi qui les as arrêtés et livrés à la barbarie*

de la justice romaine !

- Je n'avais pas le choix, les prêtres exigeaient un châtiment exemplaire !

- Un châtiment exemplaire ? Pour quelques bassins rendus impurs !

- Pas seulement, Shimon, depuis pâque la paix de la cité est menacée ! La clique de ce Jésus ne cesse de semer le trouble, alors l'empoisonnement des citernes a rendu le Sanhédrin furieux. Il a fait pression sur Pilate afin d'obtenir son concours dans la chasse aux disciples et aux empoisonneurs. Ils vont payer pour un ensemble de faits, je n'y peux rien et toi non plus !

- Ce n'est pas mon avis ! J'ai besoin de tes connaissances concernant la forteresse. Combien y a-t-il de gardes la nuit, combien de temps entre chaque relève, quels sont les officiers, lesquels peuvent êtres soudoyés ? Tu vas m'informer de tout cela, Aaron. Je n'ai rien pu contre l'assassinat de Dismas mais je ne les laisserais pas exécuter des innocents !

- Innocents ? Comme tu y vas ! Pose donc le problème à leurs victimes, à vos victimes, Shimon !

- Je vois que nous ne serons jamais d'accord, Aaron. Alors voilà ma conclusion. Ils meurent, tu meurs et tu ne seras pas le seul, tu n'as plus le temps de réfléchir, quand doivent-ils être crucifiés ?

- Ce n'est pas moi qui prends cette décision, tout ce que je sais, c'est qu'ils le seront dans des conditions particulières afin que le peuple de Jérusalem ait le temps et le plaisir de savourer sa vengeance. Encore que pour le fossoyeur, je crains que son agonie ne soit brève. Il a très mal supporté l'interrogatoire.

Effectivement, jeté à même le sol souillé du cachot, le fossoyeur a perdu la notion du monde qui l'entoure. Un violent coup de cravache lui a fendu le côté droit du visage lui ouvrant l'œil en deux. Ses reins ne sont plus qu'un immense hématome violacé. Il a reçu tant de coups que le bâton lui a fracturé les vertèbres. La douleur n'a plus d'unité de mesure. Mourir est tout ce qui reste à faire, vite, très vite !

Isaïe n'est pas en meilleur état. Il peut cependant encore bouger ses membres. Longtemps pendu par les pieds, ses chevilles dépecées palpitent de chair à vif. Tout ce que l'homme peut contenir de bestial s'est acharné sur les deux prisonniers. Ce ne fut pas un interrogatoire, ce fut l'accomplissement d'une vengeance collective. Rien pourtant n'est encore achevé. Demain ou un jour prochain, leurs corps écartelés seront offerts à la haine populaire. Crachats et pierres viendront humilier leurs restes pantelants que les charognards dépèceront d'un bec frénétique.

Au fil des heures et des jours, la mort espérée ajoutera sa note à la partition pour que la macabre danse dure encore et encore. Drapée d'un manteau de vertu, coiffée d'une tiare flamboyante, elle se présentera enfin en glorieuse souveraine d'un royaume de félicité. Dommage l'Égyptien que ne puisse contempler ce qui reste de tes deux amis, sans doute ta détermination en serait-elle brusquement mise à mal.

Chapitre XIX

Cette nuit est la dernière nuit pour Shimon. Ce qu'il se prépare à accomplir va clore le pacte qu'il a passé avec chacun de ses deux amis. Il n'a pu sauver Éphraïm, quant à Isaïe, Dieu seul connaît l'épilogue de son histoire. Comprenant que l'Égyptien ne reviendrait pas sur sa décision, Aaron avait fini par accepter de collaborer.

Pour l'officier romain chef de poste ce soir-là à la forteresse, l'argent d'un Égyptien valut autant que celui du procurateur quelques jours plus tôt lors de la (libération) des disciples. Shimon gardera longtemps en mémoire le spectacle qui lui fut offert au fond des cachots.

Comment oublier en effet la face outragée du fossoyeur ? Comment oublier la proéminence de l'os jaillissant de la joue ouverte comme une mangue trop mûre ? Comment oublier le liquide écœurant que l'œil éclaté avait abandonné sur le visage tuméfié ? Comment oublier les reins brisés, noirs comme de l'ébène ? Comment oublier le souffle imperceptible qu'un râle d'agonie tentait d'accentuer ?

Abréger sa souffrance fut le seul geste de compassion possible. Anéanti, Shimon trancha la gorge du fossoyeur sans détourner les yeux. Éphraïm lui en fut forcément infiniment reconnaissant. Quant au forgeron, il fallut l'extirper de cette ratière sans se soucier des gémissements de douleur que provoquait en lui la moindre manipulation.

En dehors de la fureur des prêtres, de l'abattement du roi Hérode et d'une surprise modérée autant qu'amusée de Pilate lorsqu'ils apprirent la disparition de l'un des détenus, la mort constatée d'Éphraïm ne l'empêcha pas d'être fixé à une croix avec sur la poitrine une planchette portant l'inscription « Empoisonneur » L'ensemble de ces raisons décidèrent Shimon à présenter sa facture aux responsables de ces différents crimes. Ceci justifie sa présence ce soir aux abords d'une villa de la ville haute en compagnie de deux compères. Deux autres maisons sont également sous la menace de ses représailles.

L'Égyptien a fini par décider Barabbas à lui prêter main-forte. Ce sont donc trois équipes de trois hommes qui s'apprêtent à pénétrer dans les demeures. Chacune de ces habitations est occupée par la famille d'un membre du Sanhédrin. Faire payer des prêtres comme Anna ou Caïphe s'avérant impossible compte tenu de la protection particulière dont ils jouissent, c'est par personnes interposées que la dette sera sinon réglée du moins sérieusement diminuée. Ceci accompli, Shimon fuira définitivement la Judée pour retourner à ses affaires. Dans l'immédiat, son ombre vengeresse progresse vers le lieu choisi avec la ruse nécessaire pour échapper à la vigilance des patrouilles romaines.

Sedesias, comme le reste de la maison, dort profondément. Pontife depuis la mort de son père, le prêtre n'avait pas connu pareille agitation au sein de la communauté religieuse avant la crucifixion des fêtes de la pâque. Quelques révoltes contre l'occupant, ça oui ! Mais cette sournoise contamination des esprits au point que chaque membre du clergé soupçonne ou est soupçonné de conversion secrète à la nouvelle église, ça jamais !

Sedesias n'est pas un mauvais homme, mais fils de la tribu de Lévi, on lui a appris à faire respecter ses droits et ceux du temple comme on lui a appris à servir, selon les règles établies, le Dieu d'Israël présent au temple à travers l'Arche d'Alliance reposant au cœur du saint des saints. En cette belle nuit étoilée, comment se douterait-il que son destin escalade la façade de sa villa s'accrochant aux poutres qui émergent des murs de briques crues ?

Parvenus sur une terrasse dominant une cour intérieure, les trois hommes cherchent à se fondre au torchis de la construction. Quatre torches de résine répandent une lumière dansante dans la cour découvrant une rangée de colonnades donnant accès à l'habitation principale au-delà de laquelle s'étend un jardin. La maison est vaste sans atteindre cependant la démesure de celle de Caïphe.

Grâce aux renseignements fournis par Aaron, il est aisé pour Shimon de se repérer malgré le manque de clarté. Les intrus descendent à présent un étroit escalier de pierres. Entre les colonnes des serviteurs le corps recouvert d'une couverture de laine, est allongé sur des nattes de roseaux. Tous semblent dormir. C'est précisément là que se situe le danger. Si l'un d'eux se réveille, il ne restera que la fuite.

L'Égyptien fait signe à ses compagnons. Le bruit des matraques qui s'abattent sur les nuques endormies ne franchit pas l'espace clos de la cour. Leur compte est bon pour un long moment. Ouvrir le large ventail livrant le passage vers les pièces principales ne présente plus aucun problème. Les intrus n'ont pas le temps de s'extasier sur la richesse du mobilier aux incrustations d'ivoire ou de bois exotiques. Le moment crucial est arrivé. La chambre est vaste. Une fenêtre à barreaux forgés laisse entrer la clarté lunaire avec les odeurs du jardin. Un ronflement sonore informe les visiteurs que le prêtre ne se soucie pas de leur présence. Aaron a joué franc jeu. Ses renseignements se révèlent parfaitement exacts. Comme alerté par un sixième sens, Sedesias émerge brusquement du sommeil. Trois ombres géantes entourent sa couche.

Avant qu'il n'ait le temps de réaliser, une main se plaque sur sa bouche tandis qu'une lame prend appui sur sa gorge.

- *Si tu cries, tu es mort !*

Le pontife est paralysé. Son cœur s'emballe entre ses côtes. Le cauchemar est réel. Comment est-ce possible ? Qui a facilité l'accès à ses appartements pour ses trois fantômes ? Comprenant le danger, Sedesias se laisse attacher les mains dans le dos. Sa nudité ne lui pose pour l'instant aucun problème. L'urgent est de rester en vie. Il n'ose pas même poser la moindre question. Du reste, un bâillon précédé d'une boule d'étoupe vient lui clore la bouche dans un geste dépourvu d'attention. Le nœud derrière sa nuque lui fait mal.

- *Allez ! Suis-nous, ne fait pas l'imbécile !*

Le pontife n'a nullement l'intention de résister. Escorté de ses kidnappeurs il quitte sa chambre, traverse le salon, le hall d'entrée ; enjambe les corps effondrés de ses serviteurs pour se retrouver nu comme un ver et solidement ficelé, le nez contre la porte livrant le passage sur la rue. Dismas, Éphraïm et Isaïe seront bientôt vengés. Bien qu'Isaïe soit toujours de ce monde, son état ne laisse guère d'espoir à l'armateur. Quatre jours se sont écoulés depuis l'intervention de Shimon à la forteresse.

Quatre jours durant lesquels alors que le cadavre d'Éphraïm pendait dévoré par les rapaces sur une croix, le forgeron luttait contre la mort dans les ruines d'une bergerie à l'abri des regards indiscrets. Shimon avait préféré quitter le campement. Aucun des disciples de Jésus n'aurait apprécié ses actions. La montagne offrait un refuge plus sûr. Pour Aaron, il ne restait aucune alternative. Shimon l'avait possédé. Sauf à accepter de perdre la vie, il ne lui restait que la solution de suivre l'Égyptien dans sa folie vengeresse.

- *Tu n'as plus le choix, Aaron ! Tout Jérusalem saura bientôt que c'est toi qui nous as permis de libérer les prisonniers, que c'est encore toi qui nous as aidés pour le rapt des prêtres. Nous allons nous charger de faire circuler l'information dans la cité, tu peux compter le dessus.*

- *À dater de ce jour, ta vie à Jérusalem ne vaut pas plus cher que la nôtre ! Tu n'es pas à vendre, disais-tu ? Je ne t'achète donc pas, je te donne ! Je te donne à tes anciens amis, cette bande de crapules en habits d'or, ces prêtres assoiffés de sang qu'il soit animal ou humain. Je ne donne pas cher de ta carcasse s'ils te prennent !*

- *À toi de choisir mon ami, mais laisse-moi te donner un conseil ! Échange ta mort à Jérusalem contre ta vie avec nous, même si ce n'est qu'un sursis ! Je pourrais te réserver le même sort que les prêtres mais finalement, je préfère te voir te ronger l'âme jour après jour, traqué comme un gibier acculé en pensant aux jours passés, aux jours de gloire où tu paradais dans la cité en traînant à tes semelles de pauvres êtres qui ne demandaient rien de plus qu'à vivre en paix.*

- Regarde Isaïe, ce qui reste de lui sous cette couverture, c'est ton œuvre ! Tout comme la charogne du fossoyeur exposée à la fureur populaire. Finalement, tu m'appartiens, Aaron, sans que j'aie eu à délacer ma bourse !

- Tu paieras, Shimon ! Je reconnais que tu as remporté une victoire mais tu paieras ! Tu ne vaux pas plus que moi désormais malgré ta fortune et tes bateaux ! Si grande soit cette terre, elle sera toujours trop petite pour toi ! Ton nom remontera jusqu'à Rome, surtout après ce que tu te proposes d'accomplir. Il se peut comme tu dis que j'aie participé à l'exécution de quelques innocents, mais ils pèseront toujours moins lourd sur ma conscience que les centaines de vies que tes actes vont mettre en péril. Finalement, tu vois, je préfère ma position à la tienne, Shimon !

- Nous sommes à bord de la même galère, Aaron ! J'ignore où elle nous mène mais je ne te crains plus, et ça, au moins, c'est une certitude !

Pas le temps pour l'armateur de se remémorer ces quatre jours, l'aube n'est plus très loin, le travail n'est pas achevé, le plus dur reste à faire. Le petit groupe doit réussir à quitter la cité pour rejoindre le point de ralliement situé à la carrière de Salomon.

Au nord de la ville, à la porte des poissons, Barabbas et ses lascars doivent être en position. Ils n'interviendront qu'en cas de nécessité absolue afin de protéger la fuite des hommes de l'Égyptien. Dans quelques heures, le soleil se lèvera sur Jérusalem. Caïphe n'oubliera pas ce matin de sitôt ! Chaque heure de chaque jour depuis l'exécution de Jésus de Nazareth apporte son chargement de déconvenue. Dieu semble se désintéresser de la cité. La multiplicité des sacrifices, la liesse des chants glorieux, rien n'y fait. Les fauteurs de troubles interpellés s'échappent ou meurent mystérieusement. Les apôtres du prophète passent à travers les mailles du filet.

Pilate retourne à son profit la moindre action, la division règne au sein même de la maison de Dieu, la suspicion s'installe entre les pontifes. Ces faits ne sont cependant rien en comparaison de ce qui attend le grand prêtre lorsque l'aube imperturbablement chassera la nuit.

Pour chacun des groupes, tout s'est bien passé. Après Shimon, Barabbas a vu arriver les deux autres équipes, chacune ayant réussi l'enlèvement d'un membre du Sanhédrin. Sa mission est remplie, les gardes maîtrisés gisent sur le sol. La prochaine relève ne trouvera qu'eux. Concerné ou pas, chacun de ceux qui s'étaient réfugiés là pour la nuit a pris la poudre d'escampette. Les fouets ne vont pas tarder à siffler.

La carrière est atteinte. Les ouvriers qui dorment sur place sont priés d'aller finir leur nuit plus loin. Chercher à comprendre sera pour plus tard. La détermination des arrivants favorise la désertion du lieu. La bande s'organise. Des veilleurs garantissent la tranquillité de ceux qui s'activent. Tenus à l'écart, les trois prêtres, dont deux sont totalement nus, affichent la couleur de la peur. S'ils ignorent ce qui les attend, ils comprennent que ce ne sera rien de bon. La fraîcheur du petit matin aidant, ils tremblent de tous leurs membres. Shimon les rejoint.

- *J'ai un message pour vos maîtres, vous serez mes émissaires !*

- *Que vas-tu nous faire ? Quel message ? Qui êtes-vous ? questionne Sedesius d'un regard terrifié cherchant à expulser les mots qui se heurtent au bâillon.*

- *Vous allez vite comprendre ! fait Shimon qui n'a pas eu besoin d'entendre les questions.*

- *Jérusalem émerge lentement d'une paisible nuit. C'est du moins ce que croient prêtres, roi et procurateur. Les premiers cris résonnent entre les murs des trois maisons vidées de leurs maîtres. À la porte des poissons, l'officier de relève malmène les deux gardes pourtant déjà molestés par les hommes de Barabbas. Trop tôt encore pour établir un lien entre cet ensemble de faits. Trop tôt pour en comprendre les raisons.*

Comme un cheval au galop, la nouvelle arrive portée par la brise du matin. Elle file vers les quatre points cardinaux, court au ras du sable, franchit les portes de la cité, se répand dans les ruelles, s'infiltre dans les maisons, s'amplifie en gagnant la ville haute, entre sans frapper au palais, à la forteresse, s'engouffre entre les hautes colonnes de bronze du porche du temple pour venir s'écraser contre la poitrine de Caïphe.

- *Ils ont crucifié trois prêtres !*

Pas un mot ne sort de la bouche ouverte du Pontife. Ses jambes ne le portent plus. Il cherche un appui. La mer d'airain va le dissoudre. Bien qu'il ait parfaitement entendu, il bredouille.

- *Quoi ? Qu'est-ce que vous dites ?*

- *Trois prêtres ont été crucifiés !*

- *Trois prêtres ?... Mais où ?... Qui ?...*

- *On ne sait pas encore de qui il s'agit ! Ils sont à la carrière de Salomon !*

- *Est-ce qu'ils sont morts ?*

- *On ne sait rien ! Juste que trois croix ont été dressées dans la carrière et que les crucifiés sont des pontifes !*

Caïphe n'a plus de voix. Le temple vient de s'effondrer sur ses épaules, ça ne finira donc jamais ! Dieu d'Israël, où es-tu ? De quoi sommes-nous coupables pour subir de tels assauts ? Qui était donc l'homme de Nazareth pour que sa mort soit cause de tant de malheurs ?

Les démons ont envahi le sanctuaire. Ils festoient dans le saint des saints, s'abreuvent de l'eau des liturgies, YAHVE s'est retiré !

- *Si ce qu'on m'annonce est véridique, ce geste inqualifiable est une déclaration de guerre contre la maison de David ! Contre Dieu lui-même ! Contre nos institutions, nos rites, notre existence même ! Je mourrais peut-être dans ce conflit, mais je ne les laisserai pas détruire les fondements de notre nation ! Que l'on me conduise sur place, je veux contempler personnellement le spectacle de leur infamie !*

La cité se vide. Chacun veut voir de ses propres yeux. Quand Caïphe arrive sur place, les soldats romains sont déjà là pour contenir la masse de curieux avides de sensations fortes. Sur les talons du grand prêtre, le cortège du roi Hérode apparaît dans un nuage de poussière.

Coincées entre de gros blocs de pierres, trois croix grossièrement taillées supportent les corps inanimés des prélats enlevés durant la nuit. Le sang qui a coulé de leurs membres perforés s'est répandu en taches brunâtres sur le sol pierreux. Des épaules aux poignets, une corde de chanvre les retient à la traverse. Parfaitement verticaux, plaqués contre la poutre, leurs corps sont également soutenus au niveau des jambes par des attaches venues assister les longs clous qui transpercent les pieds. Caïphe s'approche, contemple les visages grimaçants des suppliciés. Il reconnaît chacun des trois hommes. Trois hommes ! Comme à Pâque au Golgotha ! Le message est clair !

- *Ils sont morts ?*
- *Non, Excellence ! Ils ont perdu connaissance mais*

ils respirent. Ceux qui ont fait ça n'ont pas voulu qu'ils meurent. Ils les ont attachés de façon à ce qu'ils n'étouffent pas !

- *Alors qu'est-ce que vous attendez pour les retirer ?*

- *C'est qu'il fallait que vous constatiez par vous-même ! Tout comme le roi Hérode et le procurateur Pilate !*

- *Pilate !... fait Caïphe d'un ton méprisant. Descendez-les immédiatement, prenez soin d'eux ! Pilate !... répète le grand prêtre en s'éloignant, il ne restera plus longtemps procurateur !*

Noyé dans la foule, Shimon savoure l'instant. Maintenant qu'il ne craint plus Aaron, il peut se montrer plus facilement. Seul le policier connaît parfaitement son visage. La mort des prêtres n'était pas nécessaire, son action est une réussite totale.

- *Cette fois, Caïphe, ils sont allés trop loin ! fulmine Hérode.*

- *Ce qu'ils veulent, c'est la guerre ! réplique le prélat. Leur message est clair ! Ils ne capituleront jamais ! C'est une façon de nous avertir que leurs prêtres remplaceront les nôtres, que leur Dieu remplacera le nôtre ! Rome va devoir se manifester où la Judée sera bientôt un brasier !*

- *Je ne partage pas nécessairement votre pessimisme, Caïphe, il ne s'agit peut-être que d'une vengeance de cet Égyptien, cet empoisonneur !*

- *Non, roi Hérode ! C'est plus grave que cela. Ce sont des illuminés adorateurs de ce Jésus ! Trois croix comme à Pâque ! Et puis ces libérations miraculeuses de prisonniers, les disciples du prophète d'abord, puis les complices de cet empoisonneur ! Joseph d'Arimathie et Nicodème ralliés à leur cause pour ne pas dire convertis ! Pilate lui-même qui... Non, non, Majesté ! C'est plus grave qu'une simple vengeance !*

- *Où en êtes-vous avec Joseph et Nicodème ?*

- *Ils croupissent en prison. Il semble qu'ils n'en aient plus pour très longtemps. J'ai demandé à être informé quand ce sera terminé. Nous verrons bien qui aura le dernier mot !*

Après l'abattement, la colère s'installe en Caïphe. Est-il donc le seul à être lucide à Jérusalem ? Est-ce donc si difficile d'associer les paroles de ce Jésus avec les événements ? « Je détruirai ce temple pour le rebâtir en trois jours ! » Cette métaphore n'était peut-être pas à prendre à la légère ! Trois jours peut-être pas, mais avec le temps… ?

Chaque mise en échec de l'autorité qu'il représente est une pierre qui se détache, chaque homme converti à la nouvelle église la remplace ! En trois jours, peut-être pas ! Mais attention, attention !

Shimon aussi s'éloigne. Il se sent apaisé. Ceux-là au moins connaissent à présent ce que peuvent ressentir des hommes cloués comme des poutres de charpente. Pour la cité, c'en est fini ! Il n'a plus de comptes à régler avec elle. Dès qu'Isaïe sera rétabli ou mort, il quittera la Palestine. Il lui reste toutefois un acte ultime à accomplir.

Cette petite vermine de Paul, cet avorton ne peut s'en tirer aussi facilement. Avec lui, ce sera beaucoup plus simple. Shimon se dit qu'il dispose de quelques jours encore, ce qui devrait être suffisant pour mettre la main sur ce vendeur de chair humaine, mais aujourd'hui précisément, l'univers bascule également pour le jeune homme. Muni de lettres reçues la veille des mains de Anna que Paul a mission de porter aux synagogues de Damas, il chemine solitaire depuis des heures. Depuis qu'il a quitté Jérusalem, la chaleur et la fatigue commencent à avoir raison de sa résistance.

Il n'a pour cette secte de corrompus que sont les

disciples de ce Jésus de Nazareth que haine et mépris. Il ne connaît qu'une seule vérité ; celle que ses pères lui ont enseignée. Tout ce qui s'y oppose est danger, tout ce qui la combat est ennemi ! De Damas, il reviendra avec sur ses talons une cohorte de traîtres à la loi juive. Le poids de leurs chaînes creusera un sillon jusqu'à Jérusalem !

Il ne fera pas de sélection. Hommes, femmes, jeunes ou vieux, seront impitoyablement pourchassés. Damas est encore loin. Une pause lui ferait le plus grand bien. Hélas, pas un arbuste n'est là pour lui offrir un peu de fraîcheur. Une grosse pierre plate est cependant la bienvenue pour le repos de ses jambes.

L'eau tiède qu'il fait couler dans sa gorge est piètre réconfort. Sans doute a-t-il marché un peu trop longtemps au soleil. Il ressent une étrange sensation, comme un poids sur ses épaules. Soudainement oppressé, le voici inquiet.

Ne va-t-il pas se trouver mal là sur le bord de ce chemin ? Aurait-il soumis son corps à un effort trop intense ? Et puis ce soleil là-haut, si violent, si vif, si éblouissant !

Paul perd peu à peu le contrôle de sa vue. Le paysage s'estompe. C'est sûr à présent, il va s'évanouir ! Hormis cette intolérable chaleur et cette aveuglante luminosité bien au centre de ses pupilles, il n'a plus le moindre contact avec le monde extérieur. Et s'il mourait là soudain, seul sur le bord de la route ?

Ce n'est pas possible ! Il a encore à faire, il est trop jeune, trop utile à la communauté, YAHVE ne peut pas vouloir cela ! Il ne passera donc personne pour lui venir en aide ? Voilà à présent que son ouïe aussi lui joue des tours. Comme compressés par des ballots d'étoupe, ses tympans pèsent des tonnes. Le son n'est plus qu'un interminable grondement lointain.

Il lui faut absolument se ressaisir, se verser beaucoup d'eau sur la tête et les épaules. Mais comment faire ? Tout mouvement est impossible ! Son corps ne répond plus. Une chape de plomb le recouvre. Des hallucinations viennent à présent lui faire perdre tout discernement. Le brouillard lumineux dans lequel il flotte joue avec sa raison. Une forme transparente va et vient comme indécise avant de s'opacifier légèrement dans des contours incertains. « Qui es-tu ? Réelle apparition ou délire de mourant ? »

C'est ça, sûrement ! Son cerveau se livre à quelques facéties pour le punir de l'avoir ainsi exposé au soleil durant des heures. Il l'avait pourtant protégé d'un linge. Cet être de cristal sur fond de lumière intense n'est que le fruit de son imagination surchauffée. Le vent s'engouffre à présent jusqu'à son âme. Il résonne comme savent le faire les coquillages qu'enfant il se plaquait contre les oreilles.

La mort ne vient pas seule, la folie l'accompagne. La bise module des sons qui cherchent à ressembler à des mots. Le langage des morts n'est pas compréhensible pour les vivants.

Ce sont comme des notes de musique plus ou moins graves qui ne s'accordent pas. Une succession de modulations discordantes. Quel monde insolite que celui de l'au-delà ! Que veut donc cette esquisse humaine qui tend vers lui les amples manches d'un manteau de nuages d'où émergent des mains translucides ?

Que dit cette voix venue des confins de la nuit des temps ? Elle dit son nom ! OUI, c'est sûr, elle dit son nom !

SAUUUUUL… SAUUUUL… SAUUUL… SAUUL… SAUL !

La réponse est involontaire. Elle naît toute seule,

n'émane pas de sa bouche, elle jaillit de lui par les pores de sa peau.

- *Oui ! C'est moi ! Je suis Saul ! Qui es-tu ? Que me veux-tu ?*

- *Je suis Jésus de Nazareth ! Celui que tu persécutes !*

- *Jésus de Nazareth ? Mais tu n'es plus de ce monde ! Que me veux-tu ?*

- *Je veux que tu te lèves, que tu poursuives ta route vers Damas car désormais tu sauras ce que tu devras faire !*

- *Es-tu donc réellement le Messie ?*

- *Je suis issu de celui qui EST !*

- *Celui qui EST ? Tu veux parler de l'Éternel ?*

- *Lève-toi ! Marche vers Damas, là-bas tu sauras !... Tu sauras !... Tu sauras !...*

L'écho s'estompe comme s'estompe la fulgurante lueur. Paul reprend peu à peu ses esprits. Quel rêve étrange ! Mais était-ce un rêve ? Quelques pèlerins s'agglutinent autour de lui le regardant avec curiosité. L'un d'eux s'inquiète de sa santé.

- *Alors, étranger ! Ça ne va pas ?*

- *Si, si, ça va ! N'avez-vous pas été aveuglés vous aussi par cette lumière ?*

- *Quelle lumière ? C'est seulement le soleil, il est un peu vif aujourd'hui !*

- *Et le vent ? Vous n'avez pas entendu le vent ?*

- *Tout au plus une légère brise ! Es-tu sûr que ça va ?*

- *Oui, oui ! Ça va ! Où allez-vous ?*

- *Nous allons à Damas. Veux-tu que nous t'y accompagnions ?*

- *Volontiers ! Qu'allez-vous faire à Damas ?*

- *Nous portons la parole du Messie Jésus de Nazareth. Nous venons de Jérusalem. Et toi ?*

- *J'allais aussi à Damas, je ne sais plus vraiment pourquoi. Maintenant je sais ! Attendez, juste un instant !*

Paul fouille son baluchon. Ses doigts s'emparent des lettres d'Anna. En quelques secondes, elles ne sont plus que particules de papyrus que la brise disperse.

- *C'est bon, les amis ! Maintenant ça me revient, je sais ce que j'ai à faire à Damas !*

Chapitre XX

Pilate ne se fait plus d'illusion. Cette fois, l'empereur Tibère saura très vite ce qui se passe à Jérusalem depuis la mise à mort du prophète. La crucifixion des prêtres, fussent-ils encore vivants, est la goutte qui a fait déborder le vase. Passe encore qu'un prélat a pu être enlevé sans que gardes et patrouilles n'aient vu quoi que ce soit, mais trois non ! Pour Hérode comme pour le Sanhédrin la complicité du procurateur est évidente. Son rappel à Rome pour incompétence est d'ores et déjà inscrit dans le temps.

À force de se remémorer l'ensemble des événements auxquels il faut ajouter les prédictions de la voyante, il a fini par se persuader que son destin changeait d'orientation. Un visage à présent le harcèle en permanence ; celui de cet homme qu'une couronne d'aubépine allait sacrer roi des Juifs sous les rires et les quolibets.

Il n'eut pourtant ce jour-là aucune envie de rire.

Quant à savoir ce qui allait naître de cette exécution,

seuls les Dieux auraient pu le prédire. Projetant son regard sur la cité qu'il domine, il contemple la gloire de Salomon, ce temple inégalé en splendeur, ces amas de bois de cèdres, de marbre et d'or.

Comment se peut-il qu'un homme, par de simples paroles, un homme sans armée, dépourvu de la moindre parcelle d'autorité, parvienne alors même qu'il a rendu l'âme sur une croix, à ébranler un tel édifice ?

Bien sûr, un nombre incalculable de pèlerins continue à affluer vers ce lieu sanctifié par tout un peuple, bien sûr les chants continuent de s'élever au son des divers instruments de musique, bien sûr les fêtes durent tard dans la nuit pour reprendre dès l'aurore, rien de tout cela ne semble changé en apparence, pourtant l'écho ne renvoie pas le son des psalmodies avec fidélité.

Le sanctuaire se couvre peu à peu d'une oppressante tunique. Ses plis s'étalent comme les tentacules d'une pieuvre géante jusqu'à envelopper sournoisement l'âme et le cœur du procurateur. Jésus de Nazareth, qui étais-tu ? En quelle terre plongeaient tes racines ? Quelle sève coulait dans tes veines ? Tant de prophètes déjà depuis des centaines d'années t'avaient précédé sans qu'aucun n'ait laissé le moindre souvenir, ou alors quelques bribes de prédictions ne dépassant pas l'espace d'une ou deux générations. Quel Dieu est donc le tien qui vient après ta mort troubler les consciences ?

Du tombeau ne doit surgir que le silence. Il en est ainsi depuis que l'homme a commencé à fouler cette terre. Il naît, exécute ce dont pour quoi il est venu avant de disparaître pour se taire à jamais. Alors, qui es-tu, toi qui fais plus de tapage mort que vif ? Que n'ai-je été nommé préfet de n'importe qu'elle autre conquête romaine ? Je ne suis que Ponce Pilate, procurateur aux ordres de son empereur. Je n'ai à obéir qu'à Rome. Je ne connais de loi que celle de Rome, de Dieu que ceux de Rome, si ta route a croisé la mienne, je n'y suis pour rien. Je n'ai pas pris ta vie, ton sang n'est pas sur mes mains.

Rabats sur toi ton linceul et fait comme n'importe quel trépassé ; repose-toi dans le silence et les ténèbres. Oublie ceux qui t'ont condamné, leur tour viendra. Fais de cette seule vérité ta source bienfaisante.

Abreuve-toi d'elle jusqu'à plus soif. Alors tu trouveras le repos. Laisse les vivants en paix. Laisse-les croire en autant de Dieux qu'il leur plaira, ce n'est plus ton problème.

Les jours qui se lèveront quel que soit leur nombre ne te concernent plus. Oublie cette cité, son peuple, ses prêtres, oublie leur Dieu, oublie-moi aussi, je ne peux plus rien pour toi. Je m'appelle Ponce Pilate, je suis citoyen romain. Je n'ai pour divinité que la cité ses sept collines. « Les sept collines… L'oiseau qui t'a couvé a fait son nid au creux des sept collines, tu seras sa proie ! » Pilate vient brusquement de comprendre. L'oiseau qui l'a couvé n'est autre que l'aigle romaine !

Comment lui, Pilate, fidèle à son empereur, pourrait-il devenir la proie de ce qu'il respecte et vénère le plus au monde ? Comme il se sent loin tout à coup de cette cité incontrôlable qu'est Jérusalem. Comme il se sent loin de ses ruelles malodorantes, de ses odeurs de chairs brûlées, de ses chants, de ses rites, de ses prêtres orgueilleux, de son roi fantoche qu'est Hérode. Il vagabonde par-delà la mer, se remémore la plus belle ville du monde sous le soleil de l'Italie. C'est dans ce souvenir qu'il trouve le réconfort. Les images du passé l'apaisent. La voix de son secrétaire le ramène à la réalité.

- *Excellence ! Vos officiers sont arrivés.*
- *Fais-les entrer, Antoninus !*

- Alors, qu'avez-vous à m'apprendre sur ce qui s'est passé cette nuit ?

- Les patrouilles n'ont rien vu, Excellence. Ceux qui ont commis ces actes se sont introduits dans les villas avec la plus extrême discrétion. Des serviteurs ont été assommés, certains ont eu la nuque brisée par la violence du coup.

- Que m'importe la mort de quelques serviteurs ! Que faisaient donc les gardes, comment peut-on enlever des prêtres chez eux sans que nos patrouilles ou notre police n'interviennent ? C'est fâcheux, très fâcheux, car ceux qui vont supporter les conséquences de ce relâchement, c'est vous, vous mes officiers !

- Je n'ose imaginer la fureur de Tibère, lequel sera probablement informé d'un tel manque de rigueur. Vous savez, je suppose, que c'est sur moi en priorité que va s'abattre sa colère. Je suis décidément entouré d'incapables !

- C'est qu'un tel acte ne pouvait être prévisible, Excellence.

- Mais tout est prévisible ! hurle Pilate. Vous ne comprenez donc pas que depuis quelque temps, plus rien ne répond de la logique ? Nous avons affaire à des fous furieux, ils empoisonnent l'eau des citernes, crucifient des prêtres, enlèvent des prisonniers. C'est la guerre et vous êtes des militaires. Où est l'officier qui s'est laissé acheter pour libérer le fossoyeur et le forgeron ?

- Le fossoyeur n'a pas été libéré, Excellence, il a été tué.

- Où est cet officier ? hurle le procurateur.

- Il a disparu et permettez-moi de vous assurer que c'est le mieux qu'il ait pu faire pour lui comme pour

vous.

- Pardon ! Que viens-tu de dire ? En quoi cette disparition serait-elle un bien pour moi ? s'offusque Pilate.

- Pardonnez-moi, Excellence, mais les langues se délient. On dit que vous-même... enfin il semble bien que...

- Comment oses-tu ? fulmine le procurateur. Retirez-vous avant que je ne vous fasse payer cher vos échecs et vos sous-entendus. Oublieriez-vous qui je suis ?

Tandis que les soldats quittent la pièce, heureux de s'en sortir à si bon compte, Pilate titube jusqu'à son fauteuil. La menace a été clairement exposée. Il se peut que très vite les autorités juives n'aient la preuve de sa participation dans la libération des disciples Pierre et Jean.

- Es-tu au courant des ragots qui circulent à ce sujet, Antoninus ?

- Oui, Excellence ! Ils sont dus au mécontentement des gardes présents ce soir-là à la prison. L'officier n'a pas respecté son contrat, les hommes n'ont rien reçu de ce qui devait les rendre muets.

- Ce Quitus est décidément indigne des fonctions que Rome lui a accordées ! Fais taire les gardes, donne-leur ce qui leur est dû, s'il le faut, fais-les mettre au secret.

- Je crains qu'il ne soit trop tard, Excellence. J'ai cru comprendre que Hérode avait dépêché des émissaires à Rome afin d'informer l'Empereur de la dégradation de la situation en Judée.

- Depuis quand sais-tu cela ?

- Depuis quelques jours mais j'attendais d'en avoir la confirmation avant de vous faire mon rapport.

- Je ne peux donc compter sur personne à

Jérusalem ! Même toi, tu fais le jeu de mes ennemis !

- *Excellence ! Comment pouvez-vous douter de ma fidélité ?*

- *Ça suffit, Antoninus ! Retire-toi. Fais ce que je viens de te demander. Va trouver les gardes, ensuite fais rechercher Quitus. Je sais à présent combien je suis seul.*

Le secrétaire se retire. Pilate réalise brusquement qu'il ne reste aucune aspérité à laquelle se raccrocher. Sa chute est inéluctable. Pire, elle a commencé. Mis bout à bout, les détails des événements depuis Pâque vont peser lourd sur le plateau de la balance. Il ne peut nier que ce Jésus a éveillé en lui des émotions qu'un procurateur ne pouvait laisser transparaître. Dès l'instant où le prophète lui fut présenté, il ne fut plus maître de ses choix.

Il revoit le regard de cet homme plongé dans le sien. Un regard qu'il eut un peu de mal à soutenir. Ce dont il est à peu près sûr à présent, c'est que les yeux noirs du prisonnier lui dictèrent sa conduite. Oui, c'est sûr ! Ce jour-là, pendant quelques minutes, il ne fut que Ponce Pilate, citoyen romain en poste à Jérusalem. Le procurateur, l'homme de loi, de justice, d'autorité suprême, avait pris congé. Il ne fut plus qu'un homme face à un homme.

Lorsque le prisonnier arriva, Pilate ne jeta sur lui qu'un œil blasé.

- *Qu'y a-t-il encore, qu'a-t-il fait, quelle accusation portez-vous contre cet homme ?*

- *C'est un malfaiteur, un semeur de troubles, un blasphémateur. Il ne serait pas devant vous s'il en était autrement.*

- *Et c'est pour cela que vous me dérangez ? Jugez cet homme vous-mêmes et punissez-le selon votre loi.*

- *Mais vous savez bien que nous ne pouvons faire périr personne ! La loi de Rome, la vôtre, procurateur, nous l'interdit.*

- *Vous voulez faire mourir cet homme pour quelques propos blasphématoires à vos yeux ?*

- *C'est qu'il se prétend roi des Juifs et fils de Dieu !*

Pilate porta cette fois un regard plus précis sur le prisonnier. Celui-ci, comme absent, ne quittait pas le dallage des yeux. Le procurateur plissa le coin de sa bouche en secouant lentement la tête. Encore un de ces illuminés de prophètes incapable de fermer son bec. Le Sanhédrin n'a-t-il donc rien de mieux à faire que se préoccuper de ce genre d'aliéné ?

- *Je vais m'entretenir un instant avec lui. Viens, toi, suis-moi. J'ai quelques questions à te poser.*

Jésus pénétra dans le prétoire sur les talons du procurateur. Ce dernier se retourna afin de lui faire face. C'est seulement à cet instant que le prisonnier releva la tête. Un calme absolu émanait de lui. Il ne semblait ressentir aucune crainte.

- *Ainsi si j'en crois ce qui vient d'être dit, tu prétends être roi des Juifs et fils de Dieu ?*

- *C'est ce que d'autres disent de moi ! répondit le prophète.*

- *S'ils le disent, c'est peut-être que tes paroles ou tes actes le laissent entendre ?*

- *Mes paroles et mes actes me sont dictés par mon Père !*

- *Qui est donc ton père ? Se prétend-il roi, lui aussi ? En ce cas, quel est son royaume ?*

- *Le royaume de mon père n'est pas de ce monde. Il règne pourtant sur tout ce qui fut, est et sera. C'est de cela qu'il m'a chargé d'apporter témoignage.*

- *Donc tu reconnais bien que tu te dis fils de roi ? Ce dont t'accusent ces hommes dehors est donc la vérité ?*

- *La vérité appartient au royaume de mon Père. Il m'a chargé de l'enseigner sur cette terre.*

- *Tu prétends donc bien également être le fils d'un Dieu ?*

- *Comme chaque être l'est ici-bas ! Quiconque reconnaîtra cette vérité sera reconnu par le Père !*

- *Si, comme tu le prétends, tu es envoyé par un Dieu afin de révéler une vérité aux hommes, pourquoi t'a-t-il livré aux mains de tes accusateurs ? Tu es pourtant juif, comme eux !*

- *C'est sa volonté ! Si je dois mourir des mains des Juifs, qu'il en soit ainsi !*

Pilate n'a aucun ressentiment envers cet homme. Même si, cette fois, les propos du prisonnier vont bien au-delà de ceux que peuvent tenir les individus de son espèce, il n'est ni un voleur, ni un criminel, ni un danger.

- *Si tu dois mourir, ce ne sera pas par ma main ! Allons, retournons dehors.*

Sur le parvis, chacun attendait la décision du procurateur. Lorsque celui-ci prit la parole, les membres du clergé firent piètre figure.

- *Je ne vois rien en cet homme qui justifie que je vous autorise à le faire mourir ! Je reconnais cependant qu'il tient des propos peu dignes d'un être de raison. Je vais donc lui faire donner le fouet pour lui apprendre à maîtriser sa langue. Gardes, exécutez la sentence !*

La colère des accusateurs se manifesta immédiatement. Huées et vociférations montèrent de la foule amassée devant le prétoire. Pilate crut un instant qu'il allait devoir faire intervenir les soldats. L'apparition du prophète sanguinolent sur la tête duquel ses bourreaux venaient d'appliquer une couronne d'aubépine, ramena un peu de calme. Le procurateur s'adressa au peuple.

- *Vous connaissez la coutume qui veut que je libère un prisonnier pour la fête de Pâque ? C'est vous qui allez faire ce choix. Je vous offre de choisir entre un véritable criminel, un ignoble assassin du nom de Barabbas et cet homme qui se prétend roi.*

- *Barabbas, Barabbas !*

La clameur fut unanime.

- *Est-ce bien là votre choix ? Ce Barabbas est une crapule !*

- *Libérez Barabbas, crucifiez l'autre ! Barabbas, Barabbas !*

Cette fois, Pilate dut se rendre à l'évidence. Sa ruse n'avait pas fonctionné. Il s'était pourtant persuadé qu'en mettant sur la balance un véritable criminel face à un pauvre fou illuminé, le second l'emporterait. Ce ne fut pas le cas. Il posa sa main sur l'épaule du prisonnier.

- *Viens, suis-moi à l'intérieur ! D'où es-tu réellement ?*

Jésus se contenta de le fixer sans répondre.

- *Tu ne veux pas me parler ? Ne vois-tu pas que j'essaie de te sauver ? Je suis le Maître en Judée. Je peux te faire lier sur une croix ou te libérer.*

- *Vous ne pouvez que faire ce que vous commande de faire mon Père. Que s'accomplisse ce qui doit s'accomplir ! Ceux qui m'ont conduit devant vous sont les seuls coupables.*

- *Comme il te plaira !*

Dehors, la foule s'époumonait. Ponce Pilate

attrapait des phrases au hasard.

- *Si tu le délivres, tu es contre César. César est notre protecteur. Celui qui ose se prétendre roi est contre César. Crucifions-le !*

Le procurateur vint prendre place sur son siège, puis s'adressa à voix basse à un de ses serviteurs. Ce dernier revint rapidement avec un broc dans les mains. D'un geste, Pilate réclama le silence.

- *Puisque cet homme veut être roi, j'en fais le vôtre ! Je vous livre le roi des Juifs ! Moi, je m'en lave les mains. Le sang de cet homme ne sera pas sur moi !*

Ce fut du délire. Le procurateur se leva pour recevoir l'eau de la cruche au creux de ses paumes. Par ces paroles, le procurateur venait de décharger Rome du meurtre du Nazaréen. Le Sanhédrin porterait seul désormais cette responsabilité. Alors que Ponce Pilate quittait le parvis, Jésus fut recouvert d'un manteau écarlate.

Dans le prétoire, le procurateur donna un ordre ultime afin de bien démontrer qu'il restait le maître malgré tout à Jérusalem.

- *Faites placer une inscription sur la croix au-dessus du condamné. Qu'elle porte son nom, et rajoutez « Roi des Juifs » ! Qu'elle soit en hébreu, en grec et en latin !*

Sur le chemin du Golgotha, cette inscription, portée comme un emblème par un soldat, déclencha la fureur des prêtres.

- *Retirez cette inscription, Il n'est pas notre roi, c'est une provocation !*

Anna, prince des prêtres, jaillit tel un diable dans le prétoire.

- *Vous ne pouvez laisser cette inscription, ou alors mettez « Je me prétends roi des Juifs »*

- *Ce que j'ai écrit est écrit ! hurla le procurateur.*

C'est bien ce jour-là que sa chute vertigineuse a commencé. Mais ce n'est qu'à présent qu'il prend conscience de ce fait. Cet homme qu'il voulait sauver, que finalement il a livré à ses bourreaux, ne lui laisse plus un instant de répit. Il a pris possession de son esprit heure après heure depuis ce jour fatidique. Jésus de Nazareth, qui étais-tu réellement ? Réalisant que la partie est perdue, que le Roi Hérode comme les prélats auraient le dernier mot, Pilate n'a plus qu'un désir ; pénétrer le secret de celui qui l'emporte vers un avenir inconnu.

La voyante avait raison. Quelqu'un l'a engagé sur un chemin qu'il n'a pas choisi. Revenir en arrière étant impossible, il ne lui reste que deux solutions. S'asseoir sur le bord de la route et attendre son destin ou marcher jusqu'au bout dans l'espoir de comprendre. Le mystère Jésus ne peut plus être simple légende. Il s'est passé trop d'événements depuis Pâque. Il y a trop de monde pour porter témoignage de sa résurrection.

Les convertis se comptent à présent par milliers. Le procurateur ne peut accepter un retour à Rome sans apporter la vérité dans ses bagages. Rien ne saurait être pis que d'avouer à l'Empereur que lui,

Ponce Pilate, n'a aucune explication à fournir. « Qui était cet homme ? Je ne sais pas ! Est-il réellement ressuscité ? Je ne sais pas ! Où est-il en ce cas ? Je ne sais pas ! Où sont ses disciples ? Je ne sais pas ! Qui a crucifié les prêtres ? Je ne sais pas ! Qui a empoisonné les citernes ? Je ne sais pas ! » etc. etc.

Non, vraiment, il ne peut envisager un tel scénario. Il doit apporter une réponse précise pour chacun de ces points. Il a encore du temps devant lui. Avant son inévitable rappel à Rome, il doit profiter des jours qui lui restent pour amasser un maximum d'informations. Il peut encore compter sur quelques proches pour l'aider dans cette quête. Il lui faut infiltrer le milieu des disciples, ils sont toujours en Judée. Pour remonter jusqu'à eux, il va lui falloir se mêler aux convertis. Cette fois, plus question de leur donner la chasse.

Le palais devra se passer de lui durant quelques jours. Il ne va pas comme sa femme quitter les lieux en catimini, il va organiser son départ au grand jour, donner ses ordres, faire exactement comme s'il ignorait la démarche de ses ennemis et agir comme doit le faire le représentant de la puissante Rome lorsque les événements l'imposent. Très officiellement, il va donc prendre la tête d'un groupe constitué d'hommes de confiance dont le but sera de débusquer une fois pour toutes les responsables des graves atteintes à l'ordre perpétuées ces derniers jours.

Caïphe ne sera bien sûr pas dupe. Il comprendra immédiatement que le procurateur, se sentant acculé, joue ses dernières pièces, mais tant que lui Pilate parviendra à donner le change en laissant croire qu'il est toujours le Maître et que la Judée est toujours gouvernée, un semblant de calme régnera. Il tiendra ce soir même un conseil secret. Les noms retenus pour cette opération sont transmis au secrétaire chargé d'organiser la rencontre lorsque le palais sera profondément endormi.

Effectivement, beaucoup plus tard, alors que la cité est la proie des ténèbres, six ombres pénètrent dans la chambre du procurateur.

- *Je vous ai choisis parce que vous êtes des hommes de confiance ! Toi Antoninus, même si parfois je te rabroue un peu, je sais que tu resteras toujours un compagnon fidèle.*

- *Ce que tu as fait aujourd'hui en organisant cette réunion le prouve encore une fois. Voilà ce que j'attends de vous.*

- Comme vous le savez, le plus grand désordre s'est installé depuis que ce Nazaréen a été crucifié. Peu importe que sa résurrection soit réelle ou ne soit qu'une légende. Ce que je veux découvrir, c'est qui se cache derrière tout cela, c'est le pourquoi... Quel but poursuivent les disciples, qui se convertissent, ou se réunissent les adeptes de cette nouvelle doctrine ? Quels sont leurs signes de ralliement ? Quels sont leurs rituels ? Enfin, tout ce qui les concerne.

- Certains parmi vous possèdent déjà des informations sur le sujet. Je sais également que des soldats infiltrés ont assisté à de soi-disant miracles. Mettons nos forces en commun. Nous partirons demain. J'insiste sur le fait qu'il ne s'agit pas d'arrêter qui que ce soit, il s'agit de les infiltrer. Nous allons nous mêler à eux, vivre au milieu d'eux, remonter progressivement vers celui ou ceux qui tiennent les rênes. Ce n'est que lorsqu'il ne restera plus une seule interrogation en attente que nous leur montrerons la puissance de Rome !

Chapitre XXI

Tibère se demande vraiment ce qu'il fait là. Cette austère salle de réunion où les sénateurs s'égosillent en propos fielleux ou calomnieux ajoute amèrement à son regret d'avoir dû quitter le soleil de Capri. La mode est à l'heure des dénonciations qu'elles soient fondées ou pas.

Trahi de multiples fois, il n'accorde plus sa confiance à aucun homme. Le seul qui l'avait mérité s'appelait Germanicus, commandant en chef des armées du Rhin. Lui seul avait su s'opposer aux pressions des soldats comme des officiers qui souhaitaient l'installer à la place de l'empereur à Rome.

Hélas, Germanicus était mort depuis des années. Il n'avait plus autour de lui que des ennemis. C'est du moins ce dont il s'était persuadé. Derrière les sourires mielleux se cachaient la fourberie et la haine. Même Sejan, préfet du prétoire qu'il avait traité comme un ami, un membre de sa famille, l'avait monstrueusement trompé. Il n'avait eu d'autre choix que le faire exécuter après une mascarade de procès.

Voilà qu'aujourd'hui on lui annonce la trahison de Ponce Pilate, son procurateur de Judée. La liste des récriminations est longue.

- *Les accusations que vous portez contre un haut fonctionnaire en exercice sont graves ! Vous savez, je pense, que si elles sont injustifiées, ma colère s'abattra sur les délateurs ?*

- *Tout ce que nous venons de déclarer est vrai. Il semble que Ponce Pilate ait pris parti pour ceux qui sèment le désordre en Judée.*

- *Si j'en crois ce que je viens d'entendre, le désordre n'est pas en Judée mais à Jérusalem !*

- *Il s'étend très vite ! Nous savons qu'à présent, nous parlons de milliers de convertis.*

- *Rome n'a que faire de ces gens ; si votre clergé ou votre Dieu n'est pas capable d'empêcher ces conversions, ce n'est pas à nous d'intervenir. Les Dieux de Rome et le vôtre s'ignorent, n'en laissez pas un nouveau s'intercaler. Réglez ce problème vous-mêmes.*

Je ne vois pas dans le rapport que vous venez de nous lire le moindre motif pour rappeler notre procurateur à Rome. Vos citernes sont empoisonnées ? Faites-les surveiller ! Vos prêtres sont enlevés et crucifiés ? Veillez sur eux ! Il n'y a pas dans ces éléments la moindre preuve de trahison du tétrarque. Il n'y a derrière ces événements aucune atteinte à la suprématie de Rome. C'est un problème religieux entre vous les Juifs et vos opposants, tranche Tibère.

- *Divin Tibère, cette assemblée ne peut nier que si Ponce Pilate avait réagi immédiatement, la Judée ne serait pas au bord du soulèvement. Car nous en sommes là ! Hérode, dans sa grande sagesse, ne nous a pas fait venir ici à Rome pour quelques brebis dans les bassins. Le pouvoir romain doit assurer la paix en Palestine. Pilate agit comme s'il voulait obtenir le contraire, insiste un messager.*

- Cet homme a raison, plaide le sénateur Siscarius. Si Pilate n'est plus capable de gérer des événements aussi insignifiants, sa place n'est plus à Jérusalem. Nous ne manquons pas de hauts fonctionnaires tout à fait capables de le remplacer.

- Jusqu'à ce que j'aie la preuve que Pilate trahit notre confiance, il restera procurateur de Judée. Je vais cependant montrer au roi Hérode la bonne volonté de Rome.

- Je vais envoyer une délégation à Jérusalem. Certains d'entre vous accompagneront Noevius Sertorius Macron de sorte que ce qui me sera rapporté ne puisse plus être mis en doute. Nous prendrons alors les mesures qui s'imposent. La séance est levée !

- Mais ce rôle revient à un fonctionnaire de haut rang, un sénateur, un préfet, un consul, pas à un officier ! s'offusque Sistarius.

- Ce sont mes ordres et tu feras partie de cette commission, Sistarius. Je suis fatigué de l'insoumission de la Judée. S'il est avéré que le procurateur Pilate est l'instigateur ou le complice d'un soulèvement dans la province qu'il contrôle et dont je ne vois réellement pas le but, je le rappellerai à Rome où il sera jugé avec la plus grande sévérité. Mais si, comme je le pense, il ne s'agit encore que d'une manœuvre juive visant à diviser l'empire, j'enverrai une légion supplémentaire sur place. Noevius Sistarius saura rétablir l'ordre avec le concours de Pilate.

Tandis que le sort du procurateur se discute à Rome,

Shimon se prépare à rejoindre Tyr afin de conclure le marché qu'il a passé avec Priscus. Venger Étienne sera son dernier acte. La nouvelle de la crucifixion des trois prêtres s'est répandue à travers tout le pays. Même si la plus grande discrétion concernant les auteurs a pu être préservée, pour certains, cette action porte la signature de Shimon.

C'est le cas pour l'apôtre Pierre qui vient précisément solliciter le départ de l'armateur et de ses acolytes.

- *Tu es une menace pour notre fraternité. Tes actes sont inconsidérés. Les paroles du Maître n'ont donc eu aucun effet sur toi ? Nous t'avons accordé le privilège de t'entretenir avec lui, est-ce là notre remerciement ? Crucifier des prêtres est un acte inqualifiable qui ne te rendra pas ton ami pour autant. C'est une provocation stupide qui fait qu'à présent, nous allons être pourchassés comme de dangereux criminels. Quitte ce pays, emmène tes amis. À ce propos, comment va le forgeron ? Car ça aussi, c'est toi bien sûr !*

Il va se rétablir, mais ce sera très long, répond Shimon. Puisque tu sais tant de choses, tu peux comprendre qu'il ne m'était pas possible de laisser ces assassins ficeler mes compagnons sur une croix. Le spectacle de ton Maître agonisant entre Dismas et son compagnon ne t'a-t-il pas convaincu de l'infamie de cette pratique ?

- *Bien sûr que si ! Mais tes actions n'empêcheront pas que d'autres encore périront sur la croix. Et puis si le Maître a pu pardonner, qui es-tu, toi, pour appeler à la haine et à la vengeance ?*

- *Dans le cas de Dismas, empoisonner l'eau fut en effet une vengeance, mais pour Isaïc et Éphraïm, il s'agissait de les arracher à une mort infâme !*

réplique Shimon.

- *En ce cas, pourquoi avoir ajouté à leur libération la crucifixion des prêtres ?*

- *C'est que le traitement qui fut réservé à Éphraïm m'a amené à abréger ses souffrances. En guise de vie nouvelle, je lui ai tranché la gorge ! Je regrette, Pierre, mais moi, je ne tends pas la joue droite quand on me frappe la gauche, même si ce sont les commandements de ton Maître. Je ne peux y adhérer. Je ne suis pas fait comme toi et les amis de Jésus. Toute ma vie, je n'ai fait que recevoir des coups. Aujourd'hui, je les rends avec les intérêts de nombreuses années.*

- *Mais rassure-toi, je pars. Je vais rejoindre Tyr ; de là je regagnerai mon Égypte natale. Tu n'auras plus à craindre mes réactions impulsives. Je pars pour ne plus revenir. Quelque chose me dit que pour toi et les membres de ta confrérie, toutes les croix ne sont pas encore taillées ni toutes les pierres empilées !*

- *Alors si tu pars, j'ai une mission à te confier, une mission de la plus haute importance. Notre église, que ceux qui la pourchassent le veuillent ou non, va se répandre sur toute la terre. Un jour, tu verras nos frères en Jésus-Christ arriver jusqu'à Alexandrie. C'est écrit dans le ciel. Je voudrais te confier quelque chose. Quelque chose qui ne devra jamais te quitter. Tu veilleras dessus au péril de ta vie.*

- *Lorsque ceux qui se reconnaîtront par le signe du poisson arriveront chez toi, tu leur remettras ce que je vais te confier aujourd'hui. Rappelle-toi bien, Shimon, au péril de ta vie !*

- *Le signe du poisson ?*

- *Oui ! C'est notre signe de reconnaissance. La naissance du Messie a coïncidé avec le début de l'ère du poisson qui va durer deux mille ans. Nous l'avons donc choisi comme signe de reconnaissance. Certains le portent déjà sur leur poitrine, d'autres le gravent dans leur chair.*

- *Et quelle est cette chose que tu veux me confier ? Et pourquoi moi ?*

- *Je te l'ai dit, parce que tu pars. Là où tu vas, ce que je vais te remettre sera en sécurité. Surtout avec toi ! Nous savons tous que tu es un homme de parole. Personne ne s'opposera à ma décision. Quand pars-tu ?*

- *Demain, au lever du soleil.*

- *En ce cas, viens ce soir-là où tu as rencontré le Maître. Que personne, tu entends bien ? personne ne sache de quoi il s'agit ; pas même ton ami le plus proche, le plus fidèle, personne ! Viens ce soir mais viens seul.*

Alors que Pierre s'éloigne, Shimon est perplexe. Que veut donc lui confier l'apôtre qui ne doit être connu que de lui seul ? Quoi qu'il en soit, il doit rejoindre la cache où Isaïe se remet lentement de ses blessures. Le sort de Aaron doit également être envisagé. Shimon sait qu'il a menti à Pierre. Il reviendra ! Un danger plane encore sur les disciples comme sur les convertis, un danger qui s'appelle Paul.

C'est seulement après avoir réglé ce problème qu'il partira pour l'Égypte. Demain, c'est sûr, il prendra la route de Tyr, ramassera son or, donnera quelques directives avant de revenir. Trois heures plus tard, il parvient à la bergerie. Le destin de deux hommes lui appartient en ce lieu. Celui du forgeron qu'il tente de rendre à la vie et celui du policier qu'il doit raisonner.

- *Alors, Aaron, je pense que tu sais à présent ce que tu dois faire ? Inutile que je te rappelle qu'à Jérusalem, ton nom est synonyme de félonie ?*

- *Tu as bien joué, Shimon, je dois le reconnaître. Je*

t'ai sous-estimé. Je ne sais pas pourquoi depuis le premier jour, j'ai su que je n'en avais pas fini avec toi. Momentanément, tu as gagné, mais comme tu le sais, le vent tourne. Que comptes-tu faire de moi ? Vas-tu me tenir attaché comme un animal jusqu'à la fin des jours ?

- *Non, bien sûr ! Je vais te libérer. Demain, je pars pour Tyr. Comme je te l'ai dit, j'ai de l'or à récupérer là-bas. Accompagne-moi, tu en auras ta part. Je n'ai qu'une parole. Une fois riche, tu feras ce que bon te semblera. Surtout ne commets pas l'erreur de te rendre à Jérusalem dans l'espoir de t'expliquer. Pour tous dans la cité, tu n'es qu'un ignoble traître. Avoir à choisir entre l'or et le gibet ne devrait même pas t'effleurer l'esprit.*

- *Je vais t'accompagner, Shimon. Je te donne ma parole de policier que je ne tenterai rien contre toi. En ce jour, je me soumets, mais n'oublie jamais que je n'ai pas fait ce choix et que, comme toi, je rends toujours la monnaie.*

- *J'en prends note, Aaron ! Sois donc le bienvenu dans la communauté du Messie.*

Shimon délivre le policier de ses liens. Ce dernier se dégourdit les membres en relevant les dernières paroles de l'Égyptien.

- *Qu'est-ce que tu racontes ? Je n'ai rien à faire de cette communauté. Je suis juif depuis toujours et je le resterai jusqu'au bout. Je n'ai jamais émis le souhait de me convertir que je sache.*

- *Qu'importe, Aaron. Pour ceux qui nous poursuivent, toi comme moi sommes désormais associés aux disciples de Jésus de Nazareth. Converti ou pas, tu vis maintenant sous le signe du poisson.*

- *Le signe du poisson ?*

- *Oui, c'est le symbole qu'ils ont choisi pour se*

reconnaître. Ils le gravent même sur leur peau.

- *Eh bien, la seule chose que tes propos éveillent en moi, c'est mon estomac. J'ai faim, l'Égyptien.*

- *Mange à ta guise, Aaron. Reprends des forces, demain le voyage sera long. Maintenant, je vais auprès d'Isaïe.*

Bien que très faible encore, le forgeron a repris conscience depuis quelques jours. Les plaies de ses chevilles se cicatrisent mais il faudra encore du temps avant qu'il puisse se tenir debout. Sa voix est faible mais audible.

- *Merci, Shimon. Sans toi en ce moment, je ne serais plus qu'une charogne dévorée par les vautours. J'ai appris pour Éphraïm, il n'a pas eu ma chance.*

- *Il est mort de ma main. Je pense qu'il m'a remercié pour cet acte. Toi, il faut que tu restes ici aussi longtemps qu'il sera nécessaire. Nos amis vont veiller sur toi. Je pars demain avec Aaron pour Tyr. Je vais revenir le plus vite possible. Ensuite, nous repartirons ensemble pour l'Égypte.*

- *Tu ne dois pas revenir, Shimon. Oublie ce Paul. Ne tente pas le démon. Laisse-moi ici, dans quelques jours je serai debout grâce à toi. Tu as fait ce que tu avais à faire. Cette fois quitte le pays pour toujours.*

- *Décidément, fait Shimon, je n'entends que cette phrase depuis mon arrivée. Je suis têtu, tu le sais. Ce que je dois faire doit être fait, c'est ainsi. Ce Paul est une réelle menace pour les disciples. Je ne peux oublier la mort atroce d'Étienne. Je veux voir cette vermine de Paul implorer le pardon dans la souffrance avant de l'achever en lui fendant le crâne d'un coup de pierre. Je veux voir s'éparpiller sa cervelle de sorte que son esprit ne puisse se reconstituer dans l'autre monde.*

- *Ta haine te tuera, Shimon. Tu ne vis plus que par*

elle. Elle te mange de l'intérieur. Elle te dévore petit à petit. C'est à toi qu'elle éparpille le cerveau, mon ami. C'est toi qui perds ton âme par des actes encore plus cruels que ceux commis par nos ennemis. As-tu déjà oublié les paroles du Nazaréen sur sa couche de souffrance ?

- *Cet homme était un saint, Isaïe. Le fils d'un Dieu. Moi, je ne suis qu'un homme, fils d'un autre homme lui-même fils d'un autre homme. Tu vois, un univers nous sépare, lui et moi. Ceux que tu me demandes d'épargner m'ont ferré comme un animal. Ils ont tué et continuent à tuer mes amis. Je vais tenter de vivre avec ces souvenirs. Je dois retourner à mes bateaux, oublier ce pays et ces gens, mais avant, je dois protéger ceux que le Dieu du Messie a mis sur ma route. C'est ma façon de me racheter à ses yeux. Paul doit mourir et c'est moi qui vais le tuer.*

- *En ce cas, qu'il en soit ainsi ! répond Isaïe.*

- *Je te laisse te reposer. Ce soir, j'ai à faire. Je dois retourner à Magdala. Demain, une longue route nous attend. Aaron m'accompagnera.*

Lorsque Shimon parvient devant la porte de la chambre haute, alors qu'il se prépare à frapper, il constate effectivement la présence d'une incrustation taillée au couteau ayant la forme primaire d'un poisson en haut du coin gauche. Il n'avait pas remarqué ce signe lors de sa précédente visite.

Les quelques fois où il avait eu l'occasion de revoir un des apôtres depuis, avaient toujours eu lieu dans le campement. Lorsqu'il pénètre dans la pièce, il n'y a de présents que Marie-Madeleine, Pierre et Jean. Pour tout éclairage, une seule lampe à huile posée sur la table diffuse une lueur à peine suffisante pour arracher leurs visages graves de la pénombre. Shimon sait que, désormais, il n'y a plus personne sur la couche du fond.

Quelque chose en lui l'informe que c'est la dernière fois qu'il fait face aux disciples. Pierre prend la parole. Il n'y a pas ce soir de cérémonie de bienvenue, pas de lavage des pieds.

- Prends place, Shimon. Chacun ici est conscient que ce que nous allons te confier est plus précieux que nos propres vies, bien que ce soit le symbole de la bêtise humaine, de la cruauté qui parfois la caractérise. Mais c'est aussi celui d'une souffrance qui élève au plus haut degré de la conscience spirituelle.

C'est le sceau qui scelle le pacte entre Dieu et les hommes. Tu connais mieux que quiconque la situation en Judée. Chacun d'entre nous vit sous la menace permanente d'une arrestation. Les membres de notre église doivent à présent se séparer, comme doivent se disperser tous ceux qui vivent dans les campements alentour.

Le Maître est parti. Il a rejoint la maison du Père. Ce qui devait être fait a été fait, ce qui devait être dit a été dit. Nous savons que la répression a commencé. À Jérusalem les prisons sont pleines. Il y a ceux qui par crainte vont renier leur engagement, il y a ceux qui au contraire vont accepter le châtiment comme une preuve de fusion avec notre nouvelle doctrine. Ceux-là feront le don de leur vie avec la plus grande sérénité.

Les temps nouveaux sont en marche. Hélas, l'esprit humain aura toujours besoin de se raccrocher à des faits établis ou des symboles puissants pour progresser sur le chemin de Dieu. Le danger qui plane sur nous tous plane donc aussi sur tout ce qui de près ou de loin nous rattache au fils du Père.

Le fils, tu l'as vu ! Tu as eu le privilège de lui parler, c'est donc à lui que tu vas jurer une fidélité sans faille. C'est à lui que tu vas jurer de conserver par-devers toi et de protéger jusqu'au jour choisi où tu devras le remettre à d'autres, ce témoin silencieux mais cependant grandiloquent de l'élévation de l'homme au rang de Dieu. Ne le trahis jamais car c'est Dieu lui-même que tu trahirais.

Porte-le en ton cœur et ton âme mille fois plus que par tes mains. Ne l'expose jamais, ne le dévoile jamais, pas même à tes amis les plus proches. Ne le remets jamais à qui que ce soit d'autre que celui ou celle qui te remettra l'autre moitié de ce poisson de métal. Il se peut que cette rencontre ne se fasse jamais. Si tel devait être le cas, transmets-le à la personne qui te paraîtra la plus digne de confiance avec les mêmes recommandations que celles que nous te faisons ce soir.

Tu as conscience de l'honneur que nous te faisons en te confiant cet objet à toi qui justement est une des causes de nos persécutions ? Nous pensons qu'en dehors de nous-mêmes, tu es le seul qui saura remplir cette mission, car si tes actions sont disproportionnées, elles ne sont dues qu'au trop-plein d'amour que tu portes à ceux qui ont trouvé refuge dans ton cœur.

Reporte cet amour sur ce que nous te confions, alors rien ne pourra lui arriver.

La main de Marie-Madcleine pousse vers Shimon ce qui désormais fait de lui le gardien d'un pacte scellé du sceau de Dieu. L'armatcur contemple l'objet les yeux écarquillés. Il n'ose s'en emparer. Un sac tissé serré de grosse toile de lin est déposé sur la table. Jean dépose également un poisson de bronze qu'il sépare en deux moitiés s'emboîtant si parfaitement que la jointure est pratiquement invisible.

Passe cet objet autour de ton cou à l'aide de cette cordelette. Ne l'égare pas plus que ce que je dépose dans ce sac. Maintenant, va Shimon, quitte cette terre au plus tôt. Retourne à ce qui te concerne. Mets ce sac en sûreté quand tu seras chez toi. Nos chemins se séparent ici. Adieu, ami !

- *Pierre se lève afin d'accompagner Shimon sur la terrasse. Sous les étoiles qui scintillent au ciel, il l'étreint en lui murmurant à l'oreille.*

- *Adieu, Shimon, adieu ami, je ne t'ai pas baptisé. Un autre, un jour, le fera à ma place. Tu as perdu un ami à Jérusalem, tu as trouvé des milliers de frères. Ils seront bientôt des millions. Ce qui se trouve dans ton sac fait de toi le premier de tous. Va rejoindre tes compagnons, demain, tu as une longue route à faire.*

- *Adieu, Pierre, pardonne-moi, mais je ne regrette rien de ce que j'ai fait à Jérusalem. J'ai le cœur partagé en deux comme ce poisson de métal. La haine inébranlable d'un côté, l'amour inaltérable de l'autre. Tu sais de quel côté tu te trouves, toi et tes amis. J'ai conscience de la mission que vous venez de me confier mais je préfère ma place à la vôtre !*

Sur une dernière étreinte, Shimon disparaît dans la nuit. Trois heures de route le séparent de la bergerie. Le trajet jusqu'à Tyr fut sans encombre. Le Shimon du retour n'est pas celui de l'aller. C'est un homme amer qui arpente maintenant les rues de la cité en compagnie de Aaron. La mer est toujours là, le soleil brille toujours autant, la même activité règne sur le port, les odeurs parfumées des épices au chargement ensorcellent encore mais le charme est rompu.

C'est dans cette ville que les ennuis lui avaient donné rendez-vous. Le meurtre de l'esclave est encore bien présent. Les deux hommes traversent les entrepôts en direction du bureau de Priscus.

- *Maintenant, je dois t'avouer quelque chose, Aaron !*

- *Je t'écoute !*

- *Lorsque je me suis présenté à Priscus la première fois, juste avant mon départ pour Jérusalem, j'ai été reçu dans sa maison afin de traiter une affaire avec lui. Un de ses serviteurs a pratiqué sur moi le rituel qui consiste à laver les pieds des visiteurs. Je ne pouvais faire autrement que laisser faire. Un refus aurait été une injure. Mes pieds exposés brusquement au regard de l'esclave m'ont trahi. La marque des fers y a laissé un témoignage éloquent.*

Il n'a bien sûr rien dit, mais il a compris à l'instant. Plus tard, cet homme m'a suivi alors que je regagnais l'auberge. J'ai voulu l'interpeller mais j'ai frappé trop fort. L'homme que j'ai traîné à l'intérieur d'une maison en construction n'était plus qu'un cadavre.

Personne ne m'a vu, pourtant lorsqu'à Jérusalem tu t'es présenté à moi en m'annonçant tes fonctions de policier, j'ai eu un moment de panique que tu n'as pas remarqué, j'ai cru un instant que…

- *Ça, c'est-ce que tu crois, Shimon !*

- *Je te demande pardon ?*

- *Je dis que c'est ce que tu crois en affirmant que je n'avais rien remarqué. Ton trouble ne m'avait absolument pas échappé. C'est pourquoi les jours suivants, je t'ai suivi comme ton ombre. Ce fut comme une sorte de pressentiment. Tu étais riche, du moins à ce qu'il semblait, tu recherchais un ami dont tu ne connaissais qu'une partie du nom, Dismas ! Dismas qui ? Fils de qui ?*

- *Tu ignorais également sa profession, avait-il seulement une activité ?*

- *Avoue qu'il y avait déjà là de quoi chatouiller mon désir d'en savoir plus sur toi. En connaître si peu sur un ami si cher, il y avait de quoi exciter ma curiosité, d'autant que les choses évoluaient très vite. Tes questions auprès des marchands, ta visite au forgeron puis chez le fossoyeur à qui tu remis une petite fortune, votre escapade au tombeau en pleine nuit, comme tu vois, tes actions ne m'incitaient pas à abandonner ta piste.*

- *Tu étais au tombeau ?*

- *Évidemment ! C'est pourquoi, dès le lendemain, j'ai arrêté tes nouveaux amis. Il me semblait probable que tu aies été plus prolixe avec eux en... comment dire ?... confidences ! La suite m'a révélé que j'avais eu raison. Éphraïm a fini par devenir très bavard. Il m'a appris qui tu étais vraiment. Un galérien évadé. Ce que je ne savais toujours pas, c'est comment un ancien esclave avait pu devenir un riche armateur. Hélas, Éphraïm comme Isaïe ne le savaient pas non plus.*

- *Permets-moi de garder quelques secrets ! réplique Shimon. Ah ! nous y sommes, c'est ici.*

Priscus semble terrifié. L'apparition de Shimon lui chasse le sang du visage.

- *Toi ! Ici, à Tyr ! Mais tu es complètement fou ! Je ne sais pas ce que tu as fait exactement à Jérusalem, mais un officier romain est venu me poser des questions à ton sujet. Je lui ai dit ce que je savais ; que tu étais le fils de Japhet, propriétaire d'une compagnie maritime à Alexandrie, que tu avais des contrats avec l'armée romaine, je ne pouvais pas savoir le pourquoi de cet interrogatoire. Ce n'est que lorsqu'il m'a demandé de le prévenir si tu réapparaissais à Tyr que je l'ai questionné sur les raisons de cette enquête.*

- *Il m'a simplement répondu qu'il avait reçu cet ordre d'un haut fonctionnaire proche du procurateur de Judée, que tu étais recherché pour meurtre et empoisonnement. Je t'avoue que j'ai du mal à croire à pareilles accusations. Mais puisque tu es là, tu vas pouvoir m'expliquer.*

- *Ce serait trop long, Priscus. Je suis venu chercher l'or que tu me dois pour le chargement de bois, ensuite je repartirai pour Alexandrie.*

- *Tu ne m'as pas compris, Shimon ! Tu ne peux retourner en Égypte. Tout ce qui t'appartient est sous surveillance. Tu peux compter sur moi, je ne te trahirai pas, mais le mieux que tu aies à faire est soit de te rendre de toi-même aux autorités afin de te défendre si tu es innocent, soit de rester caché si tu es coupable, les choses finiront forcément par se calmer.*

Shimon réalise qu'il n'a d'autre alternative que rester dans l'ombre. Se livrer équivaudrait, dans le meilleur des cas, à un retour sur le banc des galères. Ainsi le pouvoir romain a décidé de prêter main-forte aux prêtres du Sanhédrin. Le piège s'est refermé sur lui. Le voici coincé en Palestine, pourchassé par la justice ou condamné à l'exil vers un quelconque pays inconnu.

Ainsi sa belle renaissance après des années de survie dans la fange de l'esclavage n'aura duré que l'espace d'un éclair. Un puits sans fond s'ouvre sous ses pieds. Plus personne ne pourra l'en sortir. Japhet, si ce n'était déjà fait, allait tout savoir sur ce fils d'un instant, émergeant de nulle part pour retourner au néant.

Il ne peut laisser la situation en l'état. Japhet doit savoir, doit comprendre. Priscus est en relation avec lui depuis tant d'années que la seule solution reste de tout lui raconter dans le moindre détail.

- *Écoute, Priscus, Je te remercie pour m'avoir prévenu. Je vais te demander un service. Je vais t'exposer les faits. Il faudra que tu en informes Japhet. Un jour, je reviendrai. Je reprendrai ma place à Alexandrie. Il se peut que cela prenne des mois, voire des années. Mais un jour je reviendrai c'est certain. Dis-lui de reprendre la direction de mes affaires. Il y a forcément une solution. Le soleil se lève chaque jour, aucun ne ressemble au précédent. Dis-lui qu'il n'a pas à regretter de m'avoir accordé sa confiance. Ce que j'ai fait, il fallait que ce soit fait. Rien n'est encore terminé. Je ne maîtrise plus la situation mais un jour, c'est certain, je reviendrai.*

- *Je tiens à t'informer également d'un autre fait qui te concerne. C'est moi qui ai tué ton serviteur. Lui, il avait compris. Il m'a suivi quand je regagnais l'auberge. Sa mort est un accident.*

- *Il avait compris quoi ? s'étonne Priscus.*

- *J'y viens ! répond Shimon. Laisse-moi t'exposer ce que fut ma vie avant ma rencontre avec Japhet.*

Shimon ne cache aucun détail à Priscus. Il lui parle des galères, de l'évasion, des pirates, du trésor, de son retour à Alexandrie, de la mort de Dismas, du Messie, de l'empoisonnement des bassins, de la crucifixion des prêtres. Lorsqu'il se tait, Priscus est acquis à sa cause.

- *Écoute, Shimon, comme je te l'ai dit, je connais personnellement l'empereur Tibère, je vais plaider ta cause auprès de lui, mais pour cela, il va falloir que je me rende à Rome. Dans mon état, ça va me prendre un peu de temps. Alors en attendant, fais-toi oublier. Ne provoque plus les autorités. Laisse les disciples de ce Jésus à leur idéal. Tu n'es pas concerné.*

Je vais te remettre l'or qui te revient, prends garde à ne pas te faire détrousser. Avec une telle fortune sur toi… D'ailleurs, il me vient une idée. Si tu veux, tu peux n'emporter qu'une partie de cet or, je veillerai sur le reste.

- *Je te remercie, Priscus, tu as raison. Si j'étais arrêté un jour, je ferais en sorte de te faire prévenir. L'homme que tu vois auprès de moi s'appelle Aaron. C'est un policier du temple de Jérusalem. Aujourd'hui, il est en fuite comme moi. C'est mon pire ennemi. C'est pour cela que tu pourras lui faire confiance. S'il vient te trouver seul un jour, reçois-le comme tu m'as reçu aujourd'hui. Permets-nous de nous retirer. Que les Dieux veillent sur toi et ta maison.*

Chapitre XXII

La disparition d'Aaron est à présent admise. Qu'a-t-il bien pu advenir du policier ? Il peut y avoir nombre de raisons à cette absence. Mais pour Caïphe, la piste à suivre en priorité est celle de l'Égyptien. Le prêtre vient d'entendre celui qui a servi d'intermédiaire entre le mendiant et Aaron.

- *Tu dis que cet homme t'a fait part d'un message concernant l'empoisonneur à l'intention du chef de la police du temple ?*

- *C'est exact. Il a refusé de me livrer le contenu de ce message. L'argent n'était pas le but de sa démarche. Il a rejeté mon aumône.*

- *Tu en as donc conclu qu'il te fallait prévenir Aaron ?*

- *Oui ! Toute information concernant cet individu doit être prise avec le plus grand intérêt. J'ai informé Aaron qu'un mendiant prétendait détenir un message, c'est le terme exact, un message à son intention au sujet de l'empoisonneur et qu'il ne voulait le livrer qu'à lui seul.*

- Et c'est depuis cet instant que le policier a disparu ?

- Précisément ! Le lien entre eux est évident !

- Tu n'as aucune idée du message en question ?

- Aucune ! Mais si Aaron a disparu après s'être entretenu avec cet individu, tout reste à craindre. Cet Égyptien ne recule devant rien.

- Aaron n'est pas homme à se laisser maltraiter aussi facilement que nos prêtres.

- Bien sûr, Caïphe, mais seul contre cette bande de renégats...

- Cette fois, ça suffit ! J'exige que cet homme et sa bande soient interpellés. As-tu revu le mendiant en question ? Pourrais-tu le reconnaître ?

- Assurément ! C'est un ignoble monstre unijambiste, couvert de pustules et répugnant de crasse.

- Alors fais-le rechercher. Je veux cet homme devant moi dans les heures qui viennent. Cet Égyptien doit cesser de nous narguer. Je veux le voir crucifié plus haut qu'aucun condamné ne le fut jamais.

Caïphe sent l'amertume le submerger. Décidément, le retour au calme n'est pas pour demain. Une action d'envergure doit être entreprise. Tant pis pour ceux qui tomberont dans les mailles du filet. Les convertis forment le corps d'un long serpent à plusieurs têtes. L'Égyptien en est une mais il y a forcément corrélation entre chacune d'elles.

Ne pouvant définir quelle est celle qui prédomine, il faut les décapiter les unes après les autres. Pour cela, le grand prêtre a besoin du soutien de l'armée romaine. La garde du temple, beaucoup trop restreinte, n'en a ni les moyens ni les fonctions. Le procurateur doit déployer quelques cohortes en Judée. En attendant la décision de Tibère à l'encontre de son subordonné, ce dernier a toujours les pleins pouvoirs.

- *Pilate n'est toujours pas de retour ?*

- *Non, Caïphe ! On dit qu'il mène lui-même la chasse aux disciples.*

- *Je sais, j'ai déjà entendu cette ineptie. La chasse aux disciples... Avec une poignée d'hommes ! C'est tout autre chose qu'il est parti faire mais quoi ?*

- *Nous avons une autre mauvaise nouvelle, Caïphe. Cet homme, ce Paul, que tu as chargé de missives à l'intention des synagogues de Damas se serait lui aussi converti.*

- *Allons donc ! Qu'est-ce encore que ces ragots ? La clique du Nazaréen n'a pas pire ennemi que lui !*

- *C'est pourtant ce qui se dit. Il semble bien que non seulement ton courrier ne soit jamais parvenu aux prêtres de Damas, mais que le Paul en question ait changé de camp.*

- *Alors si ce que tu m'annonces est vrai, cela signifie que nous avons vraiment sous-estimé la force de persuasion de ce Jésus et de ces disciples. Des sables mouvants s'infiltrent réellement sous les fondations du temple. Hérode n'a plus à s'incliner devant la mauvaise volonté du romain. C'est à nous, les Juifs, de chasser les démons qui survolent la cité.*

- *Notre terre, notre peuple, nos croyances, nos rituels, ne peuvent être compris par personne d'autre que nous. Nous sommes le peuple élu. C'est à nous que par Moïse, l'Éternel a dicté ses lois. Nous allons les faire respecter.*

Tandis qu'une fois de plus le grand prêtre ravale sa rancœur, Shimon et Aaron sont de retour à la bergerie.

Tout n'y est que vide et silence. Hommes et bêtes ont disparu. La paille de la couche où reposait Isaïe est dispersée. Le sol semble avoir été foulé par des centaines de pieds. Aux alentours, les herbes hautes sont couchées.

- *J'ai l'impression que ton refuge n'en est plus un, Shimon.*

- *Que s'est-il passé ? Où sont-ils tous ? Qu'est devenu Isaïe ? s'interroge Shimon.*

Le silence du lieu est troublé par le roulis de quelques pierres. Sortant de nulle part, un homme apparaît. L'armateur reconnaît Joaquim, un de ceux qui avaient participé à l'enlèvement des prêtres.

- *Heureux de vous revoir sains et saufs. C'est que pendant votre absence, les soldats sont venus.*

- *Heureusement que la garde était vigilante. Nous avons eu le temps de disparaître avant qu'ils ne nous découvrent, mais nous n'avons pas eu celui de faire disparaître nos traces. Nous avons dû fuir dans la montagne. Je suis venu régulièrement vous attendre. Il ne faut pas rester ici. Des patrouilles romaines passent fréquemment.*

- *Où se trouve Isaïe ? demande Shimon.*

- *Nous l'avons transporté. Nous sommes dans une grotte à deux heures de marche.*

- *Alors, allons-y, ne perdons pas de temps.*

Effectivement, deux heures plus tard, les trois hommes parviennent au nouveau refuge. Cette cavité rocheuse n'est pas sûre. Ni suffisamment discrète ni suffisamment profonde. Cependant, l'état d'Isaïe oblige à s'y tenir encore plusieurs jours. Si les plaies sont bien refermées, une fièvre intense et tenace maintient le forgeron dans une demi-inconscience.

- *Il lui faut une médecine pour faire tomber la fièvre.*

Je vais me rendre à Jérusalem, déclare Shimon.

- *Tu connais les risques ! réplique Aaron.*

- *Qui en dehors de toi connaît mon visage ? Contrairement à toi, Aaron, je peux encore arpenter la cité sans risque réel. Il faut rétablir Isaïe au plus vite et quitter cette contrée. Par ailleurs, j'ai travail à faire exécuter par un forgeron. J'ai quelque chose à mettre en sécurité.*

Aaron pense immédiatement à l'or que Priscus a remis entre les mains de l'armateur et dont une partie a été changée en monnaie afin de subvenir aux besoins des hommes rattachés au groupe.

- *Savez-vous si les disciples du ressuscité ont eu des ennuis avec les soldats ? demande Shimon.*

- *Oui ! Les campements des bords du lac ont été investis par les légionnaires. Il y a eu beaucoup d'arrestations. Les regroupements sont devenus dangereux. Les baptêmes ont lieu dans des endroits secrets. Nous avons entendu dire que l'apôtre Pierre avait été arrêté une nouvelle fois avec quelques autres par la police du roi Hérode.*

En ce cas, je pars pour Jérusalem ce soir même. Deux d'entre vous vont m'accompagner. Les autres attendront notre retour. Aaron, tu connais parfaitement la cité. Indique-moi un médecin qui ne soit pas un charlatan.

Moins d'une heure plus tard, Shimon et deux compères reprennent la route de Jérusalem. Il réalise à quel point Alexandrie est désormais très loin. Reverra-t-il seulement un jour ses bateaux, sa maison, ses amis ? Les murailles de cette cité qui apparaissent au loin le retiennent à présent contre son gré. Il n'a pour cette ville et ses dignitaires qu'un mélange de haine et de mépris.

Il sait que son temps est compté. Trop de chasseurs

le traquent. Ce soir, demain ou dans un an, son arrestation est programmée. Shimon le galérien a repris le dessus. L'armateur n'est plus qu'un souvenir. Être devenu une proie va lui servir pour sa sauvegarde. Les vieux instincts en sommeil reviennent en alliés. Pourtant, les batailles de sa vie étaient perdues d'avance.

L'âpre goût du danger permanent stagne de nouveau au fond de sa gorge. Devenu malgré lui disciple d'un Messie encore inconnu de lui il y a quelques semaines, le voici aux portes d'un futur totalement obscur. Ce précieux objet aux yeux des apôtres qu'il est censé protéger au péril de sa vie, n'a jamais été aussi vulnérable.

S'il est arrêté en sa possession, il connaîtra comme Dismas le supplice de la croix. Pauvre Pierre, à qui as-tu confié ton symbole ? Hélas ressasser sans arrêt son amertume, ses regrets, n'y pourra rien changer. Demain est déjà commencé qu'il faut aborder d'heure en heure. Pour l'instant le voici avec ses compagnons devant la maison du médecin. Ce dernier est d'après le policier un homme de grandes connaissances médicales.

- *Restez aux aguets. Si vous pressentez le moindre danger prévenez-moi immédiatement.*

Sans être luxueuse, la villa est celle d'un praticien très à l'aise. Dans la cour, une foule hétéroclite patiente. Shimon enjambe des civières, contourne des estropies, écarte des demi-lépreux avant de pénétrer dans la pièce où officie l'homme de science. Comme à l'extérieur l'endroit est surpeuplé.

- *Qui es-tu ? Tu ne peux donc attendre ton tour comme les autres ?*

L'homme est petit, rondouillard, avec dans les yeux un regard autoritaire empreint de supériorité qui n'impressionne pas l'armateur.

- *Fiche moi ces gens dehors ! J'ai à te parler d'urgence. Je suis envoyé par Aaron le policier du temple.*

- *Aaron ? Mais je croyais qu'il... enfin... J'avais entendu dire...*

- *Justement. Comme ça, tu pourras faire ton rapport. Mais encore une fois, jette-moi ces gens dehors. Tu reprendras tes consultations après.*

Dans un mécontentement général non dissimulé, la poignée de patients occupant la pièce est repoussée vers la cour.

- *Ferme la porte ! ordonne Shimon. Comme je viens de te le dire c'est Aaron qui m'a donné ton nom. J'ai besoin d'une potion pour faire tomber la fièvre et d'un poison violent agissant au toucher.*

- *_ Un poison ? Mais je suis médecin, je soigne, je guéris, je...*

- *Ça suffit ! Tranche Shimon. Aaron m'a beaucoup parlé de toi. Je connais tes compétences dans les deux domaines. La guérison et disons... Son contraire !*

Tout en parlant Shimon dépose une pièce d'argent dans la paume du médecin plus habitué aux paiements en nature sauf lorsqu'il prête son concours à une clientèle plus distinguée. Son désir d'en savoir d'avantage s'accentue d'autant.

- *Qui est malade, Aaron ?*

- *Non ! Un ami commun.*

- *Vous êtes de la cité ?*

- *Écoute, ne cherche pas à connaître ce que tu dois ignorer. Sache seulement que Aaron a changé de camp. Il a rejoint les disciples du crucifié.*

- *Grâce à lui, l'empoisonneur a pu faire libérer ses complices. Je te charge de répandre la nouvelle à*

Jérusalem. De toute façon, suite à ma visite, tu t'empresseras de faire ton rapport. Autant le compléter un peu.

- *Aaron ! Un traître ?*

- *Un traître pour les uns une recrue pour les autres. Maintenant donnes moi ce que je t'ai demandé. Fais vite.*

Le médecin s'empare d'une fiole trônant sur un meuble encombré de pots contenant des onguents ou des élixirs de sa fabrication.

- *Tiens, voilà pour la fièvre. Dans deux jours il n'y paraîtra plus.*

- *Attends, fais Shimon. Avale en devant moi !*

- *Quoi ? Mais je ne suis pas fiévreux ! Je n'ai pas besoin...*

- *Bois je te dis, c'est un ordre ! Je n'ai pas confiance en toi. Après ce que je viens de te dévoiler, tu peux chercher à me tromper.*

- *Mais je t'assure ! s'offusque le praticien.*

- *Bois, je serai plus tranquille !*

- *Comme tu voudras, réplique le médecin en avalant une gorgée du breuvage.*

- *Et bien voilà ! Comme ça, je suis totalement rassuré. Le poison maintenant.*

- *Il n'est pas dans cette pièce. Je dois aller le chercher.*

- *Je t'accompagne.*

- *Voilà ! Quelques gouttes sur un objet pointu ou coupant suffisent. La mort survient en peu de temps.*

- *Merci pour tes services. Encore un mot, Ajoute dans ton rapport pour les autorités, que Shimon l'Égyptien n'en a pas fini avec cette cité.*

Lorsque Shimon retrouve la rue, il se sent régénéré.

Il s'était un peu avancé en informant Aaron que ce dernier passait pour un traître. Cette fois c'était la réalité, le policier inscrivait son propre nom sur la liste des hommes à arrêter.

- *Allons-y, J'ai encore une chose importante à accomplir. Déambulant par les ruelles les trois hommes parviennent dans le quartier des forgerons. Le silence de l'atelier d'Isaïe ne trouble pas l'activité du secteur. Fracturer l'entrée est un jeu d'enfant. La forge est morte. Son cœur s'est arrêté. Aucune particule incandescente ne monte vers les poutres noircies.*

L'odeur forte du métal froid flotte dans une pénombre glaciale que la tombée de la nuit vient amplifier. Les souvenirs jaillissent immédiatement. Quel triste chemin que celui parcouru par Isaïe depuis leur première rencontre. Il n'y a pas de hasard. Que Shimon ait justement franchi ce jour-là le seuil de celui qui forgeât les clous des condamnés fut de toute évidence un acte dicté par une conscience extérieure.

Les pièces d'un puzzle dont il ne connaît pas la finalité s'emboîtent parfaitement. C'est ici dans cette sombre pièce que le premier élément lui fut accordé. Cc foyer éteint contenait peut-être le feu de sa fin. Un feu qui allait le consumer lentement jusqu'à ce qu'il ne reste de lui et de son histoire que cendres dispersées par le vent.

En attendant, les coups qui le sculptent laissent peu à peu apparaître un être en totale opposition avec celui qu'il croyait être. Il se découvre capable d'une violence inouïe, d'un entêtement absolu, d'une audace dépassant le seuil de la stupidité. Que fait-il en ce lieu, au centre de la gueule d'un monstre affamé de sa chair et dont il chatouille la langue ?

À l'heure qu'il est, le médecin surexcité raconte ce qui restera désormais gravé dans sa mémoire et les prêtres du Sanhédrin apprennent que l'Égyptien est toujours dans la cité. Que le meilleur de leurs policiers, le seul homme incorruptible s'il en fut, les a trahis ! L'inimaginable puissance d'un prophète nommé Jésus, dont la mort elle-même n'a pas voulu, vient une fois encore de s'imposer.

- Ce soir nous dormirons ici. En attendant allons-nous restaurer. Je connais une auberge près du temple.

Shimon s'amuse de l'inquiétude non dissimulée de ses deux compagnons.

- *De quoi avez-vous peur ? Qui vous connaît ici ? Le seul qui puisse vous identifier c'est Barabbas. C'est aussi le seul qui ne vous trahira jamais.*

Les trois hommes remontent vers le temple. L'auberge est pleine à craquer. Shimon fait en quelque sorte un pèlerinage. C'est ici que Aaron s'est présenté à lui pour la première fois. Le patron n'a pas un regard pour les arrivants. Le plus difficile est d'obliger des convives à se serrer un peu pour leur laisser un minimum de place. Repus, ils regagnent la forge.

- *Demain vous essaierez de récolter des informations sur les disciples arrêtés. Moi j'ai à faire ici même. À présent dormons.*

Sortant des couvertures de leur besace, ils s'allongent dessus s'enroulant dans d'épais manteaux de laine. Pour Caïphe la nuit sera blanche. L'aurait-on giflé comme un vulgaire serviteur, le choc n'aurait pas été plus violent. Aaron ! Aaron le chef de la police, Aaron au service du temple depuis tant d'années. Si disponible, si fidèle, si efficace, si intransigeant !

Par quel maléfice cet Égyptien a-t-il réussi corrompre un homme comme le policier ? Cet avorton de Paul, à la rigueur, quoi que… Mais Aaron, converti en un seul message ! Si lui aussi avait pu aussi facilement se laisser convaincre, comment empêcher des milliers d'autres beaucoup plus fragiles de suivre son exemple ? Une pierre du temple vient encore de se détacher.

Les apparentes chimères des premiers jours se révèlent plus dangereuses que vérité absolue. Un seul message mais lequel ? Celui de Moise fut clair. Dieu l'avait gravé lui-même dans la pierre du mont Sinaï. Un mortel… Comment encore employer ce terme pour le Nazaréen ? Un humain aurait-il le pouvoir d'en faire passer un nouveau plus puissant que celui de l'Éternel ?

Non ! Seul le démon a ce pouvoir ! Cette nouvelle doctrine n'est qu'un leurre, une utopie. Les portes de cette nouvelle église s'ouvrent sur les enfers. Ceux qui s'y précipitent se répandront bientôt en larmes et en sang. Les anges qui les guident ont des ailes noires. Leur futur s'est inscrit dans le ciel de Pâque quand la rage du vent parodiait leurs chants, quand la pluie plagiait leurs larmes amères, quand le rictus des nuées en furie malaxait les envoyés de Satan, quand le feu du ciel jaillissait des sabots de sa monture.

Ce jour-là, au lieu de faire face, les hommes baissèrent la tête. Il fallait oser affronter les éléments. Endosser pleinement la responsabilité des événements. Aujourd'hui il est trop tard. Mais ceux qui osent encore assumer, resteront chers à l'esprit de Dieu. Les autres disparaîtront dans le néant de la fin des temps bien avant l'heure. Oui ! Une ère nouvelle est bien en train de naître. Elle fait le tri. YAHVE sauvera les siens, Satan se gavera des autres. Caïphe ne connaît qu'un seul chemin. Il ne marchera jamais sur les traces du Nazaréen. S'il n'en reste qu'un pour élever le temple vers le ciel, il sera celui-là !

Le jour se lève sur la cité. L'activité habituelle

reprend ses droits. Les forges alentours crépitent des premières flammes.

- *Cherchez discrètement à obtenir des informations. Revenez ici quand le soleil sera au zénith. Moi j'ai à faire.*

Alors que ses deux compagnons se perdent dans la cohue de la ville, Shimon redonne vie au foyer de la forge. En peu de temps la chaleur du feu lui cuit le visage. Le métal reconnaît son maître. Il joue le jeu. Tout à son œuvre l'Égyptien ne prête pas attention aux silhouettes qui s'impriment dans l'encadrement de la porte. Une voix l'interpelle.

- *Eh toi ! Qu'est-ce que tu fabriques ici ?*

Shimon se retourne. Trois hommes pénètrent dans l'atelier.

- *Je suis un ami d'Isaïe. Je suis ici à sa demande.*

- *Isaïe ? Mais il a été arrêté ! On ne l'a pas revu depuis des semaines.*

- *Vous peut-être, moi si !*

- *Qu'est-ce que tu racontes ? Certains le disent mort, d'autres évadé. Quelle est ta version ?*

- *Isaïe est bien vivant et libre comme l'air. Vous le retrouverez très bientôt à cette même place que j'occupe actuellement.*

- *Que fais-tu ?*

- *Je fabrique une boîte.*

- *Une boîte pour quoi faire ?*

- *Pour y cacher un secret ! Et comme c'est un secret, je ne peux vous le dévoiler. Maintenant retournez à vos occupations. Laissez-moi travailler.*

- *Quel est ton nom ?*

- *Vous le saurez vers l'heure de midi, quand j'en aurai terminé avec ce travail.*

Incrédules, les hommes quittent la forge. Shimon sue toute l'eau de son corps. Il aplatit, étale, coupe, soude, sans plus se préoccuper des visiteurs qui viennent régulièrement le voir à l'œuvre. Son ouvrage prend forme. Quand ses deux amis sont de retour, la boite est terminée. Ils sont une dizaine à présent autour de lui.

- *Elle est belle ta boîte ! Tu es un forgeron habile. D'où viens-tu ?*

- *Je viens d'Égypte, j'ai été forgeron.*

- *Pour ça, ton œuvre en porte témoignage ! Mais dis-nous, ta boîte à quoi pourra-t-elle servir ? Tu l'as soudée de toute part. Pour être une boîte il faut qu'elle s'ouvre, la tienne ne s'ouvre pas !*

- *Oh si elle s'ouvre ! Tiens j'offre cinq deniers à celui qui réussira à l'ouvrir.*

- *Cinq deniers ? Mais c'est le salaire de quatre jours d'un journalier !*

- *Et bien, ils seront à celui qui parviendra à l'ouvrir.*

Chacun tourne et retourne l'objet entre ses mains. Les doigts tâtent, cherchent, appuient, la boite ne s'ouvre pas.

- *C'est bon, nous abandonnons. Montre-nous le secret de cette boîte.*

- *Je vous ai dit que sa fonction était de receler un secret, si je vous dévoile son système d'ouverture, le secret n'en sera plus un !*

- *Est-il déjà dedans ?*

- *Vous me surveillez depuis ce matin, m'avez-vous vu y glisser quoi que ce soit ? Elle est vide, totalement vide. Maintenant il faut que nous partions.*

- *Tu as dit que nous connaîtrions ton nom à l'heure de midi.*

- *Je m'appelle Shimon, je vous l'ai dit je suis Égyptien. Je suis un ami d'Isaïe. Rendez-moi service. Annoncez dans la cité que Shimon l'Égyptien a passé la nuit dans l'atelier du forgeron Isaïe. Qu'il y a fabriqué sous vos yeux une boîte destinée à contenir un symbole. Un symbole qui donne à ceux qui s'en recommandent un courage allant jusqu'au don de soi. Dites que Dieu lui-même veille sur cette boîte, que celui qui parviendrait à la forcer en mourrait sur le champ. Rappelez-vous, Shimon l'Égyptien. Celui qui a pour nouvel ami un policier du temple du nom de Aaron.*

Abandonnant la forge les trois hommes s'éloignent. Jérusalem va avoir un sujet de discussion aujourd'hui. Brusquement l'armateur s'arrête.

- *Attendez-moi un instant. J'ai oublié quelque chose dans l'atelier d'Isaïe. Je reviens de suite.*

Shimon pénètre à nouveau dans la forge. Il se précipite vers un rayonnage encombré de vieilles ferrailles. Les voici, ils sont toujours là. L'Égyptien récupère les clous ramassés au Golgotha par Isaïe. Le forgeron y puisera sûrement les forces nécessaires à son rétablissement.

Chapitre XXIII

Les marches taillées dans le sol s'enfoncent dans les profondeurs du puits. Certaines trop friables sont recouvertes de pierres plates. Par endroits il faut se plier légèrement pour éviter de heurter de la tête une voûte pierreuse trop basse. Une forte odeur d'humidité émane des parois brutes de coups de pioches.

L'interminable file d'attente descendant lentement dans les entrailles de la terre, assiste à la remontée de ceux qui viennent d'être plongés dans l'eau du bassin se trouvant à plus de quarante mètres de profondeur. Torches et lampes à huile tentent de maintenir une clarté suffisante mais le manque d'oxygène tant par la profondeur que par l'étroitesse du boyau font que nombre d'entre elles ont tendance à s'étouffer.

Une forte odeur d'encens se mêle à la fumée s'échappant vers l'orifice. Parmi les candidats au baptême, une poignée de curieux complètement anonymes, descend en mimant d'implorer Dieu dans des psaumes incompréhensibles marmonnés d'un imperceptible mouvement de lèvres.

Il fallut plusieurs jours à Pilate avant d'aboutir enfin en ce lieu. Ceux de son escorte ont fait un excellent travail. Une discrétion maximum, quelques (aumônes) généreuses, des questions habilement posées pour finalement parvenir à l'entrée du puits. Se sachant traqués, les disciples officient à présent en des lieux dispersés, très peu de temps au même endroit, avec la crainte permanente d'être découverts ou dénoncés.

Pilate n'est pas là pour les interpeller. Il veut comprendre avant d'agir. Comprendre en quoi consiste exactement ce nouveau baptême, comprendre le sens de cette nouvelle doctrine que le vent de Judée propage à la vitesse d'un cheval au galop.

Si ceux qui descendent vers la source comme ceux qui en remontent ne sont que de simples convertis, peut-être même pas très convaincus, ceux qui opèrent dans l'eau de la vasque ont en revanche très bien connu celui qu'ils appellent désormais le Messie. C'est donc eux qu'il va falloir suivre, écouter, épier afin de bien saisir le sens de leur démarche. Jusqu'à ce jour, tout ce que le procurateur et ses subordonnés ont pu voir ou entendre ne représente pas la moindre menace pour Rome. Ils ne parlent que du don de soi, de repentance, de générosité, de partage, de promesse d'un royaume de félicité par-delà les frontières de la mort.

Rien de subversif. Aucun propos révolutionnaire, sauf à l'encontre des rituels et des pratiques des prêtres du temple. À les entendre, le Très Haut n'habite pas à Jérusalem. Pas plus d'ailleurs que n'importe où sur cette terre. Il règne sur un trône de nuages dans l'immensité des cieux. Son regard embrasse la terre entière. Son ouïe en capte les plus infimes murmures.

Tout cela mis bout à bout ne fait que conforter Pilate dans son idée que ces hommes ne sont que de pauvres illuminés n'attendant finalement que la mort afin de rejoindre un mythe. Il eut vraiment mieux valu ne jamais exécuter ce Jésus. En avoir fait un martyr l'a élevé au rang d'une divinité offerte aux simples d'esprit.

Le procurateur en est là de ses réflexions quand du fond du puits montent des hurlements. Depuis plus d'une heure que dure la descente ce fait s'est produit plusieurs fois. Que se passe-t-il donc au bout de cette galerie ? En prolongement de la dernière marche, un long couloir en légère pente aboutit à une vasque d'environ trois mètres sur deux pour une profondeur d'un mètre.

Dans l'eau jusqu'aux hanches, ils sont deux à tenter de maîtriser un individu hystérique se débattant comme un animal pris au piège. Les deux apôtres ont l'habitude de ces crises de démence qui frappent soudain certains des baptisés au moment de l'imposition des mains sur les fronts ruisselants. « Je te baptise dans l'esprit saint » C'est sur ces mots que surgissent les démons des corps immergés. Ils fuient en torrent blasphémateur et douloureux.

Les muscles se contractent, les visages se creusent en effroyables rictus, les voix deviennent rauques ou cris perçants vrillant les tympans, d'incompréhensibles paroles jaillissent en flot de fureur. Simulation ? Véritables crises d'hystérie ? Toujours est-il que la peur se lit sur les visages dans la file d'attente. Quelques-uns très impressionnés s'écartent, préférant passer leur tour. Pilate n'est plus qu'à une dizaine de candidats du moment où il va devoir à son tour descendre dans l'eau. Il en a assez vu et entendu. Faignant la crainte, il se place dans la file qui remonte vers la surface. C'est donc ainsi que se pratique la conversion ! Quelques mots, une immersion totale, rien de plus. Comment un rituel si simpliste peut-il attirer autant de postulants ?

Peut-être par les sermons préalables délivrés par les

disciples à une foule toujours plus nombreuse mais obligée pourtant de parcourir la Judée afin de fuir les représailles à présent permanentes. Des discours qui font état d'un idéal de justice, d'amour, d'équité. L'utopie d'un tel monde est tellement évidente!

Non, le procurateur ne comprend pas. Il manque un élément à sa perception des raisons réelles poussant des êtres malgré les menaces sérieuses à braver l'autorité.

C'est lorsqu'il débouche à l'air libre que le maillon manquant lui saute au visage. Un attroupement d'éclopés incapables de descendre, entoure un jeune homme plus exalté encore que les disciples.

- *Mes frères, avant ce jour je me suis conduit comme un misérable, un homme sans cœur ni conscience. J'ai trahi les vôtres, je les ai pourchassés, enchaînés, livrés. Mais celui que j'ai outragé par mes actes est venu à moi. Je l'ai vu, entendu, c'est par lui à présent que j'ordonne à ceux qui sont infirmes de se lever, à ceux que les ténèbres ont envahis, de lever les yeux vers la lumière.*

Oui ! Voilà le maillon manquant. Les miracles ! Car Pilate constate par lui-même que certains se lèvent, font quelques pas chancelants avant de se rasseoir.

- *Allons, levez-vous, recevez le baptême, soyez lavés de vos péchés et libérés de vos malheurs. Toi là ! Debout, viens à moi.*

Loin de là, Shimon serait très surpris s'il pouvait voir et entendre les propos de Paul. Mais ce dernier n'est pas le centre de ses préoccupations. Les informations collectées par ses comparses à Jérusalem sont inquiétantes. Il n'y aura cette fois ni libération ni évasion. Les trois apôtres arrêtés seront exécutés. Le roi Hérode excédé par le comportement du procurateur et harcelé par les prêtres, a décidé qu'il en ait le pouvoir ou non de mettre à mort les prisonniers. L'empereur

Tibère doit maintenant être au courant de la défaillance pour ne pas dire trahison, de Ponce Pilate. Il ne pourra que ratifier les décisions du roi. Fort de cette certitude Hérode agit en maître absolu. Il n'ira cependant pas jusqu'à la provocation délibérée. C'est dans la discrétion et par l'épée que les apôtres seront mis à mort. Par l'épée et dans leurs cellules.

Pas d'exposition de cadavres. Inutile de risquer un soulèvement qui n'aboutirait qu'à produire l'effet contraire à celui recherché. Plus de disciple ? Plus de manipulation des esprits ! En ce qui concerne les convertis, quelques coups de bâtons bien appliqués les remettront dans le rang.

Shimon comprend que cette fois la partie sera rude. Au palais d'Hérode tout ce que la cité comprend de personnalités civiles militaires ou religieuses s'agite dans un indescriptible brouhaha.

- *Allons ! Ça suffit. Si chacun veut émettre une opinion, que ce soit au moins dans le calme.*

Hérode fini par obtenir un peu de silence. Caïphe n'est évidemment pas le moins virulent.

- *Allons-nous laisser encore longtemps cet Égyptien nous provoquer ? Comment peut-il encore se pavaner dans Jérusalem sans être interpellé ? Il s'est rendu chez le médecin, s'est fait remettre des médicaments, du poison... du poison ! Ensuite il a pu tranquillement passer la nuit dans la cité avant de travailler à la fabrication d'une mystérieuse boite destinée à contenir un non moins mystérieux objet, et tout ça à la vue de qui voulait bien le voir. Je rajoute et ça c'est le comble ! Qu'il a pour complice le meilleur policier de Jérusalem. Nous ne pouvons plus rien attendre de Pilate. Son absence ressemble de plus en plus à une fuite. Agissons ensemble et sans tarder.*

- *Bien sûr ! Mais comment ? À part le médecin et*

trois ou quatre forgerons, qui connaît le visage de cet homme ? Multiplier les arrestations hasardeuses ne donnerait rien. Cet Égyptien est un renard. Il en a l'audace et la ruse.

- *Alors, capturons-le comme un renard. Tendons-lui un traquenard. Il nous fait dire qu'il n'en a pas fini avec nous, c'est donc qu'il se trouve toujours près d'ici, peut-être même dans la cité. Il ne résistera pas à la tentation de délivrer les prisonniers. Il faut se servir de ces gens pour l'attirer où nous voudrons quand nous voudrons.*

- *Caïphe à raison majesté ! L'Égyptien ne trouvera pas meilleure occasion pour nous humilier encore une fois. Faisons en sorte que ce soit la dernière. Retardons la mise à mort des disciples de quelques jours, le temps de préparer le piège.*

Tout à l'excitation de la discussion, personne ne prête attention à la présence d'Hérodiade. Celle-ci fait mine de se désintéresser de ces histoires d'hommes en se retirant d'un air suffisant mêlé d'un léger sourire de dédain. Rien de ce qui vient de se dire ne lui a pourtant échappé. Cet Égyptien capable à lui seul d'exacerber les maîtres de Jérusalem, lui est finalement plutôt sympathique. Peut-être qu'avec un petit coup de pouce du destin, la partie n'est pas encore perdue pour lui. Un sourire énigmatique éclaire le visage d'Hérodiade. Si elle n'a rien de particulier à gagner dans cette affaire, rabaisser le caquet de son crétin de mari en même temps que celui de ces prêtres prétentieux, serait un baume apaisant sur ses multiples petites blessures d'amour-propre. La femme du procurateur n'est pas la plus mal placée pour l'aider à concrétiser son projet.

Hérodiade sait très bien que Procula en veut à Pilate pour avoir cédé aux pressions lors du procès de ce Jésus. Si toutefois elle lui refusait son aide, du moins elle ne la trahirait pas pour autant. N'a-t-elle pas selon la rumeur, tenté de prévenir les disciples du danger qui les menaçait en s'adressant à cette petite… Putain, de Marie-Madeleine ? Entre femmes, on doit pouvoir se comprendre !

Il n'y a pas de temps à perdre. Escortée de sa dame de compagnie, Hérodiade pénètre dans le palais du procurateur. Elle congédie sa compagne avant de déposer son manteau sur les bras d'une servante.

- *Va aux cuisines, fais-toi servir une infusion au miel. Quant à toi, file prévenir ta maîtresse. Dis-lui que je sollicite une audience. C'est urgent !*

Procula vient au-devant de la femme de d'Hérodiade. Un large sourire lui fend le visage.

- *L'épouse du roi Hérode ? Que me vaut le plaisir de cette visite impromptue ?*

- *Très officiellement, je ne suis pas là. Trouve un endroit discret, ce que j'ai à te dire ne souffre aucune oreille étrangère.*

En quelques minutes, Hérodiade expose les faits à Procula.

- *Ce que tu me demandes dépasse de loin le cadre de mes fonctions. Mon mari est toujours absent et...*

- *Justement ! Tranche la femme du roi. Puisque ton époux est absent, tu peux agir plus librement.*

- *Agir ! Mais comment ? Je n'ai pas le pouvoir de faire libérer les prisonniers. Quant à prévenir cet Égyptien, je ne le connais pas. Comment veux-tu...*

- *Comment as-tu fait pour trouver cette Marie-Madeleine lorsque tu es allée la prévenir des projets de ton époux ?*

- *C'était différent ! Mais comment sais-tu... ?*

- *C'est le destin des secrets d'être dévoilés. À ce propos, il parait que l'Égyptien a fabriqué une boîte de métal destinée à contenir un objet secret. Si secret qu'il en est le seul à en connaître le système d'ouverture et que toute personne qui malgré tout y parviendrait, serait foudroyée instantanément.*

- Oui, j'ai aussi entendu cela. Cet objet serait en rapport avec l'exécution du prophète à la dernière Pâque.

- En effet. Comme dit Hérode, tout est lié. Cet Égyptien m'amuse beaucoup. Si tu acceptes de m'aider à l'empêcher de tomber dans le piège qui lui est tendu, je pense que nous allons encore beaucoup nous amuser.

- Tu sais cependant qu'entre Hérode et mon époux, la rupture est prononcée. Le roi n'a-t-il pas envoyé des émissaires à Rome afin de répandre des calomnies sur Pilate visant à le faire rappeler par Tibère ?

- Je sais cela bien sûr. Mais la politique, si elle nous échappe parfois, ne doit pas nous fermer les yeux pour autant.

- Tibère n'est pas homme à s'en laisser compter. Le retour à Rome de Pilate n'est à mon avis pas encore à l'ordre du jour. D'ailleurs, les messagers d'Hérode ne sont toujours pas revenus.

- Étonnant pour une femme Juive, que tu veuilles protéger ceux qui justement cherchent à renverser ta religion.

- Voyons Procula ! Tu sais comme moi que cette histoire ne repose sur rien de sérieux. Avant la prochaine Pâque il n'en restera qu'un lointain souvenir. Hérode restera roi de Judée, Pilate restera procurateur et les prêtres continueront à veiller au bon ordre du temple. Amusons-nous un peu. La vie est si ennuyeuse à Jérusalem.

- Je vais y réfléchir, mais je ne vois vraiment pas

comment je vais pouvoir acheter le silence des gardes.

- *Oh ! Nous autres femmes, avons certains moyens de persuasion ! Je te fais confiance, tu trouveras.*

- *Trois jours se sont écoulés. Partie du palais d'Hérode, l'information s'est répandue dans la ville. Les disciples du Nazaréen vont être exécutés par l'épée devant la forteresse. Ils sont trois au nombre desquels se trouve Pierre une fois de plus. Procula et Hérodiade ont utilisé le même procédé pour faire passer le message afin qu'il remonte jusqu'à Shimon. Un piège lui est tendu à Jérusalem.*

Deux choix se présentent donc à lui. Abandonner les amis du Messie à leur sort ou prendre tous les risques en tentant de les arracher des griffes du bourreau. L'avertissement qu'il a lancé par bravade lui revient en boomerang. Entre eux et lui, c'est désormais coup pour coup. Peut-il uniquement par orgueil, prendre le risque de se faire arrêter avec ceux de la bande au cours d'une action perdue d'avance ?

Le combat de front serait une stupidité. Il va lui falloir encore une fois agir par ruse. La garde à la prison doit être renforcée. Quant à soudoyer les soldats, aucun officier ne prendra plus le risque d'accepter. Seul point positif, quelqu'un a cherché à l'avertir du traquenard.

La fuite ne peut venir que d'un proche du roi, du procurateur ou des prêtres. Un ami inconnu se trouve dans la cité. À moins qu'il ne s'agisse encore d'un élément du complot visant à l'inviter à se tenir à l'écart des décisions de la justice. Une invitation à se mêler des affaires qui le concerne loin de Jérusalem et si possible loin de cette terre.

Mais non ! Il en a trop fait. La fuite n'accorderait pas le pardon. C'est sûr, il a un allié, reste à découvrir son identité. Selon ses informateurs, il reste deux jours avant l'exécution. Deux jours pour trouver un moyen ! Car il vient de le décider, il tentera le tout pour le tout. Ces gens-là lui ont accordé leur confiance en lui remettant ce qui se trouve à présent dans la boîte, au fond d'un sac de toile. En retour, il doit tenter l'impossible. S'il échoue, ils sauront au moins qu'il aura essayé. Deux jours pour convaincre ses compagnons d'accepter les risques d'une action. Deux jours pour briser les mâchoires du piège.

Les heures s'écoulent que l'armateur met au profit de ses réflexions. Avant de proposer un plan il faut l'établir, en peser les conséquences. Depuis plusieurs heures la grotte est plongée dans l'obscurité. Une grande partie de ciel fait écran devant l'accès du refuge. Un infini étoilé qu'une lune opaque irise, scintille en éclats multiples. Sur ce fond sans horizon, une silhouette s'imprime.

Shimon aux aguets retient son souffle. L'ombre évolue dans un silence absolu. Elle se déplace par intermittence, guettant la régularité des souffles endormis. Difficile pour l'instant de définir son orientation. Cette fois c'est sûr, elle se rapproche. L'Égyptien s'empare du poignard qu'il conserve en permanence contre lui. Il sait ce qui motive son compagnon pour oser cette approche nocturne. Tous sont persuadés que la boite contient de l'or, beaucoup d'or.

C'est sa faute. Il en a trop parlé de cet or qui l'attendait à Tyr. Comme il ne peut dévoiler le contenu réel du coffret, toutes les suppositions sont logiques. Personne ne croit à cette fable qui veut que quiconque parviendrait à l'ouvrir mourrait sur le champ.

La tentation pour certains est trop forte. Aaron l'a prévenu. « J'ignore ce que contient ta boîte, je suppose que c'est ton or, mais si tu la gardes auprès de toi, je ne réponds plus de ta sécurité. »

L'audacieux va servir d'exemple. Shimon le laisse approcher. Il sent le souffle saccadé du voleur sur son visage. Il ne bouge pas feignant un sommeil profond. Il ne réagit que lorsque la main de l'individu s'introduit dans l'ouverture du sac. D'un bond fulgurant Shimon se redresse, empoigne l'inconnu par l'oreille qu'il lui tord vigoureusement.

Dans un cri de douleur, le voleur se trouve plaqué contre la couche de l'armateur qui de sa main libre lui applique la lame du poignard sur la gorge. Dans le repaire c'est l'affolement. Le cri strident de leur compagnon a réveillé tout le monde. Aaron enflamme une lampe à huile aux braises d'un brasero en sommeil. Il faut du temps pour que chacun comprenne.

- *Tu veux savoir ce que contient ma boîte ? Tu vas pouvoir le constater par toi-même !*

- *Shimon relâche son compagnon. Plongeant les mains dans le sac, il manipule à tâtons le système d'ouverture. Retenant leur souffle, les hommes ne quittent pas le sac des yeux. Enfin la boite apparaît. Une des faces latérales présente une ouverture sombre.*

- *Voilà ! Prends ce qui se trouve dedans et montre-le aux autres. Mais je t'ai averti, la mort sera la conséquence de ta curiosité. Tu sais donc ce qui t'attend.*

L'individu hésite. Personne ne bronche. Le moment de vérité est arrivé ! Fable ou réalité ?

- *Et bien ! Qu'attends-tu ? Tiens, je m'éloigne, Ce n'est donc pas moi qui serai la cause de ton décès. Je peux encore refermer ce coffret, mais alors à la prochaine tentative, c'est moi qui tuerai celui qui aura l'audace de s'en emparer.*

- *Montre-nous toi-même ce qu'elle contient en ce cas, réplique le voleur.*

- *Non ! Un secret est un secret. Je n'ai donc pas à vous le dévoiler. Si vous voulez absolument le connaître malgré mon avertissement, c'est le moment. Le coffret est ouvert.*

- *C'est des histoires ! réplique un des hommes. Tu cherches à nous faire peur pour protéger ton or. Nous savons tous que c'est ça qu'il y a dedans. Moi je vais regarder.*

L'individu s'approche et sans la moindre hésitation plonge la main à l'intérieur. D'un geste sec il la retire aussitôt.

- *Qu'est-ce que c'est que... ?*

Il n'a pas le temps de finir sa phrase. Les yeux exorbités il porte son regard sur Shimon. Comme parcouru par des myriades de fourmis, son système sanguin s'emballe immédiatement. Son sang se coagule. Un étau lui comprime la poitrine. L'affolement le gagne. Il voudrait crier mais sa gorge en feu n'émet aucun son. Son cœur à la limite de la rupture, résonne jusqu'au plus profond de son cerveau. Il n'a plus la force de soutenir le poids de son corps. Lentement, il s'affaisse sur le sol.

L'homme est mort en quelques secondes là sous leurs yeux. Sans un cri, sans blessure apparente. Sa main cependant a changé de couleur. Elle a pris une vilaine teinte violacée. Elle a doublé de volume. Personne n'ose toucher le cadavre qui gît à leurs pieds. Le secret de cette mort n'est connu que de Shimon.

- *Alors ? Il y a encore des candidats ? Je vous l'affirme encore une fois. Le contenu de cette boîte n'est pas de l'or. Il n'a de valeur que pour celles et ceux qui ont approché le ressuscité de Jérusalem. J'ai juré de veiller dessus. Je suis le seul à pouvoir le manipuler. Les autres ne peuvent ni l'ouvrir ni toucher son contenu. Vous savez à présent que chercher à violer son secret est puni de mort instantanée.*

Maintenant, débarrassez-nous de cet imbécile. Reprenez vos places. J'ai besoin de réfléchir encore.

Des hommes vont mourir à Jérusalem si je ne trouve pas de solution.

Au lever du jour, Shimon voit avec amertume se lever le soleil. Ayant tourné et retourné le problème sous toutes ses formes, nulle possibilité raisonnable ne lui est apparue. Cette fois il ne sauvera pas les condamnés. Aaron ne peut lui être d'aucune aide. Cette réalité l'effraie. Que lui reste-t-il à faire en Judée s'il ne peut même plus arracher ses amis des griffes d'un pouvoir sanguinaire ? Condamné à un exil forcé loin de son Égypte, qu'il serve au moins à quelque chose. Mieux vaut mourir avec brio que vivre terré dans les trous de la montagne, sursautant au moindre roulement de cailloux.

Shimon réduit à l'impuissance ? Ça jamais ! Demain, avec ou sans plan d'intervention, il se rendra à Jérusalem. Il lui reste encore un jour et une nuit pour contrecarrer les projets de ses ennemis. En désespoir de cause il mettra dans la rage de l'action ce qu'il n'aura pu mettre dans la ruse. La mort des disciples sonnera celle de leurs bourreaux. Le sang se paiera par le sang, le glaive par le glaive.

L'haleine chaude de la haine, réconfortante alliée, fidèle complice, souffle au visage de l'armateur. Elle a le goût du tombeau mais alimente ses artères communiquant à l'intégralité du corps une indomptable frénésie. Ce que sera demain, Shimon l'ignore. Il sait seulement qu'il se passera quelque chose. Quoi qu'il arrive Jérusalem portera en son âme le sceau de Shimon l'Égyptien comme Shimon l'Égyptien porte dans sa chair celui de la justice romaine. Une fois encore, sans doute la dernière, son argent va rallier la bande à sa cause. Il a une pensée pour celui qui dans la cité a tenté de le dissuader d'intervenir.

Merci à toi ami inconnu de Jérusalem. Merci pour m'avoir mis en garde. Je n'ai plus rien à perdre. Vivre en reclus ne m'intéresse pas. J'ai marché sur une fourmilière qui me submerge lentement. Les trois du Golgotha ne pourront m'en vouloir. Je n'étais qu'un étranger de passage dans la cité. Je n'ai pas choisi d'épouser leur cause. Je ne comprends rien à leurs idées nouvelles.

Je n'ai aucun Dieu, aucune doctrine, aucune croyance, ceux qui m'ont choisi se sont trompés de partenaire. Mais je m'appelle Shimon. Si j'ai parfois courbé l'échine ou baissé les yeux c'était pour mieux me relever. Je m'appelle Shimon et j'irai jusqu'au bout de ma route même si celle-ci s'arrête demain.

Dis-leur à ceux de la cité. Dis-leur que je serai au rendez-vous. Je leur promets qu'ils n'oublieront pas de sitôt celui qu'ils ont fait de moi. Je viendrai solder les comptes de Dismas, D'Éphraïm, d'Étienne et du prophète Jésus de Nazareth. Shimon l'Égyptien ne fuit jamais !

Chapitre XXIV

- *Majesté, vos émissaires sont de retour, une délégation les accompagne.*

- *Ah ! C'est ennuyeux. Ils ne pouvaient choisir un plus mauvais jour pour arriver à Jérusalem. J'espère qu'ils ne s'opposeront pas à l'exécution. Combien sont-ils ?*

- *Cinq, Majesté. Deux officiers, trois sénateurs.*

- *Bien ! Je vais les recevoir. Fais-leur servir des collations, le temps que je me prépare.*

Hérode est depuis le matin d'une humeur massacrante. L'arrivée de la commission précisément aujourd'hui n'est pas pour l'amadouer. Avoir outrepassé ses droits en ordonnant l'exécution des disciples le place face au pouvoir romain dans une situation embarrassante. Il va falloir être très persuasif vis-à-vis de la démission du procurateur pour justifier ses actes.

Fort heureusement l'absence de Pilate depuis une

semaine apporte un peu d'eau à son moulin. Quoi qu'il en soit, il ne peut plus reculer. Il avale une coupe de vin, enfourne une poignée de dates, se compose un air détaché, le voilà prêt. À lui de jouer son rôle, celui de procurateur de Judée.

- *Ainsi ce cher Tibère a bien voulu m'honorer de son attention.*

- *Permettez-moi de me présenter Majesté. Je suis le sénateur Sistarius. Voici Noevius Sertorius chargé par l'empereur de...*

- *Je ne suis pas muet Sistarius ! le coupe sèchement l'officier. Je peux me présenter seul.*

Toisant Hérode d'un regard autoritaire, Noevius Sertorius expose les raisons de sa présence à Jérusalem.

- *Comme vient de vous le dire Sistarius, c'est moi que l'empereur Tibère a choisi afin de mener l'enquête sur le procurateur Ponce Pilate. J'espère votre Majesté que vos griefs sont justifiés car je ne ferai preuve d'aucune complaisance.*

- *C'est bien ainsi que je l'entends ! réplique Hérode, piqué par les sous-entendus.*

- *Où se trouve actuellement le procurateur ?*

- *Personne ne le sait. Il serait depuis plusieurs jours à la poursuite de brigands.*

- *Ponce Pilate en personne à la poursuite de brigands ! Voilà une nouvelle pour le moins curieuse. N'a-t-il pas des officiers, des légionnaires pour ce genre de mission ?*

- *C'est effectivement surprenant, réplique Hérode. Mais nous avons appris cette nouvelle alors qu'il avait déjà quitté le palais avec son escorte. J'ai à ce sujet une chose grave à vous communiquer. Mes gardes ont réussi pendant l'absence du procurateur à s'emparer de trois lascars qui participent régulièrement au désordre.*

Cette arrestation est la troisième pour certains d'entre eux. Les faits qui leur sont reprochés sont graves. Ils ont bénéficié deux fois de la clémence du tribunal, encore que pour la seconde fois… Comment dire… ? Nous pensons qu'en réalité, Pilate les a fait libérer avec la complicité des sentinelles.

- *Vous pensez ? Donc vous n'avez aucune preuve !*

- *C'est exact. Quoi qu'il en soit ils sont en ce moment entre les murs de la forteresse. J'ai pris sur moi en l'absence du procurateur de les faire exécuter. La mise à mort est prévue pour aujourd'hui.*

- *Mais vous n'aviez pas ce pouvoir ! s'étonne Sistarius.*

- *Bien sûr, mais je vous le répète, Pilate est absent et nous devons faire des exemples.*

- *Jérusalem ne nous a pas paru particulièrement agitée, insiste le sénateur.*

- *Attendez l'exécution, vous allez comprendre, réplique Hérode. À moins que vous ne refusiez d'exécuter la sentence ! Nous savons qu'aujourd'hui une bande de renégats sous les ordres d'un Égyptien vont tenter de libérer les prisonniers. Ces gens sont sans scrupule, ils ont empoisonné les bassins, crucifié des prêtres...*

- *Ah oui ! Cet Égyptien... Nous en avons entendu parler en effet. Vous comptez l'arrêter cette fois ?*

- *Oui ! Lui et sa bande ne pourront échapper au piège que nous leur avons tendu. À moins que comme je vous l'aie dit, vous n'autorisiez pas cette exécution !*

- *Et bien disons que nous prenons sur nous de maintenir la sentence, répond Sistarius. Nous sommes fatigués, pouvons-nous nous restaurer et nous reposer un peu ?*

- *Oh, bien sûr ! répond Hérode trop heureux de constater que ses prévisions quant à la compréhension du pouvoir romain se révèlent exactes. Le voici libéré de la responsabilité de l'exécution.*

- *Quand doit avoir lieu la mise à mort ? demande le sénateur.*

- *À l'heure de midi, devant la forteresse.*

- *Je suis curieux de voir comment va fonctionner votre piège, fait Sistarius. Êtes-vous si sûr qu'ils viendront ?*

- *Ils viendront ! réplique le roi. Ils viendront ! L'Égyptien nous a fait savoir qu'il n'en avait pas fini avec la cité. Il est d'une audace inouïe. Il ne résistera pas à l'envie de nous prouver qu'il ne nous craint pas. Ils viendront !*

- *Je suis impatient de voir cela ! répond l'officier.*

Il y a foule devant la forteresse quand le soleil est à l'aplomb de la ville. Chacun espère, même si officiellement personne n'est au courant du traquenard, que l'Égyptien va relever le défi. Pour Hérode qui a exposé les détails de son plan à Noevius Sertorius, la nasse est en place, il ne manque plus que l'appât ! Les trois condamnés sont toujours dans leurs cellules. Toute la ville est quadrillée.

Plus personne ne peut entrer ou sortir. Si Shimon doit agir, il est déjà dans la ville. Il est forcément ici sur cette place parmi la foule. Combien d'hommes a-t-il amené ? Se doute-t-il de quelque chose ? Comment va-t-il se manifester ? Toutes ces questions auront leurs réponses dans les minutes à venir. Si Hérode et ses conseillers ont bien travaillé, ce soir le palais sera en fête.

Tibère saura que c'est lui et non Pilate qui aura rétabli la paix dans la cité de Jérusalem. Le coup d'éclat du roi, l'absence évidente du procurateur, le témoignage de la délégation, tout est en place pour que le monarque redore son blason au-delà de ce qu'il pouvait espérer. L'arrivée de Caïphe et des prêtres donne le signal.

- *Que l'on amène les prisonniers ! ordonne le monarque. Enfin... Si les honorables représentants de Rome sont d'accord bien entendu ! ajoute-t-il d'un ton obséquieux.*

- *Faites, faites ! répond Sistarius.*

Le bourreau, un colosse au visage de brute, attend campé sur ses jambes écartées, tenant son glaive d'une main, la lame appliquée contre la paume ouverte de l'autre. Un carré de soldats entoure l'espace réservé aux officiels. Cette fois c'est certain, l'Égyptien ne passera pas ! Les prisonniers vont mourir, lui ne sortira plus de la cité. L'attente est interminable.

Sur les ordres d'Antoninus, des esclaves tendent un dais au-dessus des magistrats afin de les protéger de l'ardeur du soleil au zénith. Hérode s'impatiente. Il ne faut tout de même pas tout ce temps pour extraire les prisonniers de leurs cachots et les amener sur l'esplanade ! Enfin l'escorte apparaît sous le porche de la forteresse.

Mais où sont les prisonniers ? Que se passe-t-il qui n'était pas prévu ? Une angoisse étreint le roi. Un officier accourt. Son visage accuse un choc émotionnel révélant à lui seul la rocambolesque vérité.

- *Majesté, les cachots sont vides ! Les prisonniers ont disparu !*

La violence du coup expédie le militaire à terre avant qu'il n'ait eu le temps de terminer sa phrase. La gifle magistrale que le roi vient de lui appliquer sur le visage n'est qu'un pâle aperçu du désarroi d'Hérode. Depuis le matin une angoisse grandissante, surtout après l'arrivée de la délégation, l'informait que contrairement à ce qu'il affirmait, la partie n'était peut-être pas gagnée. Avec cet Égyptien de malheur, tout restait possible, donc tout restait à craindre. Ouvrant les bras en signe d'incompréhension, Hérode à la gorge nouée. Il doit se reprendre très vite. Tous les yeux sont fixés sur lui.

- *Qu'est-ce que tu racontes ? C'est... C'est impossible !*

- *Hélas si Majesté ! Insiste le soldat en se relevant. Les gardes nous ont ouvert les portes sur des cachots complètement vides.*

Hérode ne sait plus comment réagir. Hagard, il promène des yeux hallucinés du militaire aux envoyés de Tibère, de son assistant à Caïphe.

- *Je ne comprends pas, c'est impossible ! C'est de la sorcellerie ! De la trahison ! J'avais exigé que la garde soit doublée, que personne ne puisse approcher les prisonniers. C'est impossible, je veux me rendre compte par moi-même ! L'Égyptien n'a pas pu...*

La phrase d'Hérode reste en suspend. De la foule massée monte une immense clameur. Les regards se portent avec effroi bien au-delà du lieu du supplice. Des bras se tendent, des cris jaillissent qui déclenchent la débandade. Submergés, les soldats en faction ne peuvent contenir un déferlement humain. Bousculés sans ménagement, Roi, prêtres et sénateurs, assistent à une panique incontrôlable. Hérode ne tarde pas à comprendre.

De la ville basse monte un nuage de fumée noire. En quelques secondes une véritable muraille anthracite parsemée de flammèches rougeoyantes monte vers le ciel. Un vent complice rabat la masse gazeuse sur la cité. Des particules incandescentes retombent sur la ville. Le feu semble dévorer une vaste partie de Jérusalem.

Hérode avait tout prévu, tout imaginé, mais ce qu'il constate va bien au-delà de ses pires craintes. Les envoyés de Tibère en restent pétrifiés. Cette crapule d'Égyptien a osé ! Ils l'attendaient à la forteresse, il les convoque avec pelles et seaux d'eau près des entrepôts de la ville basse. Cet homme est le diable en personne ! Car il ne fait aucun doute que c'est lui et sa bande de renégats qui viennent de signer cet acte démentiel.

Oubliez l'exécution ! Oubliez les prisonniers ! La seule urgence est de courir vers ce désastre en cour. Déjà certaines demeures plus proches commencent à brûler sous l'effet des retombées de flammèches. Les masures de torchis et d'herbe sèche crépitent sous la fureur d'un feu dévastateur. Gardes et militaires sont mobilisés dans ce combat inégal. Dans le ciel de Jérusalem, le rouge et l'ocre se disputent l'espace. Des hurlements de terreur parcourent les ruelles qu'une populace terrifiée encombre. L'affolement est général.

Au cœur du brasier Shimon savoure sa victoire. Il ignore l'épisode de l'exécution, croyant les amis de Jésus à présent passés au fil de l'épée. Il fait payer aux bourreaux une facture très élevée. Cette furie incendiaire lui a coûté très cher. Sa participation financière à l'évacuation volontaire des occupants des masures le laisse complètement démuni.

Convaincre ces miséreux de laisser le feu dévorer leurs dérisoires possessions pendant qu'ils se rendraient sur les lieux de supplice, n'a pu être possible que moyennant une compensation à la hauteur du sacrifice. Une insupportable odeur se dégage de l'entrepôt aux cuirs livré aux flammes. C'est lui qui est en partie responsable de l'épaisse fumée noire tourbillonnant en volutes nauséabondes.

La chaleur de l'incendie est telle, qu'elle interdit toute approche. Il ne reste qu'à le priver de nourriture, abattre ce qui se trouve sur son trajet, l'alimenter là où il se trouve afin de stopper sa progression. Tout ce que la cité comprend de bras valides, lutte avec l'énergie du désespoir. Il faut protéger les habitations des classes privilégiées. Livrer aux enfers les taudis parias pour épargner les luxueuses villas que les scories brûlantes tentent de prendre à revers.

Pour Shimon, le temps du repli est arrivé. Se mêler aux fuyards affolés qui franchissent les portes en larmoyant, est navrant de facilité. La bande savoure son œuvre. Le spectacle est à la hauteur des prévisions. De loin, les murailles n'encerclent plus qu'un foyer incandescent. Pierre et ses amis peuvent quitter sans amertume ce monde sanguinaire. Leurs Dieux là-haut, le père comme le fils, les attendent avec le message d'adieu de Shimon l'Égyptien.

Il les rejoindra c'est sûr, mais ce n'est pas encore pour aujourd'hui ! Il les avait prévenus ! À la forteresse, tout en s'informant minute par minute de la progression de l'incendie, Hérode conspue les gardes. Il veut connaître la vérité et tout de suite. Le cuisant échec de sa démonstration d'autorité risque de lui coûter cher.

Étant l'instigateur de ce fiasco, il ne peut cette fois en reporter la responsabilité sur Pilate. Sistarius et les autres ne cessent de le rudoyer. Si incompétence il y a, ils savent à présent à quel niveau elle se situe. Tibère saura très vite l'exacte vérité. Il saura qu'en l'absence du procurateur parti en chasse contre les semeurs de désordre, ce fanfaron de roi Hérode débordant de suffisance, provoque la haine d'une poignée d'illuminés au demeurant inoffensifs, par des actes démesurés, hors de ses compétences, aboutissant à des mouvements de révolte incontrôlables.

- *Nous nous rendons chez Pilate. Nous te conseillons vivement de nous apporter des explications crédibles sur l'ensemble des événements désastreux auxquels nous venons d'être confrontés.*

Le roi tente de se justifier. Il ne fait que s'attirer les foudres du sénateur.

- *N'accuse pas Pilate, il n'est pas là ! C'est toi l'insoumis, l'hypocrite, le menteur, l'incapable, tu as jusqu'à ce soir pour nous apporter des réponses. Nous, nous allons attendre le retour du procurateur. J'imagine sa fureur lorsqu'il découvrira ce que ton inconséquence a fait de cette cité.*

Publiquement humilié, Hérode expulse sa rage en invectives menaçantes à l'encontre des responsables de sa déficience. Les gardes comme les officiers sont immédiatement arrêtés. L'interrogatoire est à la hauteur de leur défaillance.

- *Qui a libéré les prisonniers ?*

- *Personne Majesté, je vous l'assure ! Nul n'a quitté son poste, c'est de la sorcellerie !*

Les gifles volent. Les coups de pieds brisent des côtes. Ceux qui maltraitent ainsi leurs compagnons n'ont pas d'autre choix.

- *Puisque vous persistez à me prendre pour un demeuré, je vais vous montrer que ma patience s'est envolée. Comme les condamnés ! Sauf que moi, je sais où vous serez passés. Faites venir le bourreau !*

Antoninus, du bout des lèvres, ose élever une protestation.

- *Toi, je te conseille de la boucler ! Si ton maître avait fait son travail, nous n'en serions pas là. Regarde bien comment Hérode agit avec les traîtres !*

Le colosse fait irruption dans la cellule où les gardes fautifs ont été projetés.

- *Je vous pose la question pour la dernière fois ! Où sont les prisonniers ? Qui les a libérés ? C'est à vous que j'avais confié la surveillance de ces hommes, à vous membres de ma garde personnelle, afin que ne se reproduisent des disparitions mystérieuses. Alors aussi vrai que je m'appelle Hérode, fils d'Hérode le grand, je vous fais décapiter sur le champ si je n'obtiens pas une réponse immédiatement !*

Les hommes comprennent que le roi ne plaisante pas. Mais dévoiler la vérité risque de les mener à la même finalité que le silence. Ils n'ont pourtant pas beaucoup d'autres possibilités. L'officier responsable, plus malmené encore que ses hommes, se décide.

- *Vous n'allez pas aimer ce que je vais vous annoncer, mais je vous jure sur mon honneur de soldat que c'est la stricte vérité. Cette nuit, des légionnaires sont venus à la forteresse. Ils accompagnaient deux femmes. La vôtre et celle du procurateur. Elles détenaient un ordre signé de vous-même, contresigné par Ponce Pilate. Remettre les prisonniers en liberté immédiatement et les conduire hors de Jérusalem. Un tel ordre détenu par qui que ce soit d'autre n'aurait pas pu être exécuté. Mais dans le cas présent, la reine avec la femme du procurateur, sous escorte de l'armée romaine, que devions-nous faire ?*

Médusé, Hérode n'en croit pas ses oreilles. Cet homme alors que la mort est sur ses épaules, vient de lui annoncer que sa propre épouse fait partie d'un complot dépassant l'imagination ! Hérodiade complice de l'Égyptien ! Hérodiade et Procula ! Le poids du monde pèse brutalement sur son échine. Si la délégation apprend une pareille nouvelle, s'en est fait de lui ! Aux yeux du peuple juif, il rejoindra Pilate sur le banc de l'infamie.

- *Qu'oses-tu prétendre ? Que mon épouse nous*

aurait trahis avec la femme du procurateur ?

- *C'est hélas la vérité Majesté ! Chacun des gardes présents cette nuit pourra vous le confirmer. Vous comprenez pourquoi nous ne pouvions pas parler. J'ai compris que quelque chose n'allait pas quand j'ai vu les préparatifs de l'exécution se mettre en place. Il était trop tard pour vous avertir.*

- *Qui est au courant à part vous, moi et les hommes ici présents ?*

- *Personne Majesté, je vous assure, personne !*

Hérode ne peut laisser sortir de la forteresse une information aussi outrageante. Ces hommes doivent être mis au secret. Non ! Ce n'est pas assez. Il faut qu'ils se taisent à jamais. Aucun de ceux qui se trouvent présentement dans la cellule ne doit parler. Il s'adresse à l'officier qui vient de participer avec lui à l'interrogatoire.

- *Viens avec moi dans le couloir. J'ai des ordres à te transmettre.*

Les deux hommes s'éloignent de quelques pas.

- *Fais-les tous exécuter ! Par leur faute, le trône de Judée repose à présent sur des sables mouvants. Ce cachot gardera son secret. Quand ce sera fait, tue le bourreau. Tu feras disparaître les corps cette nuit.*

- *Ensuite tu devras hélas faire disparaître les derniers témoins. Aucun des hommes ayant entendu ce qui s'est dit ici ne doit survivre. Aucun !*

- *Et moi-même ? Devrais-je me passer au fil de l'épée ou trouveras-tu quelqu'un pour…*

- *Non, bien sûr ! le coupe Hérode. Toi je te fais dès cet instant chef de ma police personnelle. J'ai besoin de personnes de confiance autour de moi. Ce n'est pas le cas actuellement. Même mon épouse me trahit !*

- *Que feras-tu d'elle ?*

- *Ça, c'est mon affaire ! Quant à la femme de Pilate, elle sera la garante du silence du procurateur. Enfin ! S'il revient un jour.*

Pilate est précisément sur le retour. Ce qu'il découvre alors qu'il est en vue de Jérusalem l'informe qu'un drame s'y joue dont il ne voit que le dernier acte. La cité n'est plus qu'un spectre de volutes macabres montant vers le ciel.

Chapitre XXV

- *Le grand prêtre demande à être reçu, Excellence.*

- *Ah ! Après le roi, le clergé ! Bien, fais entrer Antoninus.*

Caïphe et Anna pénètrent dans la salle d'audience. Pilate est détendu. Il sait que momentanément son siège de procurateur a retrouvé sa stabilité. Le désastre qui s'est abattu sur la cité pendant son absence ne peut lui être imputé, pas plus d'ailleurs que la disparition des condamnés.

- *Soyez les bienvenus ! Comme vous pouvez le constater, je suis de retour.*

- *Que rapportez-vous de votre expédition excellence ? demande Caïphe.*

- *Et bien je ne regrette pas d'avoir pris cette décision. Nous avons réussi à infiltrer le milieu des amis de ce Jésus. Ce que nous avons découvert me conforte dans l'idée que l'exécution de cet homme fut un acte inutile. Il n'était un danger ni pour vous ni pour Rome. Leur doctrine est simple.*

- Tout mettre en commun pour qu'il n'y ait plus ni riche ni pauvre, pratiquer la charité, croire en la vie éternelle dans un royaume situé je ne sais où dans les cieux, ne reconnaître comme divinité que Dieu et son fils Jésus Christ, celui que nous avons fait exécuter.

- Pour accéder au rang des disciples de ce Jésus, il faut subir un baptême par immersion et recevoir le saint esprit par l'imposition des mains. Voilà brièvement en quoi consistent les fondements de cette nouvelle église.

- Quels rapports entre eux et l'Égyptien ? demande Anna.

- Aucun je pense. Le seul lien qui pourrait les rattacher, c'est un des deux voleurs crucifiés avec le Nazaréen. L'Égyptien était ami avec lui. Ce qu'il nous fait payer, c'est la mort de ce bandit.

- Vous avez vu ce qu'il a osé faire ! Cet homme est un fou furieux. Il ne s'arrêtera devant aucune menace, réplique Caïphe.

- C'est en effet ce qu'il semble. Comme vous avez pu le constater, cet individu est lui en revanche, une menace réelle pour la paix de ce pays. Il a des informateurs partout, des complices partout, jusqu'au sein de notre police, de la vôtre et de celle d'Hérode. Contrairement au Nazaréen, il n'a pour doctrine que vengeance et corruption !

- Mais n'a-t-il pas suffisamment vengé son compagnon ? Que veut-il encore ? Détruire Jérusalem pierre par pierre ?

Pilate se dirige vers une table, remplit des coupes de vin qu'il tend à ses visiteurs.

- C'est un impulsif. Chaque coup que nous lui portons le rend fou de rage. Il n'a plus alors qu'un

seul désir. Le rendre avec les intérêts.

- *Que comptez-vous faire maintenant ? L'incendie de la cité ne peut rester impuni. D'abord l'eau, puis les prêtres, à présent le feu !*

- *J'ai demandé à la dixième légion de détacher trois cohortes. Nous allons utiliser les grands moyens. Il nous a déclaré la guerre, il aura donc l'armée en face de lui.*

- *Sait-on où il se trouve ? demande Anna.*

- *Non ! Ce serait trop simple. Selon nos informateurs, ils seraient près d'une centaine à l'avoir rejoint, peut-être plus. Pour la majeure partie, ces gens ne sont qu'un ramassis de voleurs, criminels, bref, du même acabit que ceux de la bande de ce Barabbas que j'ai dû libérer. Son remplaçant est mille fois pire.*

- *Que comptez-vous faire avec ceux de Jésus Excellence ?*

- *Laissez donc ce feu s'éteindre tout seul ! Je vous le répète, ils ne représentent pas de danger. Laissez donc ceux qui veulent adhérer à ses idées découvrir par eux même qu'elles ne sont qu'utopie.*

Le mécontentement gronde déjà dans certaines communautés. Ceux qui ont tout donné n'ont encore rien reçu en échange. Se faire asperger d'eau fut-elle bénie, ne remplace pas les biens terrestres. Ils se brûleront à leur propre feu. C'est l'affaire de quelques mois.

Pilate sait qu'il ment. Si effectivement certains reviennent à leurs anciennes croyances, un nombre sans cesse grandissant de candidats à la conversion vient grossir les rangs de ceux qui très bientôt seront surnommés les chrétiens. Lui-même depuis la mort de celui qu'il nomma par dérision et provocation « roi des juifs » ne parvient pas à trouver la sérénité.

Il contemple souvent l'esquisse de ce poisson que dessinent dans sa paume les sillons de sa chair. « Il sera désormais ton emblème » La vieille savait tout. Son destin ne sera que ce qu'il devra être, non ce qu'il pense qu'il sera. Il en est de même pour ces prêtres qui lui font face.

- *Croyez-moi, c'est l'affaire de quelques mois !*

- *Tu nous conseilles donc de les laisser répandre leurs blasphèmes jusque sous les porches du temple ?*

- *Ai-je dit cela ? Je dis simplement, que chacun croit ce qu'il a envie de croire sans chercher à imposer ses idées aux autres. Que vous empêchiez ces gens de venir racoler jusque sur les parvis du temple est tout à fait justifié.*

- *Chassez-les, mettez-les au frais quelques jours, battez-les de verges, mais ne me demandez plus de les faire exécuter. Quant à les pourchasser à travers le désert, j'ai mieux à faire. Ma priorité, c'est l'arrestation de l'Égyptien.*

- *Puisque nous en revenons à lui, n'êtes-vous pas étonné du peu de victimes à déplorer suite à l'incendie ? Intervient Anna.*

- *Sans doute la plupart se trouvaient-ils près de la forteresse. Hérode avait fait un tel tapage au sujet de cette exécution.*

- *Je n'aurais pas la naïveté de croire à cette version Excellence. Faites interroger ceux qui vivaient dans les taudis de la ville basse, j'ai pour ma part la certitude que non seulement ils ont été prévenus, mais payés pour quitter les lieux.*

- *Comme l'ont été les gardes du roi Hérode ? Peut-être, mais le risque de fuite était grand répond Pilate.*

- *Tout dépend du prix du silence ! Cet homme est apparemment immensément riche.*

- *Il ne peut cependant pas acheter toute l'armée. Son temps est compté. Je l'enverrai à Rome où j'irai personnellement assister à son exécution, réplique le procurateur.*

- *À Rome ? Pourquoi pas tout simplement ici à Jérusalem ? Là où il a commis ses forfaits !*

- *Tibère voudra faire un exemple. Toutes les provinces sauront qu'on ne bafoue pas impunément les lois de l'empire.*

Shimon sait que cette fois il n'aura plus de répit. Bien qu'en réalité, seule une petite zone de la ville ait subi des dégâts, il vient par son action de jeter à ses trousses un prédateur aux tentacules gigantesques. Cette provocation aurait pu être évitée s'il avait su qu'à Jérusalem, son complice anonyme allait faire libérer les apôtres. La fuite semble à présent la solution la plus raisonnable.

L'ennui c'est que la légende de l'Égyptien millionnaire protégé par un mystérieux talisman bien à l'abri dans un coffret qui tue ceux qui osent le toucher s'est répandu dans toute la Palestine. La puissance de ce talisman est telle qu'elle lui a permis de libérer des prisonniers enfermés au fond des cachots de la forteresse de Jérusalem sans que les gardes ne s'aperçoivent de quoi que ce soit. Il parait que sa fortune vient de ce talisman qui aurait également le pouvoir de procurer de l'or à son détenteur, autant d'or qu'il le désire. Il tient ses pouvoirs d'un homme crucifié dans la ville sainte.

Cet homme serait ressuscité des morts puis aurait disparu après avoir remis le talisman à l'Égyptien. Voilà donc les pouvoirs de cet objet ! Il ressuscite des morts, couvre d'or son propriétaire, libère des prisonniers en les rendant invisibles, mais tue en une fraction de seconde celui qui cherche à s'en emparer.

Alors bien sûr, la puissance d'un tel objet entre les mains d'un tel homme, fait que nombre de faibles d'esprits ou de brigands tentent de s'accrocher aux basques d'un Shimon qui ne rêve lui que d'un retour à la paix dans son Égypte natale.

Rien de tel que cette meute pour le faire repérer où qu'il se trouve. La poignée de lascars qu'il a pu rattacher à sa cause grâce à son argent n'a pu tenir sa langue. Surtout depuis l'événement de la tentative de vol de la cassette une nuit dans une grotte. Une pincée d'exagération sur une parcelle de vérité à chaque transmission confidentielle, et l'armateur fait à présent l'objet de toutes les discussions.

Avant que les représailles juives autant que romaines n'atteignent le seuil critique, il faut quitter la Judée. Shimon n'a plus rien à faire ici. Il expose son projet à Aaron et Isaïe.

- *Écoutez les amis, j'ai pris la décision de partir. Je sais que je vous ai mis dans une situation délicate, mais toi Aaron tu ne m'as pas laissé le choix. Je vous propose de m'accompagner. Pour être franc, j'ai besoin de vous.*

- *Quel que soit le danger, je veux retourner à Alexandrie, il sera toujours moins grand qu'ici. Je dispose là-bas de beaucoup d'amis sur lesquels je peux compter. Je dois cependant retourner encore une fois à Tyr chez Priscus. Nous récupérerons le solde de l'or qu'il garde pour moi. De là, nous prendrons un bateau pour l'Égypte.*

- *Et eux ? interroge Aaron en balayant du regard une armée de recrues, tu vas les abandonner ? Les laisser se faire prendre les uns après les autres ? Ils ont risqué leurs vies pour toi !*

- *Je le sais Aaron, mais ils ne seront pas plus en sécurité si je reste, au contraire. Je ne peux emmener tout le monde. Vos deux vies comme la mienne sont menacées.*

- *Je regrette Shimon, mais je ne pars pas ! Je reste avec eux. Je ne peux oublier ce qu'ils ont fait. Nous allons partir vers le sud, vers le désert. Si tu veux nous rejoindre un jour !*

- *Comme tu voudras Isaïe. Je suis heureux de te voir rétabli. J'ai un cadeau pour toi.*

Le visage du forgeron s'épanouit. De la large ceinture de l'armateur jaillissent enveloppés d'une étoffe, les trois clous du Golgotha.

- *Je sais que tu y tenais beaucoup. Qu'ils te portent chance ! Ou qu'il se trouve, je sais que le Messie veillera sur toi.*

- *Tu en voulais un, prends-le !*

- *Merci Isaïe. Je vais le suspendre avec ce demi-poisson de bronze. J'aurais moins l'impression d'avoir trahi le prophète et ses amis. Ne tardez pas à partir. Le bruit des cuirasses couvrira bientôt vos chants.*

Dès le lendemain Shimon en compagnie de Aaron reprend le chemin de Tyr. Cette fois quoi qu'il arrive, Alexandrie restera son but. Une grande culpabilité sculpte sur son visage un air morose. Cette forme de désertion quels qu'en soient les motifs, lui laisse un goût de trahison.

Créer une diversion juste avant l'exécution en incendiant les entrepôts, n'avait qu'un seul but. Jeter la population à l'assaut des flammes.

Dans l'ordre des priorités, la mort des apôtres devenait secondaire. Hélas cette fois personne ne l'avait informé de la libération des prisonniers.

Justifiée ou pas, cette dernière action ne pouvait être effacée. Le pouvoir en place allait faire payer très cher à certains, cette déclaration de guerre. Les arrestations allaient se multiplier. Coupables ou innocents, ceux que le sort ou la malchance allait désigner serviraient prochainement de pâture aux charognards.

Shimon doit chasser ces idées de son esprit. Il ne peut envisager demain sans bannir hier. Il doit stopper sa vertigineuse glissade. Le point de non-retour est franchi depuis longtemps. Ce qu'il faut dors et déjà entreprendre porte un nom. Résurrection ! Tous les Shimon précédents sont morts. Mort le forgeron d'Alexandrie, mort le galérien, mort l'évadé, mort l'armateur, mort le vengeur, mort le Shimon de la fureur. Il se situe entre deux vies.

Acculé contre un mur infranchissable, il doit trouver la fissure qui lui permettra de se frayer un chemin pour un nouvel envol. Il est probable que le passage ne se fera pas sans quelques écorchures. Dans les cendres fumantes de Jérusalem se consume sa haine. Dépouillé de sa rancunière cuirasse, le poids qui le courbe se scinde en particules de fatigue et de renoncement. Quelques années lui restent à vivre qu'il veut aborder en paix avec lui-même.

Il n'a nul besoin de coffret pour mettre le passé au secret. Si le sort en décide autrement, alors tant pis ! Il n'a fait que ce que sa conscience lui commandait de faire. Que pouvait-il lui rester à accomplir avec sa bande de renégats ? Allons ! Il n'y a rien à regretter. Il ne reste qu'à aspirer une grande brassée d'air frais alors que l'aurore pointe sur un paysage désertique, remonter son manteau sur ses épaules dans le balancement lancinant des pas de sa monture.

À chaque mètre parcouru, les sabots de la bête ensablent une parcelle d'hier. Des heures incandescentes s'étirent jusqu'à ce que l'horizon interpelle l'attention des voyageurs.

Ce reflet, Shimon le connaît bien. La mer, enfin ! Le

port de Tyr est en vue. Moins d'une heure plus tard, les hommes font face à Priscus.

- *Ne retourne pas à Alexandrie Shimon. Ma maison est sous surveillance. Discrète mais surveillance tout de même. Ils sont certains que tu vas chercher à repartir sur un de tes bateaux. Japhet m'a laissé un message à ton intention. Tu es attendu en Égypte. S'ils te prennent tu seras conduit à Rome. Dans les caravanes on parle beaucoup d'un magicien Égyptien, du coffre secret qui lui permet de fabriquer de l'or. Du talisman qui redonne la vie aux cadavres. À moi tu peux peut-être le dire ! Qu'y a-t-il de vrai derrière cette fable ?*

- *Tout et rien Priscus. J'ai effectivement fabriqué une boîte. Elle contient effectivement quelque chose. Elle tue effectivement ceux qui tentent de s'emparer de son contenu. Mais elle n'a aucun pouvoir. Elle ne fabrique pas d'or, ne ressuscite pas les morts, ce ne sont que fabulations grotesques. Je ne peux cependant pas de dévoiler son secret. Crois-moi, croire qu'il contient un talisman ou de l'or est un moindre mal.*

- *À ce point ? réplique Priscus.*

- *Oui ! Tout ce que je peux te dire, c'est qu'il vaut mieux n'avoir aucun rapport avec ce que je transporte, car si j'en juge par référence aux événements de Jérusalem, beaucoup vont mourir dans les temps à venir. Tu as dû avoir des échos de cette épidémie de conversions à la doctrine du Nazaréen dont je t'ai parlé lors de ma précédente visite ? Sache seulement que tout est lié. Les prélats craignent pour la stabilité de leur religion. Ceux qui rejoignent les amis du Messie sont voués à plus ou moins brève échéance au glaive ou à la croix. En ce qui me concerne, je n'appartiens à aucun Dieu. J'ai cru un instant en ressentir le besoin. Ce ne fut qu'une illusion. Je ne crois qu'au soleil qui réapparaît chaque matin, car lui, je peux en ressentir les effets.*

- *Mais alors ! Pourquoi t'être embarrassé de cette chose ?*

- *Parce que dans leurs yeux je me suis vu autrement ! Peux-tu nous loger pour cette nuit ?*

- *Bien sûr ! Mais demain, quand tu quitteras Tyr, Suis mon conseil, vas n'importe où mais surtout pas à Alexandrie.*

- *Je te remercie pour les risques que tu prends Priscus. Je n'oublierai pas.*

- *Japhet est un ami de longue date. Comment pourrais-je ne pas venir en aide à son fils fut-il adoptif ?*

Dans un sommeil agité, Shimon traverse la nuit. Que faire de ce personnage qu'il est devenu ? Si l'Égypte est un piège tendu qu'il peut encore éviter, la Palestine est une nasse dont il doit s'échapper. La mer est la seule issue. Choisir une contrée lointaine assurerait la liberté mais à quel prix ? Perdre sa maison, son entreprise, ses bateaux, ses amis ! Vivre pour vivre vaut-il ce sacrifice ? Peut-être pour autant que l'exil ne soit que provisoire. Deux ou trois années, le temps de se faire oublier, puis revenir lorsque Priscus aura obtenu la grâce de Tibère.

La décision est à prendre aujourd'hui. La mer est là dehors. Des bateaux sont en partance, il peut aisément payer le voyage, il ne reste qu'à choisir une destination avec Aaron. Ce dernier a passé la nuit sur la terrasse. Shimon le rejoint. L'absence du policier surprend l'armateur. OÙ peut-il être allé alors que le soleil ne fait qu'effleurer la mer ? Priscus n'aime pas cette disparition.

- *J'ai un mauvais pressentiment ! File aux entrepôts, reste y caché jusqu'à ce que je vienne t'y rejoindre. Si je me trompe, ton ami sera avec moi, Si je suis seul...*

- *Tu veux dire que Aaron a pu me trahir ? Qu'il est peut-être allé avertir les autorités ?*

- *Tout est possible ! Dis-toi bien que tu n'as plus d'ami. Te côtoyer peut coûter très cher. Te livrer rapporter au contraire une belle récompense. Fais ce que je te dis, je te rejoins dès que possible. Attend, je vais te faire apporter des habits de femme. Ma servante Mira va t'accompagner. Voile ton visage, couvre tes cheveux, faites comme si vous alliez chercher de l'eau.*

- *Surtout ne montre pas tes craintes. Si tu croises une patrouille, ne fixe pas les soldats du regard, ne cherche pas à rebrousser chemin, conserve un comportement naturel. Si ça tourne mal, Mira me préviendra. J'essaierai d'intervenir immédiatement. Allez ! Ne perd plus de temps. Je te retrouve aux entrepôts dès que possible.*

Quelques minutes plus tard, deux silhouettes portant chacune une cruche sur la tête, se dirigent vers le port. Shimon parvient sans encombre aux entrepôts.

- *Merci Mira. Retourne prévenir ton maître. Assure-lui que je l'attendrai le temps qui sera nécessaire. Qu'il me rapporte mes habits d'homme.*

Deux heures plus tard Priscus apparaît. Il est seul.

- *Mes craintes étaient justifiées. Ton ami Aaron est arrivé peu après ton départ. Une escorte l'accompagnait. Heureusement, chaque officier, me connaît. Ils savent que je suis un ami de Tibère. Je n'ai pas nié ta présence cette nuit dans ma maison. J'ai prétendu que je t'avais fait embarquer à bord d'un navire en partance pour Chypre. Aaron ne t'a pas pardonné. Par ta faute il a tout perdu à commencer par son honneur.*

- *Mais pourquoi ? Avec moi il se serait fait une autre*

vie !

- *Beaucoup de choses semblent t'échapper en ce qui concerne les humains Shimon. Toi tu es un animal, tu agis par instinct, tu n'as plus ni racines ni culture. Tu vis pleinement chaque jour sans empiéter sur demain. Aaron et toi n'avez rien en commun sauf une chose. Une incroyable dose de rancune !*

- *Il est Juif, ce pays est le sien, Jérusalem est sa ville. Il y connaissait la confiance et le respect. Il y était craint. Tu as fait de lui un épouvantable traître. Un homme sans honneur, un lâche. Comment pouvais-tu espérer t'en faire un ami ? Il n'a jamais eu l'intention de te laisser partir. Te livrer à la justice puis s'expliquer sur les vraies raisons de sa défaillance lui rendrait sa dignité.*

- *Mais il aurait pu faire cela à Jérusalem ?*

- *Non ! À Jérusalem tes amis te protégeaient. Ici tu es seul. Tu ne peux compter que sur moi ! Tu vas rester caché quelques jours. Dans une semaine j'ai un bateau qui partira pour la Crête, tu le prendras. Je te donnerai de quoi te refaire une vie tranquille et honnête.*

- *Je te remercie Priscus, mais non ! Je vais rejoindre mon ami Isaïe. J'ai une mission à remplir qui ne peut me tenir plus loin de la Palestine que l'Égypte. Lorsque j'aurai transmis le contenu du coffret à celui qui me présentera l'autre moitié de ce poisson, alors je pourrai recommencer une vie nouvelle. Et puis qui sait ? Peut-être obtiendras-tu de Tibère que je puisse finir mes jours en paix ? Mets-moi sur le premier bateau en partance pour Césarée, de là je me débrouillerai.*

- *Comme il te plaira Shimon. Ah ! J'allais oublier. Je n'aime pas que l'on trahisse mes amis, J'ai parlé avec les officiers. Aaron ne s'en sortira pas aussi facilement qu'il avait bien voulu le croire. J'ai, comment dire ? Un peu transformé la réalité en affirmant qu'il s'était réellement laissé acheter. Que tu lui avais remis une grande quantité d'or, que cette transaction s'était faite devant moi afin que je puisse en témoigner en cas de nécessité.*

- J'ai prétendu que ne se sentant plus en sécurité avec toi, il avait tenté de se racheter en te vendant. À l'heure qu'il est, il croupit en cellule. Sa parole contre la mienne ne pèse pas lourd dans la balance !

Chapitre XXVI

Huit saisons se sont écoulées. Une Pâque est passée, une autre approche. Loin de se dissoudre dans l'espace et le temps, les conséquences de la mort de Jésus de Nazareth n'ont fait qu'amplifier. Le refus systématique de Pilate d'expédier en enfer les disciples du Messie, fait que Tibère est submergé de missives calomnieuses et alarmistes émanant de la province de Judée.

Le rapport fait par la commission lors de son précédent séjour en Palestine fut clair. Le désordre n'avait pour auteurs que les Juifs eux-mêmes ! Les multiples récriminations filent donc depuis directement au brasero. L'Empereur ne quitte plus que très rarement son palais de Capri. D'autant qu'à Rome, la plus grande pagaille règne parmi les hauts fonctionnaires.

La valse des dénonciations plus fantaisistes les unes que les autres, expédient cependant nombre d'entre eux au bourreau. Au sénat l'épuration est devenue une priorité. La Palestine peut attendre.

Tibère sait pourtant que les premières communautés Chrétiennes se sont formées à Rome. Pour l'instant elles ne sont responsables d'aucun désordre.

Sous discrète surveillance, elles pratiquent leurs rituels sans préjudice pour l'ordre de la cité. Si cela devenait nécessaire, il agirait en conséquence. À Jérusalem Pilate n'est plus que l'ombre de lui-même. Taciturne, il passe ses journées en ruminant ses rancœurs contre ce peuple indiscipliné qui refuse de reconnaître son autorité donc celle de Rome.

Depuis bientôt deux années il subit les jérémiades ou les menaces des prêtres incapables d'empêcher la propagation des adeptes de Jésus. Est-ce sa faute si cet homme n'est pas mort ? Est-ce sa faute si ses apôtres dispersés dans tout l'empire baptisent à tours de bras ? Est-ce sa faute si les propos des prêtres de cette nouvelle église sont convaincants ? Est-ce sa faute si les échos de miracles se multiplient ? En quoi peut-il intervenir si le Dieu de ces gens fait de l'ombre à celui d'Israël ? Est-ce sa faute si lui-même ne peut chasser le Nazaréen de son esprit ? Car c'est là que se situe la véritable raison de sa morosité.

Le crucifié ne lui laisse plus un moment de répit. Il le voit devant lui, entend ses réponses, cette mort stupide le hante. Amer, il le revoit s'éloignant coiffé de cette ridicule couronne, le dos meurtri imbibant le tissu pourpre du manteau, les épaules voûtées sous le poids du patibulum. Il le revoit titubant de fatigue sous les injures et les coups. Des larmes de compassion lui viennent parfois qu'il tente difficilement de refouler. Un Procurateur ça ne pleure pas ! Lui si ! Il n'avait qu'un geste à faire, un mot à dire pour que la mascarade s'arrête. Il avait ce pouvoir il n'en avait pas usé.

Si seulement le Dieu inconnu du condamné lui était venu en aide. S'il lui avait murmuré à l'oreille « Laisse mon fils en paix, relâche-le, il ne vous a rien fait » Là, c'est sûr ! Il aurait montré qui était le maître à Jérusalem !

Mais il est trop tard. Il n'a eu qu'un petit sursaut d'autorité lorsqu'il a fait placer ce panneau portant la mention « Roi des Juifs » afin d'humilier Hérode et sa clique de prêtres.

Il est heureux du dénouement. Finalement cet homme n'est pas mort, ou s'il l'est, plus personne n'en a la certitude. Cette pensée atténue un peu ses remords. Caïphe, Anna, Hérode, doivent forcément vivre aussi avec cette interrogation. Et si c'était vrai ? disait la voyante. Cette question se pose des milliers de fois par jour et par toutes les provinces. Elle se pose du saint des saints au cœur du temple lorsque le grand prêtre s'y trouve jusqu'à Rome où se tient l'âme de l'empire. Et si c'était vrai ?

Pour le procurateur le doute s'est envolé. Aucune légende ne survivrait avec un tel acharnement. Comment des milliers d'hommes pourraient-ils braver l'autorité au péril de leurs vies, pour un mythe ? Il a vu les disciples prêts à mourir, les convertis s'effondrer au moment du baptême, un homme périr sous les pierres sans un murmure. « Tu es à la croisée des chemins. Tu as rendez-vous avec ton destin ! » Ce monde aussi est à la croisée des chemins. « Tu en es le pivot » Ces paroles ne cessent de marteler sa mémoire.

Rien n'est dû au hasard. Ce Jésus ne pouvait être jugé par personne d'autre parce qu'il était Jésus et que lui était Pilate. C'était inscrit dans l'espace depuis la nuit des temps. Inutile de chercher des raisons extérieures à cette évidence. C'est lui Pilate qui devait être présent ce jour-là et personne d'autre. La question qui se pose à présent c'est « Et maintenant ? » Car il doit forcément se passer quelque chose, sinon rien de tout cela n'aurait de sens. Il porte en lui le martyr d'un autre. Cet autre attend de lui une action qu'il ne peut exécuter faute d'en connaître les éléments.

La vieille doit savoir. Il est des mystères pour les uns qui s'avèrent limpides aux autres. Chaque question a sa réponse. Il faut simplement aller la chercher là où elle se trouve.

Un sixième sens profondément enfoui dans les replis de son âme, l'informe que le dénouement est proche. Cette femme connaît la conclusion de son insondable destin. Puisque les réponses sont chez elle, il ira les chercher.

Les interrogations de Shimon si elles sont différentes de celles du procurateur, n'en sont pas moins obsédantes. Voir passer les jours, les semaines et les mois sans autre activité que parcourir le désert de puits en oasis, de nuits glaciales en jours de fournaise, d'identiques soirs en pareils lendemains, n'amènent à l'armateur qu'un profond sentiment de frustration.

Les nouvelles qui lui parviennent ne sont pas bonnes. Si effectivement la nouvelle philosophie se propage sur tout le pourtour méditerranéen, la chasse aux adeptes s'est-elle aussi largement étendue. Dans leur fuite en avant, certains n'ont fait que passer. D'autres se sont accrochés à l'Égyptien espérant jouir de sa protection comme il jouit de celle de son coffret. C'est précisément le paradoxe qui permet à Shimon d'échapper à ses poursuivants.

Informé en permanence de la progression des patrouilles, il peut ainsi conserver une longueur d'avance sur les chasseurs. Jérusalem, l'excitation du pouvoir n'en est que plus exacerbée. Il ne se passe pas de jour sans que le roi ou les prélats ne fustigent policiers et soldats, incapables d'interpeller ce maudit Égyptien.

- *Voilà des mois que vous quadrillez le désert. Vous ne ramenez que de pitoyables loques d'une effroyable stupidité ou petit gibier de potence sans intérêt. Nous remplissons les cachots de cette fange nauséabonde qui ne vaut même pas le prix d'une lanière de fouet.*

- C'est que cet homme est un serpent Éminence ! Il nous glisse entre les doigts. Il est très bien informé. Il sait parfaitement où nous sommes. Nous ne trouvons à chaque fois que les restes de ses campements.

- Même les serpents ont des prédateurs ! réplique Caïphe. Un jour ou un autre ils finissent dans les griffes d'un rapace. C'est la loi de la nature. Il faut croire qu'en fait d'oiseaux de proie vous n'êtes que des oisillons !

- Le désert est vaste Éminence !

- Et votre incompétence encore plus vaste. Nous voulons cet Égyptien et nous le voulons vivant. Nous le voulons avec son mystérieux coffret et son contenu. Chassez-le, trouvez-le, arrêtez-le et ramenez-le ! Les autres, les convertis, passez-les au fil de l'épée. Ne nous encombrez plus de cette vermine.

Si Shimon n'entend pas les propos de Caïphe, il les devine parfaitement. Un jour c'est sûr, la chance va changer de camp. Cela fait trop longtemps qu'il attend les messagers de Pierre. Ce coffret est pour lui une chaîne aussi lourde que celles qui le retenaient à son banc de galérien. Il n'aspire plus qu'à le remettre à celui qui quelque part possède l'autre moitié du poisson de métal.

Pour ce faire, il doit cesser de jouer au renard traqué. Les apôtres du Messie ne prêchent pas dans le désert. Ils sont éparpillés dans les cités au cœur du danger mais au milieu des postulants. Avec Isaïe et une poignée de ses meilleurs hommes, il va reprendre avec prudence le chemin de la Judée.

Au nord de Jérusalem, Pilate pénètre seul cette fois dans l'antre de la voyante. Ici le temps est suspendu.

Rien n'a bougé, rien n'a vieilli, rien n'a changé. L'odeur, la pénombre, le désordre, Chaque détail ramène le procurateur deux ans plus tôt.

- *Je t'attendais, installe-toi.*

- *Comment savais-tu que j'allais revenir ?*

- *Tu ne fais confiance à personne, pas même à toi ! Tu ne maîtrises plus ton destin, tu penses que j'en possède la clé.*

- *Ce n'est pas le cas ?*

- *Le chemin que tu suis ne m'est pas ouvert. Je sais seulement que tu en verras bientôt le bout.*

- *Je peux quand même jeter du sel sur le feu ?*

- *Si ça peut te rassurer ! Mais je sais déjà ce que je vais y lire.*

Pilate projette une énorme poignée de sel gris dans les braises. Un drapé de flammes bleues s'élève en crépitant.

- *Rien de ce que je vois ne m'indique quoi que ce soit que je ne sache déjà.*

- *Dis quand même.*

- *Ta mission est terminée. Les ailes d'or de l'oiseau sont ouvertes. Elles vont se refermer sur toi.*

- *Tu veux parler de l'emblème de Rome ? De l'aigle ?*

- *C'est symbolique. Tu fais en réalité l'objet de deux complots. L'un humain, tu peux essayer de le contrarier, l'autre spirituel, mystique, occulte, ses raisons m'échappent. Contre lui tu ne peux rien. Il te projettera vers le premier.*

- *Faut-il donc toujours que tu parles par énigmes ? Je ne suis pas habile au déchiffrage des paraboles.*

- *Je ne peux être plus claire. Je te l'ai dit, les raisons qui te font aller me sont aussi inconnues qu'elles le sont pour toi. Tu peux tenter de fuir ton destin pendant quelque temps, mais il te rattrapera.*

- *Le fuir pour échapper à quoi, à qui ?*

- *À toi-même. C'est pour cela que le combat que tu livres est perdu d'avance. Deux entités se partagent ton âme. Celle qui peu à peu prend le dessus va t'élever tout en te perdant. L'autre pourrait te sauver physiquement mais te tuerait moralement. C'est en cela que je n'ai pas accès au futur qui sera le tien. C'est toi qui en possèdes la clé. Toi seul.*

- *Le monde supérieur n'est pas accessible aux hommes. C'est celui des forces spirituelles. Il s'y passe la même chose que sur cette terre. Les conflits y sont les mêmes. Le mal affronte le bien. Ce qui t'arrive y puise ses raisons. Le plus fort te fera sien. Cruel paradoxe, si le bien l'emporte tu finiras mal.*

- *Tu vois la mort voleter autour de moi ? Soit franche ! Je suis prêt à tout entendre.*

- *La mort vole autour de nous tous, elle te vaincra quoi qu'il en soit. Ne la crains pas. Seuls les lâches tremblent devant elle. As-tu eu peur de naître ?*

- *Je ne m'en souviens pas, C'est possible.*

- *Si ce fut le cas, n'es-tu pas né pour autant ? La peur t'a-t-elle préservé ? Repart avec sérénité. Va jusqu'au bout, jusqu'au dernier instant. Fais en sorte qu'en voyant ton reflet sur l'infini il t'arrache un sourire et non des larmes. Certains ont un chemin facile, sans intérêt mais facile. Ils arrivent, ils partent, entre les deux le néant. Tu n'appartiens pas à cette catégorie. Laisse-moi maintenant, je suis fatiguée. Mon temps s'achève aussi. Je dois me préparer même si j'ai moins de tri à faire que toi.*

Dans les jours qui suivent, Shimon retrouve la trace de deux des amis du Nazaréen. Jacques et Mathias prêchent près de Césarée s'ils acceptent de rompre le pain avec lui ils refusent en revanche de se charger du coffret.

- *Pierre te l'a dit, tu le remettras à celle ou à celui qui possédera l'autre moitié du poisson. Nous sommes tous au courant de ce que tu as commis il y a près de deux ans. Nous savons que tu finiras par tomber entre les mains de la justice. Nous connaissons les stupidités qui se racontent au sujet de ce coffre. Pierre t'avait demandé de le mettre en sécurité là-bas en Égypte. Il semble que tu aies failli.*

- *Je n'ai pu me rendre à Alexandrie. Cependant j'ai veillé jour et nuit sur ce que vous m'aviez confié je n'ai trahi personne. Le mystère qui entoure ce coffret reste entier pour tous sauf pour vous. Qu'est-ce qui vous empêche de le reprendre ?*

- *Il ne nous est pas destiné ! C'est à Marie-Madeleine que tu dois le remettre.*

- *C'est elle qui possède l'autre moitié du poisson ?*

- *Oui ! Nous avons pris cette décision tous ensembles. Nous sommes trop exposés. Elle t'a cherché longtemps, partout, mais dans ta fuite perpétuelle, elle se heurtait toujours aux mêmes écueils que la police. Malgré le danger elle n'a jamais renoncé.*

- *Où est-elle à présent ?*

- *Nous ne le savons pas. C'est par les pèlerins que nous recevons des nouvelles les uns des autres.*

- *En ce cas je regrette, mais je vous remets le coffre que vous le vouliez ou non ! Il n'est plus en sécurité avec moi.*

Shimon dépose la boite devant les deux hommes. D'un geste il retire de son cou le cordonnet auquel sont attachés le poisson de métal et le clou rouillé.

- *Voici ce que vous m'aviez confié. Êtes-vous oui ou*

non des disciples de Jésus ?

- *Je suis son frère ! répond Jacques.*

- *Alors en ce cas, je ne peux le remettre entre de meilleures mains.*

- *Les deux apôtres ne peuvent imposer à Shimon de conserver l'objet contre son gré. Mathias fixe le cordon avec des yeux stupéfaits.*

- *Que fais-tu avec un clou pendu à ton cou ?*

- *C'est un de ceux qui ont servi à crucifier votre maître. Mon ami Isaïe, celui m'accompagnait lorsque j'ai rencontré le Messie à Magdala voilà plus de deux années les avait forgés. Il les a récupérés après l'exécution dans la boue du Golgotha.*

Les deux hommes sont interloqués. L'Égyptien possédait cette monstruosité plaquée contre sa poitrine !

- *Cette relique, tu accepterais de me la donner ? demande Mathias.*

- *Non ! Isaïe me l'a remise en signe d'amitié. Je ne peux vous la rendre.*

- *En ce cas, nous remettrait-il les deux autres ?*

- *Je ne sais pas, je ne le pense pas, mais c'est à lui de décider.*

- *Où est-il ?*

- *Dehors, assis sur la margelle du puits. Il m'attend.*

- *Appelle-le !*

- *Vous ne voulez pas que j'ouvre le coffret avant ?*

- *Ce qu'il contient y est à l'abri, répond Jacques. Nous l'ouvrirons quand le moment sera Venu.*

- *En ce cas, aucun de vous n'aura plus l'occasion de revoir ce qui se trouve à l'intérieur.*

- *Tu veux dire que cette boîte est vraiment... ?*

- *Piégée ? Oui ! Elle tue vraiment ! Laissez-moi vous indiquer son système d'ouverture. Regardez attentivement.*

Quelques instants plus tard, Shimon introduit la lame de son poignard dans l'ouverture béante. Délicatement il en extrait une boule d'étoupe garnie d'épines menaçantes.

- *Voilà le mystère du coffret qui tue ! Les pointes de ces épines sont enduites d'un poison foudroyant. Une simple piqûre suffit à expédier le voleur en enfer. Voulez-vous que je la replace ?*

- *Non, non, inutile ! Nous garderons seulement le coffret. Il faut reconnaître que tu ne manques pas d'imagination ! Montre-nous ce que nous t'avons confié à Magdala.*

Les deux apôtres contemplent avec vénération ce que l'Égyptien protégeait avec un tel dévouement.

- *Merci Shimon ! À présent tu peux peut-être faire entrer ton ami.*

Chapitre XXVII

Shimon a pris sa décision. On parle de moins en moins de L'Égyptien à la boîte mystérieuse. Son retour à Alexandrie peut être envisagé. L'armée romaine ne campe sûrement pas devant sa maison. Une année s'est encore écoulée depuis qu'il a rendu aux apôtres leur bien sacré. Une année durant laquelle il a erré plus qu'il n'a fui à travers la Palestine.

Isaïe est un peu à l'origine de cette longue errance. À chaque fois que la nouvelle de la présence d'un disciple ou d'un prêtre de la nouvelle église lui était signalée, il se précipitait pour l'écouter. Plus que tout autre il se sent proche de l'homme de Nazareth. Il ne peut oublier que ce sont ses clous qui l'ont mutilé. Il a fini par accepter d'en remettre un à Jacques, cet homme se disait frère du Messie. Mais celui qu'il porte au cou, celui-là personne ne lui prendra.

Au début il allait seul écouter les sermons. Puis Shimon a commencé à l'accompagner.

Sans jamais se faire reconnaître par les disciples, ils

se mêlaient à la foule, écoutant inlassablement les mêmes prêches, puis s'éloignaient quand malades ou estropiés assaillaient les apôtres dans l'espoir d'une guérison miraculeuse. Il y en avait bien sûr, mais pas autant que les rumeurs voulaient bien le laisser croire.

Certaines fois, lorsqu'un de ces éclopés, animé d'une foi suffisamment profonde se dressait sur ses membres chancelants, une violente crise de folie s'emparait de lui. Rires et larmes le projetaient vers ses amis, sa famille ou les plus proches spectateurs. À d'autres moments, la supercherie était un peu grossière. Pourtant cela n'empêchait pas curieux, crédules ou convaincus, de venir allonger la liste des candidats au baptême.

Alors lentement, insidieusement, l'esprit de forgeron s'imprégnait des idées nouvelles assez éloignées pourtant de sa religion d'origine. Un soir, les yeux perdus dans les flammes du feu de camp, il osa prononcer à haute voix « Je vais rejoindre cette église. Je veux me faire baptiser ! »

Un sourire entendu éclaira le visage de Shimon. Cet aveu ne fut pas pour lui une surprise. Il resta silencieux plusieurs minutes avant de répondre d'une voix étrangement calme.

- *Je crois que moi aussi !*

Plus personne ne prit la parole. Les hommes restèrent longtemps, drapés dans d'épais manteaux à contempler la danse du feu. Shimon trouvait là un épilogue à son séjour en Palestine. Le lendemain, avec le jour, il revint à la réalité.

- *Que vas-tu faire ensuite Isaïe ? Je veux dire après ton baptême ?*

- *Je quitterai la Judée. Je rejoindrai une communauté. Plus rien ne me retient ici. Je suis fatigué de jouer avec l'armée ou la police. Ma conversion n'est pas pure fantaisie. J'adhère corps et âme à l'église du Messie. Je sais que pour toi les choses sont différentes, c'est pourquoi je ne te propose pas de suivre mes idées.*

- *Que sais-tu de mes idées ? Je les exprime différemment c'est tout ! Crois-tu que je me suis engagé à recevoir ce baptême juste pour faire comme toi ? Pour te faire plaisir ? N'oublie pas que j'ai porté avec moi un emblème d'une incroyable puissance philosophique. Je l'ai défendu, protégé au péril de ma vie. Je me serais fait tuer plutôt que d'en dévoiler le secret !*

- *Ne présume pas de mon état d'esprit. Je veux devenir chrétien parce que c'est mon choix, mon désir le plus profond. Mais je n'irai pas rejoindre une communauté. Mes affaires m'attendent à Alexandrie depuis trop longtemps. Japhet n'est peut-être même plus de ce monde !*

- *À présent, demande Isaïe, tu peux peut-être me dire ce qu'il y avait dans ta boîte ?*

- *Non Isaïe ! Je ne peux pas te le dire. Cette nouvelle se répandrait à la vitesse de l'éclair à travers tout le pays et même au-delà. Si les amis de Jésus Christ ne le dévoilent pas, ce n'est pas à moi de le faire.*

- *La boite continue-t-elle à tuer ?*

- *Non ! J'ai ôté le sortilège.*

Isaïe n'insiste pas. Un jour peut-être il saurait. Pour le procureur aussi le moment de faire face à son destin allait arriver. S'il est physiquement présent, ses pensées l'emportent bien loin des préoccupations de palais. Il ne vit plus que par la mort de Jésus de Nazareth. Le sang de cet homme s'est depuis longtemps mêlé au sien.

Si la voyante à raison, alors rien de ce qui est arrivé n'est de sa faute. Il s'est seulement trouvé à la mauvaise place au mauvais moment. Un autre procurateur dans une autre province aurait-il agi autrement ? Probablement non ! Qui peut jurer qu'il ne fait que ce qu'il décide de faire ? Personne, pas même Tibère ! Un empereur quelle que soit sa puissance, n'est qu'un amas de chair putrescible à la merci d'un pouvoir céleste dont il ne soupçonne même pas l'existence.

Un homme n'est qu'un homme. Tôt ou tard il se dissout dans l'infini du temps, cédant sa place sur les gravats de sa conscience à aussi piètre jumeau. À présent convaincu de cette réalité, Pilate refuse un combat contre lui-même qu'il sait perdu d'avance. Il ne s'appartient plus. Il n'appartient plus à Rome. Il se scinde en milliard de particules pour mieux se mêler à l'esprit commun qui ranime la flamme de la nouvelle doctrine.

Adieu piteuses divinités romaines. Ridicules chimères à bout de souffle. Votre voie est sans issue. Qui peut encore accorder le moindre crédit à pareilles utopies ? Avez-vous seulement une fois démontré le moindre pouvoir ? Celui du Dieu du Nazaréen se prouve chaque jour. L'énergie qu'il développe dans son invisibilité, s'infiltre au plus profond des êtres où elle sème le grain d'une foi qui annihile toutes les autres.

Les herbes sèches d'un jardin stérile se dispersent au vent des croyances impies. Pilate ne cherche plus à échapper au flot qui l'emporte. Sa fin programmée lui apparaît comme sa véritable naissance. Sa sournoise métamorphose s'achève contre les parois d'une chrysalide lumineuse qu'il ne lui reste plus qu'à déchirer. Au-delà commence son authentique histoire. Au-delà, l'aigle romaine l'attend.

Le procureur n'en a cure. Il rompt avec son passé pour conclure une alliance qu'il sait éphémère en ce monde mais à jamais inviolable. L'eau du baptême lavera ses souillures si elles ne l'affranchiront pas de ses années d'errance. Deux Ponce Pilate écriront l'histoire. Celui d'avant Pâque et celui d'après. Le second se prépare dans le plus strict anonymat à rejoindre ceux qu'il considère désormais comme ses frères spirituels.

Moins d'une semaine plus tard, un invisible fil d'Ariane amène Isaïe, Shimon et Pilate au bassin de la rédemption. Aucun d'eux cette fois ne changera de file.

Lorsque le procurateur laisse descendre sa capuche sur ses épaules, Jacques à un moment de stupeur. Ce visage, cet homme ! Ce n'est pas possible, c'est une ressemblance !

Ne crains pas ! Je suis ici par la volonté de ton maître. Fais de moi son témoin.

- *Mais tu es...*

- *Je sais parfaitement qui je suis. Je suis l'auteur de celui que tu appelles Christ tout autant que toi et tes amis. Vous l'avez conduit à moi en prophète, je vous l'ai rendu en Messie. Baptise-moi, quoi qu'il vous arrive désormais, j'en revendique l'innocence. Priez pour moi à dater de ce jour, ni mon titre ni mon nom ne sont enviables. Accomplis ton œuvre.*

L'eau de la vasque est glaciale. Le tremblement qui convulse les chairs du procurateur n'en est pourtant pas le résultat. Un incontrôlable vertige le fait tituber lorsqu'il cherche à s'extraire du bassin en prenant appui contre la paroi. Tout est accompli. Rome et ses Dieux ont perdu un serviteur.

Shimon ne prête pas attention à cet homme. Il n'a d'yeux que pour Isaïe qui descend à son tour dans l'eau de la renaissance. La main de l'Égyptien se crispa sur les clous qui leur servent à chacun de pendentifs. Le forgeron lui a confié le sien avant de rabattre sa tunique sur ses hanches. C'est fait, Isaïe émerge de la vasque. Les amulettes changent de mains.

Garder ces reliques autour de leur cou n'aurait eu pour conséquence que perturber le disciple déjà bouleversé par l'apparition de Ponce Pilate. Voilà qu'après ce dernier, Shimon lui fait face ! L'apôtre se demande si ses sens ne lui jouent pas des tours. L'homme le plus recherché de Judée est là, à quelques mètres du premier représentant de Rome. À quelques pas de son chasseur. Voilà déjà une situation peu banale, mais que chacun d'eux soit venu s'offrir en signe d'adhésion à la doctrine chrétienne, cela vraiment, dépasse l'entendement.

C'est précisément lorsque Shimon se redresse dégoulinant d'eau fraîche, qu'un mouvement de panique déferle comme une vague de fond sur la foule en attente. Des cris, des bruits de lutte, parviennent jusqu'à l'Égyptien. Cette débandade n'est pas de bon augure. Piégé au fond de ce trou, Shimon essaie de conserver son calme. Il fallait bien qu'un jour le vent tourne.

Des chlamydes rouges apparaissent. Les cuirasses luisent sous l'effet des torches. À coups de cravaches, soldats, policiers du temple et gardes d'Hérode font remonter vers la surface baptisés et candidats. Le prédateur est dans le terrier. Des corps meurtris se courbent en dérisoire tentative de protection. L'Égyptien ne bouge pas. Isaïe le rejoint.

Dans un ultime mouvement de provocation, les deux hommes repassent les cordelettes de cuir autour de leur cou. Perdue pour perdue, autant clore la partie avec brio. Bloqué dans ce cul de basse- fosse humide, Shimon attend calmement que l'évacuation se fasse tout en se préparant à rendre coup pour coup. Quoi qu'il en soit, pour lui la sentence est rendue depuis longtemps.

Le premier garde parvient à sa hauteur. La cravache n'a pas le temps de s'abattre. Le poing de l'armateur s'écrase violemment sur le visage casqué. Un flot de sang jaillit des narines pulvérisées. Trois furies lui tombent sur le dos. Brassées par les corps empêtrés, l'eau éclabousse jusqu'à la voûte. L'armateur est submergé. Un hurlement inhumain résonne dans la galerie.

Voulant dégager Shimon, Isaïe s'est emparé d'une torche qu'il fait tournoyer devant lui avant de l'appliquer sur le visage des gardes déchaînés. Il n'a pas le temps de renouveler son geste. Une vive douleur le stoppe dans son élan. Plié en deux, il laisse la torche tomber dans l'eau. Un glaive vient de le traverser de part en part. Lentement le forgeron s'affaisse dans la vasque.

Avant de s'éteindre, un éclair de lucidité lui rappelle en un flash que la main du disciple s'est posée sur lui. Il meurt chrétien.

Depuis seulement quelques minutes mais chrétien ! C'est à présent un essaim de gardes qui tente de maîtriser un Shimon déchaîné. Avalant de grandes quantités d'eau, il craint de périr noyé. Un instinct de survie le fait crier.

- *Je suis Shimon l'Égyptien ! Je suis Shimon l'Égyptien !*

Immédiatement les coups cessent. Pour les gardes la prise est phénoménale. Le légendaire Égyptien est là entre leurs mains. La nouvelle remonte comme une pierre de catapulte. Dehors officiers et policiers n'en croient pas leurs oreilles. L'un d'eux en particulier sent monter en lui une onde d'exaltation. Fébrile, il attend que le prisonnier apparaisse. Comme elles sont longues ces minutes. Enfin le voilà ! Tuméfié sans doute, ensanglanté évidemment, mais c'est lui, c'est bien lui ! Les deux hommes sont face à face. Cramponné par les cheveux, le prisonnier redresse la tête.

- *Shimon !*

- *Aaron !*

- *Et oui Shimon ! Comme tu peux le constater, si ton piège a pu fonctionner un moment, j'ai pu finalement m'expliquer. J'ai retrouvé mon honorabilité comme mes fonctions. Je dois t'avouer que je ne trouve aucun mot pour décrire la joie que me procure ta capture.*

Le crachat de Shimon atteint Aaron en pleine face. Le policier encaisse l'humiliation sans réaction violente. Il s'essuie simplement le visage d'un pan de sa chasuble.

- *Comment pouvais-tu espérer faire de moi ton ami ou simplement ton complice ? Tu as trop cru au pouvoir de ta fortune. Je t'avais pourtant averti.*

- *Je ne suis pas encore sur la croix Aaron. Ne te réjouis pas trop vite !*

Alors que les deux hommes s'affrontent mutuellement du regard, un garde vient glisser quelques mots à l'oreille du policier. Ce dernier semble tomber des nues.

- *Quoi ? Qu'est-ce que tu racontes ? Vous autres retenez cet homme. Veillez sur lui plus encore que sur vos propres vies. Qu'il ne lui arrive rien. Ce n'est pas un conseil c'est un ordre !*

Aaron s'éloigne vers un attroupement d'uniformes. Le ciel lui tombe sur la tête. Là, au milieu des soldats, la capuche rabattue sur les épaules, Ponce Pilate en personne !

- *Vous Excellence ! Mais comment... ?*

- *Je suis Ponce Pilate, procurateur de Judée. Je suis ici par raison d'état. Je vous prie en conséquence de non seulement libérer le passage mais de m'escorter jusqu'à Jérusalem. Je n'ai pas à répondre aux questions de la police du temple ou des gardes du roi Hérode. Laissez ces gens en paix. Ce ne sont ni les disciples de ce Jésus ni des complices de l'Égyptien.*

- *Précisément excellence, réplique Aaron, l'Égyptien en question est entre nos mains. Il a été surpris au beau milieu du bassin en plein baptême.*

- *Vous voulez dire que... ? Êtes-vous certains qu'il s'agit bien de l'homme que nous recherchons depuis plus de trois années ?*

- *Oui, Excellence ! L'empoisonneur, celui qui crucifie nos prêtres et met le feu à la ville.*

- *Je veux voir cet homme ! Conduisez-moi à lui.*

C'est que... Excellence, Votre présence ici, dans cette tenue...

- *Vous n'êtes qu'un policier du temple, siffle de rage le procurateur. Je n'ai aucun compte à vous rendre. J'exige de rencontrer cet Égyptien. Ne vous avisez surtout pas de vous opposer à moi.*

Le ton du procurateur, son assurance, déstabilise Aaron. Bien qu'il soit persuadé que le romain lui ment quant aux raisons réelles de sa présence sur les lieux, il ne peut que céder à ses exigences. La mort dans l'âme il s'exécute. Escorté de ses soldats Pilate emboîte le pas du policier.

- *Ainsi c'est toi l'Égyptien qui fait tant parler de lui ? Où donc est cette boîte magique qui te rend indestructible ?*

Silencieux, Shimon se contente de toiser le procurateur.

- *Ta capture t'a rendu muet ? Elle va pourtant procurer une grande joie aux habitants de Jérusalem. Je ne pensais pas pêcher pareil poisson en venant ici. Je t'emmène avec moi. Je veux t'avoir sous ma propre surveillance. Nous allons avoir beaucoup de choses à nous dire toi et moi. Gardes ! Libérez tous les autres. Le gibier que nous tenons mérite toute notre attention.*

- *Je regrette excellence, ose protester Aaron, mais je garde le baptiste. Lui, c'est l'affaire du temple !*

Ne voulant pas trop tirer sur la corde, Pilate jette momentanément le disciple en pâture au Sanhédrin. Il s'opposera de toute façon à son exécution si elle lui était demandée. Sous bonne escorte, Shimon accompagne le procurateur.

Réveillé en pleine nuit, Caïphe ne sait absolument pas comment réagir. Bien sûr, savoir l'Égyptien au fond d'un cachot lui procure un plaisir considérable, mais se faire souffler la prise par le procurateur le remplit d'une grande amertume. Encore une fois Pilate va s'auréoler de cette arrestation alors que cette gloire appartient de droit à la police du temple. Réveillé pour réveillé, que le Sanhédrin se réunisse sans délai afin d'interroger le disciple que le procurateur lui a offert comme lot de consolation. Ce lascar aura peut-être une information concernant la présence de Pilate sur les lieux du baptême.

Alors que le jour commence à poindre, Jacques fait son entrée dans le prétoire. Des heures durant les questions fusent. Toujours les mêmes parsemées de pièges. Épuisé, il ne souhaite qu'une chose, dormir ne serait que quelques heures. Brusquement tout bascule. La stupéfaction paralyse la face rougeaude des juges. Jacques a répondu sans même réfléchir. Au bord de l'effondrement, alors que la question revenait pour la centième fois il a craqué.

- *Je l'ai baptisé je crois, je ne sais plus.*

Comme si Dieu en personne était apparu au tribunal, un silence sépulcral s'est abattu sur le prétoire. Ont-ils bien entendu ?

- *Qu'est-ce que tu viens de dire ? murmure Anna.*

- *Je l'ai baptisé, rien de plus, répète le disciple.*

- *Tu as baptisé le procurateur ?*

- *Oui ! Ensuite il est parti, juste avant l'intervention des gardes.*

- *Tu prétends que non seulement tu as baptisé l'Égyptien, mais que la présence du procurateur avait le même motif ?*

- *Oui ! Laissez-moi dormir à présent, je suis fatigué.*

Le Sanhédrin est en ébullition. Pilate converti ! Pilate baptisé par un apôtre de ce pseudo-Messie ! Hérode doit en être immédiatement informé. Retiré dans sa province de Galilée, le roi doit être mis au courant au plus tôt. Il faut qu'il revienne à Jérusalem, qu'il entende de la bouche même du disciple, cette ahurissante information. Comment Tibère pourra-t-il protéger son magistrat quand la preuve flagrante de sa trahison est entre les murs d'une geôle de Jérusalem ? Ignorant que son futur prend une orientation critique, Pilate offre une coupe de vin à Shimon.

- *Tiens, goûte ce nectar, sert toi, mange. Tu n'es pas un prisonnier comme les autres. Tu vas bientôt profiter d'un séjour à Rome. Un cas comme le tien doit franchir la mer. Tu es une célébrité bien plus loin que tu ne l'imagines. Une véritable légende. Cette boîte que tu prétends avoir remise aux disciples de Jésus, me diras-tu ce qu'elle contenait ?*

- *Elle contenait la matérialisation de ce que tu as fait de lui !*

- *Voyons, tu ne vas pas toi aussi répondre par énigmes ! Ma question est directe, répond de même. Sais-tu ce que j'étais allé faire au fond de ce puits ? Tu vas peiner à le croire, la même chose que toi. Je me suis converti ! Cet homme qui t'a baptisé a pratiqué sur moi le même rituel. Nous sommes de la même famille toi et moi. Si seulement tu n'avais pas commis tous ces actes, particulièrement le dernier !*

- *Je crains de ne pouvoir te venir en aide en ce qui concerne ton avenir, mais tant que tu seras à Jérusalem, personne ne posera la main sur toi.*

- *Je n'ai pas peur de mon avenir. J'ai fait une promesse en rendant le coffret. J'ai chassé de ma mémoire tout ce qui s'y rapporte. Je t'ai donné une réponse. Elle est exacte. À toi de déchiffrer le message. J'ai aussi une question en ce qui te concerne. Tu as fait exécuter Jésus, pourquoi adhérer aujourd'hui à sa cause ?*

- *Je ne l'ai pas fait exécuter ! Je l'ai abandonné à ses bourreaux. Je n'avais pas d'autre choix je crois. Ses incessants appels depuis ce jour me confirment dans cette sensation. Même ma main porte son signe.*

- *Je peux voir ?*

Pilate ouvre largement sa paume. Rien de particulier ne saute aux yeux de Shimon.

- *Je ne vois aucun signe !*

- *Une vieille femme l'a pourtant vu un jour !*

- *En ce cas vois-tu, ta main est comme ma boîte. Seuls les initiés ont le pouvoir d'y voir quelque chose.*

- *Je vais te mettre au cachot. Tu y seras au secret mais personne ne te fera le moindre mal. Si comme je le pense, Tibère te réclame à Rome, je te remettrai à son autorité.*

Une semaine plus tard, Hérode est de retour dans la cité. La nouvelle délivrée par l'envoyé du grand prêtre associé à l'arrestation de l'Égyptien, l'ont enivré plus que ne l'aurait fait le plus aromatisé des vins. Voilà enfin l'appui qu'il attendait. Chaque terminaison nerveuse du roi, fourmille d'un plaisir existant.

Il aura fallu plus de trois années pour terrasser le procurateur avec ses propres armes. Il verra la chute de son ennemi avant de quitter ce monde car il souffre de plus en plus souvent. Si Roi il est, le mal qui est en lui n'en a cure. Il le ronge petit à petit de l'intérieur. Son visage s'est creusé, ses pommettes saillantes ne font qu'accentuer le creux des orbites où deux yeux noirs intensifient sa peau terreuse.

Sous l'ample manteau, ses hanches ne retiennent plus que la peau flétrie de sa taille disparue.

La vermine qui s'est emparée de son intérieur aura bientôt raison de lui. Avant il faut qu'il ait raison du procurateur. C'est lui le responsable de son mal. Combien de fois a-t-il dû lui Hérode, manger son poing. Produire une acidité gastrique destructrice, tant il lui fallait se contenir pour ne pas hurler de rage sous les assauts d'un sort funeste. Il va mourir c'est sûr, mais Pilate partira avant lui. D'ailleurs depuis cette nouvelle il se sent beaucoup mieux. Ce n'est qu'un leurre bien sûr, mais il va lui permettre de tenir. D'obscurs pouvoirs régissent le corps selon que l'âme soit apaisée ou torturée.

Tant de semaines, de mois, d'années, ont ruminé sa rancœur. Tant de jours et de nuits à implorer YAHVE de chasser de la terre de David l'oiseau d'or prétentieux. Outre l'outrage de cette domination infamante, il a fallu que se greffe dessus ce fléau de Nazaréen. Il s'en est fallu de peu que sa couronne de monarque ne bascule sur la tête de cet usurpateur.

« Roi des juifs » Avait osé écrire Pilate. Toute cette mascarade pour finalement se prendre à son propre piège. Ce Messie de pacotille livré comme un sac de parasites dans l'espoir qu'ils contaminent toute une nation, s'était finalement retourné contre son inventeur. Sans doute la gangrène s'était propagée dans toute la Palestine, mais elle attaquait à présent sans critère de sélections. Rome elle-même allait faire les frais de cette propagation incontrôlable.

Ponce Pilate en était le signe précurseur. L'empire et ses Dieux de pierre allaient avoir d'autres préoccupations que conquérir la terre entière. L'aigle à un trop gros bec pour se débarrasser des parasites qui grouillent sous ses plumes. Pilate lui est un gros morceau. Il peut servir de pâture. Quant à l'Égyptien, c'est à Jérusalem qu'il a commis ces forfaits, c'est donc à Jérusalem qu'il doit être jugé. À Jérusalem et par le peuple de Jérusalem ! C'est fort de cette conviction que le roi arrive au palais du procurateur.

- *C'est à la justice juive de régler le sort du prisonnier !*

- *Il n'en sera pourtant pas ainsi ! réplique Pilate. Cet homme sera conduit à Rome.*

- *En quoi Rome est-elle concernée par les actes de cette crapule ?*

- *C'est vous Roi Hérode qui êtes allé pleurnicher chez l'empereur afin de réclamer son aide. Le seul qui puisse vous aider ici c'est moi !*

- *Vous ? La plaisanterie est de taille ! Vous qui venez d'adhérer à la cause de ce Jésus, vous qui venez de vous faire baptiser !*

Pilate accuse le coup. En livrant le disciple aux mains des prêtres, il craignait un peu que celui-ci ne fasse des révélations. Il comptait sur l'exceptionnelle force de caractère de l'apôtre, hélas, les méthodes employées lors des interrogatoires avaient eu raison de sa détermination.

- *Ce ne sont que des ragots. Je suis sur les traces de ces gens depuis des semaines. Le but de ma présence était de remonter jusqu'à ceux qui dirigent, jusqu'à la tête afin de la couper. Il faut parfois passer par certaines obligations.*

- *Comptez sur moi pour qu'effectivement une tête soit coupée procurateur. Cette fois vous n'échapperez pas à votre destin. Je vous en informe ouvertement, mes messagers sont déjà en route pour Rome. Vous avez trahi ceux de votre entourage comme vous trahissez ce peuple que vous étiez censé protéger.*

- *Fiche moi le camp d'ici monarque de parade. Fiche moi le camp avant que je ne te fasse jeter au fond d'un cachot. Tibère t'a prouvé déjà une fois qu'entre toi et moi il avait fait son choix. Le jour où tu remets les pieds dans ce palais, le jour où je revois ta face de porc malade, sera le dernier de ta vie. Parole de Ponce Pilate !*

Outré, humilié tant par les propos que par le brusque tutoiement, Hérode se retire, les muscles du visage contractés d'une fureur difficilement contenue. Une vive douleur le fait se plier en deux. Son escorte se précipite.

- *Ça va, ça va ! Fichez-moi la paix. C'est l'air de ce palais qui ne me convient pas. Il est corrompu !*

Si le cachot qui retient Shimon est le plus éloigné et le plus profond, il y jouit en revanche d'un minimum de confort. Une épaisse couche de paille, trois couvertures, boisson et nourriture à la demande, une lampe à huile lorsqu'il le souhaite, le voilà donc parvenu au terme de son histoire. Rome sera son dernier port. C'est de là qu'il embarquera pour le monde de Dismas. Une nuit profonde va l'ensevelir.

Cette épopée insensée ne l'aura finalement conduit nulle part. Il ne parvient même pas à regretter soi que ce soit. Baptisé ou pas, chrétien ou pas, il est toujours Shimon. Cette prison n'est finalement que la suite logique d'une vie d'échecs. Échec de sa vie d'homme libre, il a fini aux galères ! Échec de son évasion, il est de nouveau enchaîné ! Échec de sa vie d'homme riche, il a tout perdu ! Échec de ses amitiés, ils sont tous morts ! Échec de sa vie tout simplement !

Il n'a donc rien à regretter. La mort ne l'inquiète pas. C'est finalement la seule chose que personne ne rate jamais. Quand on en franchit le seuil on n'en revient pas ! Pas plus un Messie nommé Jésus, qu'un Égyptien nommé Shimon. Si cet homme qu'il a vu sur sa couche, les poignets serrés dans des bandages de lin, colorés de sang séché a pu lui parler, c'est qu'il n'avait jamais franchi la frontière séparant les deux mondes. Messie ? Peut-être ! Fils de Dieu ? Pourquoi pas ! Tout cela n'est pas incompatible avec une existence d'homme. Simple question de philosophie. La vérité absolue se trouve de l'autre côté de la porte. Une porte interdite dans le sens des retours. Quand il l'aura franchie, il saura. C'est pour très bientôt, à Rome !

Chapitre XXVIII

Sistarius contemple le bassin de marbre où s'écoule une eau fraîche que l'ombre des platanes couvre d'une pellicule d'argent. De la terrasse, il aperçoit une prairie verdoyante où les oliviers scintillent au soleil de ce début de matinée. Quitter le calme de sa maison de campagne est pour lui une torture.

L'enfer qu'est devenue Rome lui fait d'autant plus apprécier la douceur de cette luxueuse retraite. Hélas, il n'a pas le choix. Dans quelques heures, Ponce Pilate ex-procurateur de Judée, va être exécuté pour haute trahison. Tibère n'est plus depuis longtemps l'empereur de ses débuts assurant calme et prospérité à l'empire.

L'obsession sans cesse grandissante du complot visant à l'éliminer, a peu à peu fait de lui un tyran sanguinaire. Les rangs des sénateurs se sont considérablement éclaircis. Personne n'échappe à la calomnie. La menace du glaive est permanente. Se taire n'est plus une protection. S'asseoir un jour sur le banc des sénateurs peut conduire dès le lendemain en prison.

Une simple dénonciation, le plus souvent calomnieuse, expédie à coup sûr la victime innocente ou non au bourreau. L'absence de ce dément qui ne quitte pratiquement plus son palais de Capri, n'y change rien. La mode est au nettoyage par le vide. Pilate n'a pas choisi la bonne époque pour abuser de la confiance de l'empereur, d'autant que ce dernier est constamment informé des tentatives d'émeutes conséquence des abus de ce pouvoir dont la principale préoccupation semble d'accabler d'impôts une population soumise à un régime de terreur.

Les rues de la cité tremblent souvent d'un déchaînement de violence nécessitant de véritables opérations militaires. Un brigandage féroce règne dans tout l'empire. Le sable du Colysée regorge du sang de ceux que la malchance a jetés dans la gueule du monstre. Pour Tibère maintenir un semblant d'ordre passe par une répression démesurée. Chasseur un jour, gibier un autre, c'est le lot de chacun qu'elle que soit sa situation sociale.

Le procès du procurateur fut grandiose dans l'absurdité théâtrale de son déroulement. Tout lui fut reproché à commencer par l'invasion des convertis à la religion d'un juif illuminé, qu'il avait non seulement été incapable de mettre hors d'état de nuire, mais dont il avait à présent, crime de lèse-majesté, épousé la doctrine.

Pire qu'une épidémie de peste, le dogme stupide de cette secte fanatique avait à présent atteint les faubourgs de Rome. Il ne faudrait plus longtemps avant qu'il ne contamine jusqu'aux dignitaires. Pilate en était la preuve évidente.

Le fléau qui menaçait la ville était l'œuvre du procurateur. Cette race débile racolait dangereusement dans les bas-fonds sordides où crève-la-faim et fainéants de tous poils guettaient la moindre occasion pour piller, tuer, violer sans la moindre retenue. Aux dires des accusateurs, l'Égyptien aux pouvoirs magiques était lui aussi un produit de Ponce Pilate, même si finalement tout cela n'était que fumisterie puisque depuis plus de trois mois, l'homme en question avait démontré son incapacité à se sortir du guêpier dans lequel ses actions l'avaient projeté.

Si au début le procurateur avait contesté des accusations plus fantaisistes les unes que les autres, il s'était rapidement refermé sur lui-même comprenant que toute tentative pour se défendre ne faisait que l'enfoncer d'avantage. Dès son rappel à Rome, il sut que la partie était jouée d'avance. Sa condamnation à mort ne fut donc pas une surprise. Elle ne fut que la confirmation d'un événement inscrit dans sa chair depuis son premier jour. La prédiction de la voyante était accomplie. Les serres de l'aigle Romaine s'étaient refermées sur lui. Il lui restait un dernier tour à jouer avant de quitter la scène.

Alors que Pilate vit ses dernières heures, un bateau touche la cote italienne. Le voyage fut long et pénible pour Priscus, mais il avait fait une promesse à Shimon, il doit la tenir. Personne n'ignore évidemment l'état d'esprit de L'empereur. Priscus est conscient de l'insignifiance de ses chances pour obtenir la clémence de ce psychopathe, mais au moins il aura essayé.

Le régime auquel est soumis Shimon depuis son arrivée à Rome n'est pas le même que celui de sa détention à Jérusalem. Il a appris la chute du procurateur. L'Égyptien n'a pour l'instant fait l'objet d'aucun procès. Il n'a eu à répondre qu'à des interrogatoires espacés dans le temps. N'ayant rien caché des raisons véritables qui l'ont poussé à agir, il n'a jamais couru le risque de se couper dans ses déclarations.

La seule question qui n'obtient pas de réponse précise concerne le contenu du coffret. Même les séances de flagellations furent inutiles. Il faut dire que Tibère a donné des consignes strictes. L'Égyptien doit rester en vie ! Si cet homme détient réellement des pouvoirs, lui Tibère veut les connaître. Voilà un secret qui vaut la peine d'être dévoilé. On a dit trop de choses sur ce Shimon, tout ne peut être faux.

Les morts emportent leurs secrets avec eux.

Tant que l'Égyptien reste en vie, ses pouvoirs s'ils existent réellement le restent aussi. Beaucoup pensent que réellement cette histoire n'est que contes pour enfants, mais lui Tibère sait qu'un conte a toujours son origine une part de réalité.

Dans le silence épais de son cachot, Shimon à tout son temps pour analyser la situation. Il devrait être mort depuis longtemps. Sa survie est liée à son silence. Ce qui est certain c'est que cela ne durera pas éternellement. Qu'il finisse ou non par dévoiler le secret du coffre, il finira sur le sable de l'arène. C'est en ce lieu que la majeure partie des condamnés rend leur dernier souffle.

Les manières sont multiples, l'imagination des bourreaux, sans limites. On parle même de fauves nourris à la chair humaine afin que ceux-ci accomplissent le travail au plus grand ravissement des spectateurs. Les gardes ont la langue bien pendue. Et puis semer la terreur parmi les prisonniers est très amusant. Shimon entend leurs hurlements de révolte quand le moment est venu pour eux de quitter les cellules surpeuplées pour un théâtre qui l'est plus encore.

Ils auront cependant le privilège de disposer de tout l'espace de l'arène pour exhiber leur terreur.

Aujourd'hui, le Colysée va vibrer d'une frénésie

encore plus grande que d'habitude. L'exécution publique d'un procurateur n'est pas chose commune. En règle générale, la plus grande discrétion entoure la fin brutale d'un haut fonctionnaire. La sécurité de l'état au dos large. Tout ce que la cité compte de dignitaires va affluer vers ce haut lieu des réjouissances Romaines.

À quelques heures de son exécution, Pilate conserve une certaine sérénité. Au cours de la nuit précédente, alors que les heures l'amenaient vers sa dernière aube, il s'est juré de ne pas offrir à ses détracteurs le spectacle qu'ils espèrent. C'est ici dans ce cachot qu'il veut quitter ce monde. Ce que le bourreau fera de son corps après est sans importance.

Rien ne lui permet cependant de mettre un terme à ses jours tant qu'il croupit dans ce cul de basse-fosse. Sauf à se jeter la tête en avant contre le mur, aucune solution décente ne lui est offerte. Le peu de clarté provenant des torchères du couloir et s'immisçant entre les énormes barreaux de bois d'une porte extrêmement basse, suffit pour se rendre compte que la disposition des lieux n'autorise aucun mode de suicide.

Pas une aspérité n'a laquelle se pendre, pas un crochet pouvant devenir une arme. Une voûte arrondie que la tête frôle, des murs enduits d'un plâtras lisse couvert d'une moisissure verdâtre, un sol de terre battue gorgé d'une nauséabonde humidité, une poignée de paille souillée en guise de couche, rien décidément ne peut lui permettre de mettre son plan à exécution. Chercher l'assistance d'un garde est également utopique. Lequel prendrait le risque de permettre au prisonnier d'échapper à son sort ?

Une cavalcade dans les parties supérieures annonce l'arrivée de l'escorte. Le moment est donc venu ! Des pas dans l'escalier, des torches qui approchent « Jésus, aide-moi ! » C'est la supplique silencieuse du procurateur. Des silhouettes s'inscrivent derrière la porte ajourée. Tibère en personne pénètre dans la cellule.

- *Je suis venu te saluer avant que les lions ne te réduisent en charpie devant le peuple de Rome !*

- *Les lions ? Mais cette mort n'est jamais infligée à un dignitaire ! Bredouille Pilate.*

- *Un dignitaire, toi ? Tu as trahi l'empire, tu as renié ses Dieux, répandu des idées subversives, adhéré à un dogme païen, tu as choisi de devenir chrétien, tu vas donc mourir comme un chrétien. La mort par le glaive est réservée aux hommes d'honneur, aux soldats, toi tu n'es plus rien de tout cela !*

- *Et toi ! Qui crois-tu être ? ose répondre le prisonnier.*

- *Moi je suis et je resterai l'empereur Tibère. Maître incontestable et incontesté de l'empire. Je règne sur toutes choses comme sur toutes vies. La tienne s'achève aujourd'hui par ma volonté !*

- *Tu ne règnes sur rien du tout ! réplique Pilate. Tu n'es qu'un pauvre malade. Tu trembles de peur chaque jour et chaque nuit devant la menace de l'assassinat. Tu ne peux ni manger ni boire sans craindre d'être empoisonné, tu ne peux fermer les yeux sans craindre la lame d'un poignard, tu ne fais autorité sur les sujets de Rome que par la tyrannie.*

- *Ton cerveau est plus mou qu'une déjection de chameau dérangé des intestins. Tu ne peux faire confiance à personne, pas même à ta propre famille. Ton épouse elle-même sert de monture à toute la cavalerie. Tu n'es qu'une…*

Pilate ne peut terminer sa phrase. La lame de la dague vient de réaliser son souhait. Il n'ira pas dans l'arène. Les lions resteront sur leur faim. Sa courte supplication a été entendue. Les sens exacerbés de l'empereur n'ont pas résisté aux injures. Un sourire éclaire le visage du procurateur tandis qu'il s'affaisse lentement. Dans le flou qui lui brouille la vue il entrevoit en relief sur la lumière des torches, les croisées des barreaux de bois. Fixant l'une d'elle dans un dernier sursaut de vie, les traits du Messie s'impriment sur ses pupilles. Quelques mots inaudibles s'échappent avec son dernier souffle.

- *Je m'appelle Ponce Pilate ! Tu te souviens ? Me voilà... j'arrive !*

Tibère réalise la stupidité de son geste. Toujours cette impulsivité maladive qui le fait agir avant de réfléchir. Que faire à présent de cette carcasse muette ? Ils sont des milliers au Colysée à attendre impatiemment l'arrivée du traître.

- *Exposez ce déchet sur l'esplanade du forum. Que chacun puisse apprécier ce qui arrive à ceux qui osent braver mon autorité. Videz les cachots, expédiez toute cette vermine dans l'arène. Je veux que l'on entende les clameurs jusqu'aux confins de la terre.*

De sa cellule, Shimon ne peut assister au spectacle. Il ne peut voir dans les sous-sols du Colysée, s'ouvrir les grilles sur des êtres terrorisés que les gardes propulsent vers la surface à coups de cravache. Les hurlements de panique couvrent les rugissements des fauves affamés depuis plusieurs jours. La peur règne en maîtresse absolue dans cette antichambre de l'enfer. Les animaux la ressentent autant que les condamnés.

Sous le soleil dans quelques minutes, les cris des spectateurs freineront leur instinct de chasseurs. Des groupes compacts d'hommes et de femmes totalement nus, attendront pétrifiés d'impuissance que les fauves se jettent au hasard sur ces proies affolées. Tibère ne se rendra pas dans l'arène. Il ne prendra pas place sur son siège d'apparat surmonté de l'aigle aux ailes déployées. La mort prématurée de Pilate le prive du plaisir d'affirmer son autorité sur tous y compris les plus hauts serviteurs de l'état.

Comment a-t-il pu en arriver là ? Comment après avoir été plébiscité, presque prié de s'asseoir sur le trône de l'empereur, peut-il être aujourd'hui obligé de mener un combat permanent contre ce ramassis de comploteurs ne rêvant que de le voir mort ? En quoi a-t-il failli ? Ce n'est pas le cadavre de Pilate jeté sur les dalles du forum qui calmera les choses. Un jour forcement, il finira sous la lame d'un poignard ou dans les douleurs du poison comme la plupart de ses prédécesseurs. De vieux fantômes le hantent fréquemment. Il se sentira davantage en sécurité dans les ruelles tortueuses des quartiers sordides que dans son palais de marbre encombré de gardes du mont Palatin. Rome est un coupe-gorge pour la racaille comme pour les princes. Voulant calmer sa fureur c'est au temple de Jupiter sur le capitole qu'il se fait conduire. Honorer les Dieux qui l'ont élevé au rang de divin empereur, afin de solliciter leur bienveillante protection lui fera le plus grand bien.

Face à la statue de marbre vénérée, Tibère accomplit un rituel scrupuleux. Se purifiant d'abord les mains dans une vasque d'eau fraîche, il se couvre ensuite la tête d'un pan de sa toge, puis défait ses sandales avant de tendre les mains vers le Dieu de pierre.

- *Oh, toi Jupiter ! Toi qui veilles sur l'empire depuis tant de siècles, ne vois-tu pas la nuit s'étendre sur la cité ? N'entends-tu pas les murmures conspirateurs ? Des ombres menaçantes se dissimulent derrière chaque colonne, les plus grands dignitaires commettent les pires fourberies. Le sénat n'est plus qu'un repaire d'assassins. Pas une âme noble ne subsiste aussi loin que s'étendent nos frontières. La corruption a pris le pouvoir. Oh, Dieu vénéré ! Chasse les démons qui planent sur la cité. Redonne son éclat à l'aigle impérial. Par neuf fois je répète devant toi, « Ombres maléfiques retirez-vous ! »*

Ayant prononcé ces mots, Tibère reste un instant silencieux, puis s'emparant d'une poignée de fèves qu'il projette derrière lui, il clôt la cérémonie sur une dernière phrase.

- *Par ce geste je me rachète moi et les miens !*

Si ce cérémonial l'a un peu calmé, il n'est pas dupe de ses propres utopies. Jupiter continuera de dormir derrière les murs de son temple. Les Dieux ont d'autres préoccupations sans doute que les petites bassesses humaines. Regagnant son palais, Tibère se dit que décidément les turbulences de Rome ne sont pas pour lui. C'est à Capri qu'il trouve un semblant de paix.

Plusieurs jours s'écoulent pourtant avant qu'il n'envisage de quitter la ville. Il reste encore à régler le problème de l'Égyptien. Beaucoup se demandent ce que cet homme fait encore au fond de sa prison. L'Empereur est en général beaucoup plus expéditif. Que cache donc cette hésitation à mettre à mort ce meneur de renégats ?

Allongé sur sa couche de paille, le dos contre la muraille Shimon attend son heure. Il ne sait plus depuis combien de jours il croupit au fond de sa geôle. Le riche armateur est bien loin. Une épaisse barbe crasseuse lui couvre le visage.

La vermine lui court sur le corps. Les multiples piqûres lui provoquent d'intolérables démangeaisons. Ses ongles vengeurs l'ont pratiquement écorché vif.

Voilà plusieurs jours que ses tortionnaires ne l'ont pas fouetté. La maigre galette de céréales qu'il reçoit toutes les vingt-quatre heures, le maintient en état de faim permanente. Il compense ce manque de nourriture par le broc d'eau fraîche que ses gardiens déposent chaque matin. Comme si finalement une âme charitable voulait qu'il vive encore un peu. Le bruit de la porte qui pivote sur ses gonds, le tire d'une léthargie engourdissante.

- *Allez-toi, debout ! L'empereur Tibère en personne te fait l'honneur de sa visite.*

Shimon se demande s'il ne rêve pas ! Qu'est-ce encore que cette mascarade ? Que viendrait donc faire Tibère mille pieds sous terre ? Tenant à peine sur ses jambes chancelantes, le prisonnier plisse les paupières pour mieux apercevoir son visiteur. Une voix autoritaire rebondit contre les parois.

- *Alors c'est toi ! Voilà donc ce mystérieux Égyptien aux pouvoirs extraordinaires ! Tu as pourtant piètre figure. On me dit que tu préférerais mourir que dévoiler les secrets de ta boîte magique. J'en présume que ce secret doit être bien considérable. Peut-être me le confieras-tu à moi, si par exemple je t'offrais la liberté en échange ? Qu'en penses-tu ?*

- *Au point où elle en est, ma vie n'a plus d'importance ! réplique Shimon.*

- *Pourtant tu sembles y tenir beaucoup. Peu d'hommes survivraient à ce traitement. Est-ce encore un effet de tes pouvoirs ?*

- *Mes pouvoirs n'ont aucun effet sur moi !*

- *Ah ! Tu reconnais donc que tu en possèdes réellement ?*

Shimon sent une brèche dans la cuirasse de l'empereur. Il se dit que peut-être il peut jouer sur cette case.

- *Aurais-je pu rassembler autant de gens si ce n'était pas le cas ?*

- *Et ces pouvoirs sont-ils transmissibles ?*

- *Non ! Ils disparaîtront avec moi.*

- *Qui te les a transmis ?*

- *Un homme. Un homme nommé Jésus. Un homme crucifié à Jérusalem puis ressuscité des morts.*

- *Ah, oui ! J'ai beaucoup entendu parler de lui depuis plus de trois années. Et pourquoi t'a-t-il choisi toi particulièrement ?*

- *Moi ou un autre qu'est-ce que ça change ?*

- *Tu as raison ! Je vois que ton esprit raisonne encore. Alors voilà, il te reste le choix entre deux possibilités. Tu me livres ton secret et tu rentres chez toi, ou je te tue de mes propres mains ici et maintenant.*

L'armateur joue son joker. Si Tibère est ce que Shimon croit qu'il est, tout n'est pas perdu. Dans le cas contraire tout sera terminé dans un instant. D'une voix pleine de suspense il réplique avec assurance.

- *C'est une expérience que je ne vous conseille pas de tenter ! Vous voulez savoir si j'ai des pouvoirs ? Frôlez seulement le manche de votre poignard du bout des doigts, et vous mourrez sur le champ !*

Un moment de flottement fait comprendre à Shimon qu'il vient de faire mouche. L'hésitation de l'empereur lui confirme les craintes de ce dernier.

- *Et bien ! Qu'attendez-vous ?*

- *Gardes ! Laissez-nous seuls. Refermez cette porte ! ordonne Tibère.*

Les deux hommes sont à présent face à face. L'Empereur bien que sa main fourmille d'impatience, n'ose effectuer le geste.

- *Tu prétends que tu peux me tuer comme ça ! Sans arme ? En une fraction de seconde ?*

- *C'est exactement ça ! Que je possède encore ou non mon coffret, j'ai effectivement ce pouvoir. Faites revenir les gardes afin qu'ils puissent témoigner de ce fait. Vous n'aurez pas posé la main sur votre arme que vous serez aussi mort que ces punaises qui jonchent le sol !*

Shimon est à deux doigts de son dernier souffle. Si Tibère ose prendre le risque… ! Il doit continuer à noyer le poisson. Parler, parler encore, retenir l'attention de l'empereur.

- *Puisque vous savez ce qui se dit sur moi, vous savez aussi que des hommes sont morts instantanément en voulant s'emparer de mon coffret ? Il y a de nombreux témoins.*

- *Tu prétends en quelque sorte que le contenu de cette boîte redonne la vie aux morts, mais tue par ailleurs impitoyablement ? Où donc se trouve ce mystérieux objet à présent ?*

- *Je l'ai rendu aux disciples du Messie. Le coffret est encore en Judée.*

- *Alors que t'importe de me dire ce qu'il contient ? Je te l'ai proposé. Tu me livres ce terrifiant secret et tu retournes en Égypte !*

L'armateur a pris le pied sur l'empereur. Tout se joue dès à présent.

Tibère a un point faible. Il est superstitieux ! Il croit en la sorcellerie et elle lui fait peur. Shimon est passé maître du jeu !

- *J'ai un marché à vous proposer !*

- *Un marché ? À moi l'empereur ! Me prendrais-tu pour un vulgaire commerçant ?*

- *Mais tout est commerce en ce monde ! Signer un traité avec l'ennemi, commerce ! Trouver un compromis avec le sénat, commerce ! Unir deux fortunes par le mariage, commerce ! Offrir des jeux au peuple pour qu'il oublie sa misère, commerce !*

- *Je constate que tu aurais pu faire un très bon politicien ! répond Tibère amusé. Tu as de l'audace, de la franchise, j'aimerais être entouré de gens comme toi à Rome. Hélas ! Bon alors, ce marché ?*

- *Relâchez les prisonniers appartenant à l'église du Messie, les chrétiens comme vous les appelez. Relâchez-moi avec eux, et je vous livre le secret de Shimon l'Égyptien !*

- *Je ne peux libérer ces gens, il est trop tard ! Il n'en reste qu'une poignée, mais d'autres vont les rejoindre. Puis d'autres encore.*

- *Ces gens sèment le trouble dans les esprits. Ils commettent des délits. C'est un ramassis de bandits. Ils recrutent dans les quartiers mal famés de la cité. Je ne peux laisser cette racaille se répandre dans Rome. Ton marché n'est pas acceptable. Je t'offre la liberté à toi et à toi seul ! C'est à prendre ou à laisser. D'ailleurs un vieil ami est venu plaider ta cause. Il m'a convaincu. Je n'ai rien à te reprocher personnellement. Ce que tu as commis concerne les juifs et eux seuls !*

Shimon à un sursaut de surprise. Alors tout cela n'était qu'une mise en scène ! Tibère avait de toute façon l'intention de le libérer !

- *Cet ami, il ne s'appellerait pas Priscus ?*

- *Précisément, et tu lui dois beaucoup !*

- *En ce cas cessons de jouer ! Faites venir Priscus ici afin qu'il soit garant de vos engagements. En sa présence je vous dévoilerai ce que contenait le coffret qui tue.*

Moins d'une heure plus tard, Priscus pénètre dans la cellule. Il a un mouvement de recul devant le spectacle qu'offre l'Égyptien.

- *Shimon, mon ami ! Te voilà bientôt sorti du*

bourbier dans lequel tu t'étais fourré.

- Je n'ai jamais été aussi heureux de te revoir Priscus ! Comment pourrais-je jamais te remercier ?

- Bon ! Assez d'effusion tranche Tibère. Alors cette boîte ? Ce secret ?

Épilogue

Depuis son retour à Alexandrie, Shimon bien qu'il ait repris ses activités d'armateur, n'a pas réussi à retrouver la sérénité qu'il espérait. Trop d'événements ont ouvert dans ses chairs des plaies qui ne cicatriseront jamais.

Si ses activités du jour lui permettent momentanément d'oublier quatre années de cauchemar, la nuit il en est autrement. Alors presque chaque soir, il rejoint la cote juste avant que le soleil ne disparaisse sur l'horizon. Assis sur un rocher, il contemple la mer dont le lent mouvement perpétuel l'emporte vers ce passé trop lourd pour un homme seul.

Bien sûr, il a retrouvé Japhet, sa maison, ses bateaux, ses amis, mais rien de tout cela ne peut effacer le souvenir de ceux qui ont fait partie de son histoire avant d'en payer le prix. Une vie de mille ans ne suffirait pas à tisser sur sa mémoire le voile de l'oubli. Le miroir des eaux calmes du soir ne reflète pourtant ni regrets ni remords.

Il a joué de ses impulsions comme d'autres de leurs peurs. Ces deux pôles régissent les actions des hommes par-delà les frontières de la raison. Shimon a vécu au rythme de ses passions.

Il n'avait sur l'échiquier que deux pions. Son amour et sa haine. C'est la seule vérité.

Ce soir encore, alors que les ombres s'allongent pour s'unir, il cherche dans la méditation à percer le mystère de sa vie comme d'autres voulurent percer le mystère de sa boîte. Comme eux, la tentative est un échec. Le seul qui pense avoir eu ce privilège c'est Tibère. Pauvre Tibère !

L'armateur ne peut retenir un sourire en se remémorant cet instant. Le mensonge aussi grand que l'empire romain, avait pourtant convaincu l'empereur. « La boite ? Elle contenait le cœur embaumé du Messie. Un cœur récupéré par les disciples après que l'âme de Jésus ayant quitté définitivement son corps, soit montée vers les cieux portée par des colombes ! Celui ou ceux qui avaient la charge de cette sainte relique, jouissaient en retour d'un pouvoir fabuleux, allant jusqu'à permettre la résurrection des morts ! »

Voilà la couleuvre que Shimon avait fait avaler à l'empereur. Si l'Égyptien fut le seul en dehors des apôtres à connaître la vérité sur le contenu du coffret, il ne sait pas ce qu'il est advenu de l'objet depuis qu'il a rendu leur bien aux disciples. Il ne sait pas et ne saura jamais qu'alors que s'éteint la dernière lueur sur l'horizon, alors que la fraîcheur de la nuit lui fait relever son manteau sur ses épaules, tout là-bas vers l'occident, tout près d'un village qui s'appellera plus tard Marseille, Une barque approche des cotes gauloises.

À son bord, fuyant les persécutions, deux hommes et une femme poursuivent leur mission. Les rames ont enlevé la peau des mains de Zacharie. À son côté

Lazare lui aussi souffre des douleurs de longues heures d'efforts. Il contemple la jeune femme qui lui fait face.

- *Tu ne crois pas que tu pourrais te débarrasser de ce coffret à présent ? Un sac serait suffisant !*

Un pâle sourire adoucit les traits fatigués de Marie-Madeleine. Elle manœuvre le système d'ouverture latérale, penche lentement la boite qui livre enfin son secret à tous les hommes. Une grossière couronne végétale pourvue de longues épines aux pointes enduites de sang séché glisse sur l'épais tissu de sa robe. Une seconde plus tard, un coffret de métal ouvert, s'enfonce lentement dans la Méditerranée.

Si quelques personnages de ce roman sont imaginaires, la plupart ont réellement existé.

Jésus de Nazareth, Dismas et Geslas furent crucifiés à la Pâque 33.

Barabbas fut libéré à la place de Jésus.

Caïphe fut grand prêtre au temple de Jérusalem de 18 à 37.

L'empereur Tibère mourut en 37.

Hérode fut Roi de Judée jusqu'en 44.

Marie-Madeleine arriva en France fuyant les persécutions. Elle se serait réfugiée quelques années dans la grotte du massif de la Sainte Baume près de Saint Maximin.

Lors d'un interrogatoire de Saint Paul, le prêtre lui posa cette question :

« Tu n'es donc pas cet Égyptien qui s'est enfui dans le désert à la tête de trois mille brigands ? » Cet Égyptien s'appelait peut-être Shimon ! Qui sait ?

Table des matières

Introduction 3
Chapitre I 9
Chapitre II 19
Chapitre III 27
Chapitre IV 37
Chapitre V 47
Chapitre VI 59
Chapitre VII 69
Chapitre VIII 81
Chapitre IX 89
Chapitre X 97
Chapitre XI 105
Chapitre XII 117
Chapitre XIII 129
Chapitre XIV 139
Chapitre XV 155
Chapitre XVI 169
Chapitre XVII 183
Chapitre XVIII 193
Chapitre XIX 207
Chapitre XX 223
Chapitre XXI 237
Chapitre XXII 255
Chapitre XXIII 269
Chapitre XXIV 283
Chapitre XXV 295

Chapitre XXVI 309
Chapitre XXVII 319
Chapitre XXVIII 335
Épilogue 349

Printed in France by Amazon
Brétigny-sur-Orge, FR

19322016R10203